他和我的东瀛物语

一个日本侵华老兵遗孀的回忆录

【日】元山里子 著

南方出版传媒
花城出版社
中国·广州

图书在版编目（CIP）数据

他和我的东瀛物语 ：一个日本侵华老兵遗孀的回忆录 ／（日）元山里子著. -- 广州 ：花城出版社，2019.1
ISBN 978-7-5360-8811-5

Ⅰ．①他… Ⅱ．①元… Ⅲ．①回忆录－日本－现代
Ⅳ．①I313.55

中国版本图书馆CIP数据核字(2018)第295094号

出 版 人：詹秀敏
策划编辑：林宋瑜
责任编辑：揭莉琳　林　菁　刘玮婷
技术编辑：凌春梅
封面设计：李桢涛
内文版式：礼孩书衣坊

书　　名　他和我的东瀛物语：一个日本侵华老兵遗孀的回忆录
　　　　　TA HE WO DE DONGYING WUYU YIGE RIBEN QINHUA
　　　　　LAOBING YISHUANG DE HUIYILU
出版发行　花城出版社
　　　　　（广州市环市东路水荫路11号）
经　　销　全国新华书店
印　　刷　佛山市浩文彩色印刷有限公司
　　　　　（广东省佛山市南海区狮山科技工业园A区）
开　　本　880毫米×1230毫米　32开
印　　张　12　1插页
字　　数　266,000字
版　　次　2019年1月第1版　2019年1月第1次印刷
定　　价　46.00元

如发现印装质量问题，请直接与印刷厂联系调换。
购书热线：020－37604658　37602954
花城出版社网站：http://www.fcph.com.cn

元山俊美、元山里子伉俪在去箱根的路途上

目录

序言 我的第二份家史

　　本书名叫《他和我的东瀛物语——一个日本侵华老兵遗孀的回忆录》，其中的"他"是元山俊美。元山俊美是日本人，也是我的丈夫。我是在中国长大的中日混血儿，我的母亲是日本人。

　　我父亲年轻时在日本留学，与我的母亲相识，在日本结婚。1950年，父亲携母亲一起从日本回到中国，在厦门大学教书。我以父亲的个人史为主轴，写了一本我们家的家史《三代东瀛物语》，由花城出版社出版。

　　虽说今天男女平等已经是天经地义的事，不过我发现，在"家史"这个问题上，女性倒是比男性更具有发言权。我在《三代东瀛物语》中，曾这样写道："作为女人，有一个区别于男人的意外，就是一个男人只能有一部家史，而一个女人，或许可以有两部家史，这就是婚前的家史与婚后的家史。"

　　我从厦门大学毕业后，去日本留学，在那里认识元山俊美，并与他结婚。结婚后，元山俊美的个人史，就成为我的第二部家史。我以元山俊美的个人史为主线，写下《他和我的东瀛物语》。

　　《他和我的东瀛物语》分为三个部分，上部是我丈夫元山俊美的故事。元山俊美是农民的儿子，抗战爆发后，他被日本政府强制征兵，成为侵略军士兵来到中国，也就是中国人熟悉的"日本鬼子"。现在中国的抗战文艺作品对"日本鬼子"有公式化、概念化的倾向。然而，历史上真实的日本侵略军士兵并不能简单地脸谱化。

因为元山他们这样的侵略军士兵，并不是自愿去中国打仗的，他们是被强制征兵，强行送到中国战场去充当炮灰，他们也是日本军国主义的受害者。所以，元山他们这样的侵略军士兵在中国战场扮演了双重角色：他们既是中国人民的加害者，同时又是日本军国主义的受害者。在这本书里，以元山为主线，讲述了日本侵略军士兵在中国扮演这种"既是加害者，又是受害者"角色的内心痛苦和挣扎。

日本战败后，元山他们在中国缴枪投降，然后被遣送回日本。此后，元山在日本积极从事工人运动和反战运动，并加入了日本共产党。但后来因为种种原因，他又被日本共产党开除党籍。之后，元山作为无党派人士继续坚持反战运动，坚决反对日本修改教科书，反对参拜靖国神社，反对否认南京大屠杀。为了向中国人民表示忏悔和歉意，元山在2000年带了200株日本樱花，栽种到当年他在湖南的激战地，表示对当地人民的忏悔和歉意。

本书的中部以我为主轴，述及我在日本留学、工作和创业的故事，其中贯穿了元山俊美用他的人生智慧对我的启发和帮助，以及我们历经十年终于走到一起的故事。本书的下部讲述了我和元山结婚后，在东瀛共同生活奋斗的个人历史，也反映了当代日本社会的生活形态。

上部

他的东瀛故事

第一章　山阴里的孩子

第一节　他的家乡，也有很多古老的故事

中国的传统观念之一，就是人间发生的各种事情，都会得到上天的预兆。凡是奇人异人出生的时候，上天都会发出各种各样的异象预兆，从什么"满地红光、满室异香"，到"怪异风雨、晴天霹雳"等。

在我心目中，在山那边出生的元山俊美应该属于奇人异人的行列，那他呱呱落地时有没有什么异象呢？

当我问起元山时，元山大笑说："哪里有什么异象，我的出生跟别人没有任何不同。如果硬要找什么'异象'，那就是我是双胞胎的一员，我还有一个同胞出生的妹妹。"

听到这里我心里一惊："咦，怎么这么巧？我也是双胞胎的一员，只是我们不是龙凤胎，是姐妹俩，我也是先出生的，妹妹十分钟以后呱呱落地。"

元山继续说："日本在江户时代初期使用从中国传来的农历，按照天星六曜顺序来转换，这六曜是'先胜→友引→先负→佛灭→大安→赤口'。我和妹妹出生的那天是'先胜'，听起来好像很好，可是'先胜'真正的意义还在于时辰的分割上，从0点到12点，被认定为吉祥时辰，从12点到24点，却被认定为不祥时辰。我出生的时辰是11点50分，正好赶上好时辰，可是双胞胎妹妹一直出不来，直到30分钟以后才出生，即12点20分，被认为不是好时辰，加上当时一连串愚昧的风俗，使我们这对龙凤胎在出生时有了不同的命运。"

元山俊美出生的家，位于日本山阴地区的岛根县江津市小田町，所以我把本章的题目起名为"山阴里的孩子"。

20世纪90年代，我去过元山的老家，那是一座古旧的瓦房，日本乡村那种铜绿色的瓦，在太阳光下闪闪发亮。房顶颇高，上方有一排小窗户。在远景一片田野衬托下，甚至有点令人想起美国儿童文学《大草原上的小屋》那种诗意。我还以为是一座二层的小楼或阁楼，可是进去一看，却只有一层平房，并没有二楼。

我奇怪地问元山："这房子从外面看是有两层的，怎么进来却只有一层呢？"

元山指着天花板说："这房子是有两层的，但楼上住的不是人，而是蚕。"

说完，元山领着我，来到一个日式拉门前。门一拉开，里面有一个隐藏的木梯子。我顺着梯子爬上二楼，发现二楼十分低矮，人只能弯着腰行走。整个二楼没有隔墙，连成一片，南北有通气的小窗户。

元山说："过去我们这里，家家户户都养蚕。二楼铺满了桑叶，养满了白白胖胖的蚕，蚕吐的蚕丝用来做丝绸。在过去，丝绸是皇亲国戚、贵族的消费品，价格抵得上白银，所以大家都养蚕。"

几百年前，日本曾有"白银之国"的美誉，因为那时日本有世界上最丰富的银矿，曾是世界上最大的白银出口国，日本生产的白银，一度占到了全世界白银的三分之一。可是日本的银矿在开采了500年之后，终于枯竭，挖不出银子了。

日本在白银挖尽之后，一时间没有东西可出口，而日本又是资源贫瘠、极度需要进口的国家，这时日本就看上了丝绸。

众所周知，中国是丝绸的发源地，中国曾是世界上最大的丝绸出口国，古代连接亚欧大陆经济文化的交汇之路被称为"丝绸之路"。不过那时候人们没有知识产权的概念，中国的养蚕技术传到日本后，日本开始大量养蚕。日本从古至今就有个特点，不仅善于模仿，而且善于钻研。日本的丝绸因为质量好，价格低，所以在国际市场上打败了中国丝绸，日本那弹丸之地上的蚕丝质量居然超过中国，成为世界上最大的丝绸生产国。

后来美国发明了人造丝等人造纤维，日本又模仿，并进一步钻研发展，使其越来越价廉物美，以致对天然丝绸的需求量越来越小，日本的养蚕业也就跟着衰落了。近代新建的日本民居，也不再有专供蚕虫居住的二层阁楼。不过在日本还可以看到很多元山家这样的老宅，成为日本养蚕盛况时代的遗迹。

我问元山："这座老宅是你们家族传下来的吧？"我自以为答案是肯定的。

没想到元山却摇头否定说："不是。因为我们家是农民，是不可能有家族的。"

我奇怪地问："每家都应该有家族呀。为什么农民家不可能有家族呢？"

元山说："在明治维新前，日本是封建社会，不允许农民有家族。中国所谓'家族'，是建立在姓氏基础上的。男系子孙代代相传祖先姓氏，这样就把血缘关系用'姓氏'的方式记载下来。日本在明治维新之前，只有贵族和武士有姓，一般老百姓不允许有姓，也不配有姓，只有名字。生个男孩就叫太郎、二郎、三郎什么的，生个女孩就叫菜子、花子、叶子什么的。因为没有姓，三代以上的血缘关系就搞不清楚了。所以过去日本的老百姓都没有家族，也没有家族的概念。家族是贵族和武士的特权。"

我好奇起来又问："没有姓，又没有家族，难道古时候日本老百姓就是'天下一家'吗？"

元山解释说："当然也不是'天下一家'了。虽说那时候日本百姓没有'家族'，但日本有'屋'。所谓'屋'，不是由血缘关系构建起来的家族，而是一种生产和生活的共同体。在古时候，每个农民都属于某个'屋'。"

我问元山："日本古时候的'屋'，相当于中国的什么东西呢？"

"中国历史上似乎没有过'屋'这样的东西，所以很难找出类似的……"忽然元山眉头一展，说，"对了，日本的'屋'，就类似于中国过去的'人民公社'。当年我在报纸上看到中国搞'人民公社'，我就想，这个'人民公社'不就是我们过去的'屋'的扩大版嘛。"

为元山这个奇妙的比喻，我不得不佩服地说："原来日本也搞过'人民公社'呀。在二十世纪五六十年代，中国农民不问你是哪个村的，不问你是哪个家族的，而是问'你是哪个公社的'。"

元山也表示同意："对。日本农民过去也不问你是哪个村的，不问你是哪个家族的，而是问'你是哪个屋的'。当然，日本在明治维新后，个人解放了，农民们有了人身自由，不再从属于某个'屋'了。"

我接着说："不过现在我还看到不少'屋号'和'家纹'。比如一些老字号商店就在大门的门帘上，印着'屋号'和'家纹'。最典型的应该是传统歌舞伎世家吧？比如当红的'成田屋'现在已经传到第十一代，'成田屋'的家纹是三升①和杏叶牡丹。"

古时每个"屋"有一个名字，叫作"屋号"；还有一个代表这个"屋"的图腾图案，叫作"家纹"。现在日本的传统歌舞伎世家还在和服上，甚至在信笺、信封、筷子、茶杯、酒杯等私人物品上，都刻印上自己一家所属的"屋号"和"家纹"。而且流传下来的"屋"，也仍然超越血缘关系，比如歌舞伎"成田屋"一门，除了掌门的市川流宗家市川一族以外，同团队的也都属于"成田屋"号下的人。

我问元山："你们家过去也有'屋号'和'家纹'吧？"

元山说："那是当然的。我家所属的屋号叫'谷本屋'，顾名思义，就是坐落在山谷底部的'人民公社'；我家的'家纹'是杉树叶，也是源于附近的一片杉树林。"

---

① 三升纹，升为一种方形器具，三升纹由三个方形一个套一个组成。

第二节　他的国家，也有过天翻地覆的变革

说到日本的历史，元山不满地说："现在不少外国人写的书上说，日本人自古有崇拜天皇的历史，人人愿意为天皇献身，那是根本不了解日本实情的乱解释。事实上，在明治天皇之前，日本人根本就不崇拜天皇。那时候日本的政治大权都掌握在德川将军家族手中，天皇不过是个傀儡皇帝。当时的日本人只知道统治日本的是德川将军，很多人根本不知道日本还有一个天皇。"

我说："可是在中国人的概念中，日本人是非常崇拜天皇。日本军队都叫'皇军'，日本兵死时还要高呼'天皇陛下万岁'。"

元山说："日本人崇拜天皇，那是从明治天皇开始的。不过，明治天皇也值得崇拜呀，因为是他解放了日本人民。套用中国的说法，明治天皇就是日本人民的'大救星'。你知道明治维新吧？很多外国人以为明治维新只是一场上层的政治改革，其实不然，明治维新是一场使日本人民获得解放的政治革新。在明治维新前，日本人民生活在水深火热之中。"

元山给我详细的解释如下。

日本在明治维新前实行等级身份制。这种等级身份制把日本人民分成三等身份：第一等，贵族（日语叫"公家"）；第二等，武士（日语叫"武家"）；第三等，庶民（农民、商人、手工业者等）。第一等身份的"贵族"，是负责治理国家的行政官员，按照中国话就是"当官的"；第二等身份的"武士"，是负责治安打仗的军人，按照中国话就是"当兵的"；第三等身份的庶民，是负责

经济基础，搞生产的农民，按照中国话就是"种地的"。这三种身份等级都是世袭的，你生来的身份，一辈子都不能变，可以说是一种原始的血统论。

一个出生在农民家庭的人，不管你怎么奋斗，一辈子也只能是种地的农民。你的农民身份，在你一生中是不能改变的。所以这种等级身份制是一种非常不讲人权的落后政治体制。

在等级身份制时代的日本老百姓，完全可以说生活在水深火热的地狱之中。日本的老百姓总是期盼着出现一个大救星，把他们从暗无天日的地狱中拯救出来。

日本搞明治维新，核心就是废除等级身份制，实现万民平等。明治天皇赐给了日本老百姓"四大人权"，这"四大人权"是什么呢？

明治天皇给老百姓第一大人权是姓名权。过去日本的等级身份制规定，只有贵族和武士才可以有姓。庶民因为身份低贱，是不允许有姓的。那时候的日本，你有没有姓是区分上等人和下等人的标志。明治天皇宣布，人人都有姓的资格，也就是人人都有了平等的姓名权。所以，日本的老百姓当然对天皇感恩涕零，把天皇奉为大救星，打心眼里拥护天皇。

获得姓名权后，大家就急急忙忙、高高兴兴地给自己起个姓。住在稻田中的就叫田中，住在稻田上方的就叫上田，住在稻田下方的就叫下田；家旁边有小树林的就叫小林，有大树林的就叫大林，有不大不小树林的就叫林；住在村西边的就叫西村，住在村北边的就叫北村，住在东边的就叫东村，住在南边的就叫南村，住在村中央的就叫中村；离山较远的叫远山，住在山中间的就叫中山，住在山坳的就叫奥山，住在山附近的就叫元山。

而原本有姓的贵族，一般是德川、伊丹、近卫、宫本等。从日本人的姓氏，就可以看出其祖先是贵族还是平民。当然，现在日本已经不讲身份了，祖先是贵族也没什么了不起。就像中国在清朝的时候，正黄旗、镶黄旗家族可是不得了的人，可是现在正黄旗、镶黄旗的后代，人们也不认为他们有什么不得了的。

明治天皇给老百姓第二大人权是通婚权。过去日本的等级身份制规定，贵族、武士、庶民这三种身份之间是禁止通婚的。农民的女儿，即使嫁给贵族当个小妾，那也是不允许的。

明治维新后，过去不配跟贵族通婚的庶民老百姓，现在身份不再那么低贱了，有资格跟贵族平起平坐通婚了。这也让百姓对天皇感恩涕零，高喊"天皇万岁"。有身份的人家为独生女招有才华的贫寒子弟当上门女婿，也是明治维新以后的事。

明治天皇给老百姓第三大人权是从军权。日本在明治维新前，服兵役是武士的特权。那时武士从军是一种特权，武士不用种地，由国家发放米粮薪金，生活比较优裕。农民的身份很低，没有资格从军，不配当兵，只能干最低贱、最辛苦的种地的苦差事。

在等级身份制时代，一个农民家庭出身的人想去从军打仗，那也是不行的，农民只能跟在武士后面，给武士挑行李、背粮草，没有资格上战场去打仗。

明治维新宣布兵役法，规定不管什么身份的男子，都必须服兵役。这在其他国家，或许不算什么，可在当时的日本，却是一件惊天动地的大事。农民不但没有怨言，反而高高兴兴地送子从军。因为从军象征着农民社会地位的提高，农民很高兴去当兵，而且打仗还特别勇敢。

这种情况的出现，主要有两个原因。第一个原因，是报答天皇提高了他们的社会地位，看得起他们，给了他们从军打仗的资格。第二个原因，是不让武士们小看自己，要争口气。过去日本的武士根本看不起种地的农民，认为这些土老帽儿农民根本没有胆量去打仗。所以农民兵表现得特别勇敢，不比你们武士差。

明治天皇给老百姓第四个人权是参政权。日本在明治维新前，参政议政是贵族的特权，农民完全没有资格从政议政。对于农民家庭出身的人，不要说当官没你的份，就是你想给官员当个秘书、当个幕僚谋士，那也是不允许的。凡是政治的事，完全不让农民沾边。

明治维新宣布选举法，规定任何人都可以从政议政，人人都有资格当官，更可以当秘书、当幕僚，参与政事。这对于一般百姓，真是天赐下来一个巨大的人权，老百姓切切实实地感到平等了，解放了，所以他们是真心地喊"天皇万岁"。

总之，明治维新使日本老百姓有翻身解放的强烈感受，所以明治维新运动得到老百姓的热烈拥护，这是明治维新成功的关键所在。同时，这也是日本人民把明治天皇看成是"大救星"，拼死效忠天皇的关键所在。

元山还特别提到："小时候，在我家中最隆重的壁龛里，挂着一幅明治天皇的画像。我记得画像上明治天皇穿着军装，表情威严，身边还有穿着洋服、表情从容的皇后。而且，我家供神的棚座上，还有剪成鸡蛋形状的天皇和皇后的照片。我很小的时候，长辈们就教育我说：天皇是我们的大救星，我们一定要效忠天皇。"

我听了元山的话，不由感慨地想：中国古代的政治体制，要比日本"讲人权"得多。

比如，古代中国在法律上，除了皇帝之外，人人的身份是平等的。谁都有资格去当官，谁都有资格去从军，穷人也可以有姓氏，穷人与富人的通婚更是自由的。当时明治天皇赐给日本老百姓的四大人权，中国的老百姓早就已经拥有了。

在中国，老百姓早就有了参政权，那就是科举制。不管任何人，只要参加科举考试，获得名次，就有资格参政当官，也就是人人都有资格当官。即使你在科举考试中没有考中，也可以从政议政。你可以给官员当秘书、当谋士幕僚，参与政治。

中国对参加科举考试的考生，没有任何限制。不问年龄多大、家庭是否富有、身体是否健康。因为科举考试时，考生的年龄是保密的，所以当时有人70岁才考中科举，也轰动一时。对于边远地区的考生，朝廷还资助进京赶考的路费。

中国老百姓在千年前的唐朝，就有参政权了；而日本老百姓，直到百年前的明治维新后，才有了参政权。所以在引进西方政治体制"选举制"的时候，中国的老百姓与日本的老百姓有完全不同的看法。

对日本的老百姓来说，以前他们是完全没有参政权的。明治维新引进了西方式的选举制，使日本老百姓有了参政权，所以日本老百姓对引进西方的选举制是百分之百地拥护。

对中国的老百姓来说，引进西方的选举制，并没有让他们感到那种获得参政权的解放感、幸福感。这点与日本的情况完全不一样。因为中国的老百姓，以前也可以通过科举的方式，当官参政，或者当幕僚议政。

对于底层的中国老百姓来说，引进西方的选举制，他们感到自己受益不大，甚至不受益。所以，底层的中国老百姓反而喜欢过去中国的科举制。这是因为，一个人要想通过科举的方式当官从政，所需的成本非常低；而一个人想要通过选举的方式当官从政，所需的成本就要高得多。

一个人想要通过科举考试当官从政，只需要很少的成本，只要买一些参考书，买一些笔墨纸砚等文具，然后好好用功读书，就有可能考中科举，然后当官从政。

从这个意义上，科举制是非常公平的，特别是对没有钱的穷人来说，更有公平感。因为在考题面前，人人平等。再有钱的人，也不会比穷人占到什么便宜。事实上，中国历史上有很多出身贫寒的穷人，通过科举考试，当上了大官，成为佳话。

中国科举考试第一名称状元，那是文人最高的荣誉，清朝两百多年间共产生了114名状元。有人研究发现，在这些状元中，官宦家庭出身的（也就是所谓的"官二代"）占51%，平民出身的占49%，其中平民出身家境非常贫穷的（也就是所谓的"寒士之家"）占20%。

虽说状元中"官二代"的比例稍微高一点，但考虑到官宦家庭可以聘请名师辅导，官宦家庭弟子的平均成绩要高于一般平民家庭也是正常的，但从整体来看这个考取状元的结果还是相当公平的。

另外从考取状元时的年龄来看，最年轻的考取状元时24岁，最年长的考取状元时59岁。按照现在的标准，59岁已经是退休年龄了，应该把状元的名额让给更年轻的人。由此可见，中国古代科举考试还是比较公平的，没有年龄歧视，在成绩面前人人平等。

西方人曾高度评价中国的科举制度，认为它是中国对人类在文化制度方面的重大贡献，其重要性远超"四大发明"。1870年美国人施惠廉在《最古老与最年轻的国家：中国与美国》一书中说："毫无疑问，科举考试是一种很好的制度，它不制造世袭等级，不制造财富遗产，不任人唯亲，它也不去迎合世俗的偏见。不过，科举考试有一个极大的短处，就是它的考试内容数百年不变化，永远是八股文，而不是随着时代的变化与时俱进。"

而一个人想要通过选举的方式当官从政，成本就要高得多。你至少得雇一帮人，组成一个竞选班子，还要印发宣传广告，请名人来助选，等等。一个人参加选举所需的费用，一般的平民家庭根本负担不起。不是相当富有的财主，根本就没有经济实力去参加选举。

在科举制面前，穷人和富人是平等的；而在选举制面前，穷人和富人是不平等的。元山对此也说过："日本很多首相的儿子或者孙子又当选首相，并不是他们特别优秀，而是他们既有财力资本，又有政治资本，所以在竞选中具有非常大的先天优势。"

近年来，日本"子承父业"当选首相的倾向越来越明显。比如2007年当选的日本第91任首相福田康夫，他的父亲福田纠夫是1976

年当选的日本第67任首相；2008年当选的日本第92任首相麻生太
郎，他的外祖父吉田茂是1946年当选的日本第45任首相；2009年当
选的日本第93任首相鸠山由纪夫，他的祖父鸠山一郎是1954年当选
的日本第52任首相；现任首相安倍晋三，他的外祖父岸信介是1957
年当选的日本第56任首相，他的叔父伊藤荣作是1964年当选的日本
第61任首相。

从这个角度来看，搞选举制等于把穷人当官从政的路堵死了，
等于剥夺了穷人的参政权。搞选举制，只有富人才有财力参选从
政，这让广大穷人感到很不平等。因此，当清政府宣布废除科举制
时，中国民间的老百姓不是一片欢呼，而是一片骂声。

关于中国底层老百姓怀念科举制的情况，我在《三代东瀛物
语》中有提到。那时我太爷爷、太姥爷他们就非常怀念科举制，认
为科举制是世界上最好的、最公平的人才选拔体制。

讲了元山家乡的古老故事和日本近代翻天覆地的变革以后，开
始说元山本人的事。

第三节　他的家庭，有一对被拆散的龙凤胎

元山俊美是龙凤胎中的一个，与他一起先后在母亲十月怀胎
后落地的，是一个女婴。在元山俊美出生后30分钟，女婴才呱呱落
地，这30分钟因为介于当天六曜日先胜12点前的吉祥时辰和12点以
后的不祥时辰之间，使这对先后出生的龙凤胎有了不平等的待遇。
加上当时日本很少有双胞胎，生双胞胎往往被人嘲笑，认为那是像

猪一样，一次生几个仔。

元山俊美的父母因为害怕别人的嘲笑，不敢说自己生了双胞胎，决定将这对双胞龙凤胎拆散，把其中一个婴儿悄悄送到别处去抚养。在那个时代，男孩子是农家的劳动力，恰巧这对龙凤胎的男孩子又是生在吉祥时辰，所以元山俊美的父母毫不犹豫首选男孩子，就把他留下来，而把他的同胞妹妹悄悄送到别人家抚养。元山成为"二者择一"的男婴，牺牲了妹妹留下的他，代价至高，所以父母格外地疼爱他。用元山妹妹的原话来说，就是："父母把给两个孩子的爱，都倾注到他一个人身上了。"

日本比中国更为重男轻女，甚至反映到名字上。过去日本只有男人才可以用汉字的名字，而女人的名字不能用汉字，只能用平假名（日语用于表音的文字符号）。元山的父母给他们两个双胞孩子，起了20世纪20年代来说很超前的名字：男孩叫元山俊美，女孩叫元山俊惠。但因为女孩子不可以享用汉字，所以元山妹妹的名字只能写成"元山としえ"。

到元山俊美三岁的时候，寄养在别人家的同胞妹妹的养母不幸去世了。元山妹妹没人抚养，不得不接回家来。而元山父母却对外声称："这个妹妹是抱来的养女。"

因为元山俊美和妹妹两人长得很像，于是元山父母逢人就说："俊惠因为吃我们家的饭，就变得像他哥哥了。不过元山俊美这个哥哥有两个酒窝，而元山俊惠这个妹妹没有。"

元山父母的说法把邻居亲戚们都忽悠了。可是元山俊美天生就有一副侠义心肠，一直对父母差别对待这个"抱来的"妹妹很不满意。那时候，日本重男轻女是天经地义的事情。元山说："妹妹来后，我们吃饭时，母亲的行为总是让我很生气。"

日本家庭吃饭时，不是像中国那样大家合着吃一桌饭菜，而是每个人一份饭菜，放在各自托盘里，用现在时髦的话来说就是"分餐制"。经济好的人家，一般有四个菜一个酱汤，再加一个小甜点。元山小时候家是中农，通常三个菜一个酱汤，没有小甜点。

由于重男轻女的传统，元山母亲给男孩元山的托盘里，总会特别多加上一两个菜；而女孩元山妹妹的托盘里，菜总是少一两个，不变的只有酱汤。元山妹妹后来跟我说："阿哥老是趁父母不注意的时候，把自己的菜分给我一点。"元山一生对这个妹妹十分呵护。

元山俊美19岁被强制征兵，派到远离父母的中国哈尔滨服役。在临行前，父母才告诉元山俊美，俊惠是他的亲妹妹，而且是龙凤双胞胎。父母对元山说："你将来一定保护好你这个体格羸弱的妹妹。"

后来元山对我说："我的父母是极聪明的人，那时候日本侵略中国，送子出征时最忌讳说'你一定要活着回来'，因为这意味着对天皇不够尽忠，怯懦，没有必胜的气概。所以我父母借着妹妹的出生秘密，间接地让我一定要想办法活着回来。我在残酷的战场上，想起最多的是父母和龙凤胎妹妹，再就是我家门前的小河，以及屋后的那片杉树林。

"那时候我家门前的小河清澈见底。初春时，总有小香鱼（一种在海与河之间洄游的鱼）从大海洄游到门前的小河里。看着小香鱼在河里游耍，好像河水很好喝，我经常忍不住也用手掬一掌河水喝。那甜甜的，夹有一点泥土香味的水，令我以为自己和小香鱼在一起，心情舒畅极了。到了初冬，小香鱼又离开小河，游向大海越冬，我会感到有点寂寞。不过只要一想，明年春天，小香鱼还会再来光临门前的小河，我心里又充满愉悦。

"每逢夏天的傍晚，我坐在我家的屋檐下，听着身后那片杉树林里传出的风声，全身沐浴着杉树风的吹拂，有一种说不出的自豪感涌上心头。"

杉树挺拔，树干纹理直，结构细致，耐腐防蛀，最适合建筑木头房，是很好的建筑材料。有杉树林是财富的象征，拥有杉树林等于拥有一笔农作物以外的固定资产。所以，元山一家人都以屋后那片杉树林为自豪。

元山继续说："可惜的是，日本侵华战争爆发后，因为战争的费用极大，造成物资紧张，木材缺乏。我家屋后的那片杉树林也被国家强行征用，全部砍掉拿去修建兵工厂了。战后，我从战场回到家，看到屋后那片让我们家引以为豪的杉树林只剩下一个个光秃秃的树根，不禁眼泪哗哗地流了下来。在我的心目中，这些杉树都是我的小伙伴，竟然都被粗暴地砍掉了。我看着它们的树根，就想起它们活着时的姿态。

"门前的小河也不再清澈了，变成浑浊的河水。原来山上的树木都被砍掉用于战争了，失去植被的光秃秃的山，泥土被雨水冲到河里，使清澈的河水变成浑浊的泥水。小香鱼也因为河水不再清澈，再也不光顾门前的小河了。

"战争真是残酷啊！它不仅夺走了中国无数的生命，破坏了中国无数的自然环境，同时也夺走了日本无数的生命，就连我家屋前屋后这么一点自然环境都被破坏得残缺不全，把我心中最美好的回忆无情地夺走了。"

战争对元山一家造成的灾难，并不仅仅如此。元山被强制入伍后，他们村里的青壮年男性也都被先后强征入伍，留下的都是老弱妇幼。因为没有男人，父母又年老体衰，元山的妹妹不得不撑起赢弱的身体，下地干农活维持一家人的生计。元山妹妹干着过去由男人干的高强度农活，加上战时物资紧缺，营养不良，等到1945年战争结束时，年仅24岁的元山妹妹竟然变成了驼背，腰再也直不起来了。

元山说："战后我回到故乡，自己在战场上日思夜想的唯一的妹妹居然变成驼背的残疾人，让我心如刀绞。在身心残疾的妹妹面前，我不敢号啕大哭，那种欲哭不能的悲痛刻骨铭心。当时我心里暗暗下定决心：战争是害人的罪恶，我要成为一名反战的战士，绝对不能让战争的悲剧再次重演。"

第四节　他的父亲，讲述一颗小红豆的启示

元山俊美家按照中国的标准，算是中农，一般都是自己耕作，只有春天和秋天农忙时，才请远房亲戚们来帮忙。

元山俊美从5岁开始就跟着父亲下地干活，但元山不喜欢下水田，因为水田里有蚂蟥，他一生喜爱游在水里的鱼虾，却不喜欢爬在土里的虫豸。等到收割时，水田已经没有水了，这时候元山最欢喜帮助父亲割稻子，把割下的稻秆做成捉迷藏的小丘，引领周围的孩子们玩耍。

7岁的时候，元山俊美开始上小学了。日本从明治维新以后，实现了义务初等教育，也就是免费上小学。这样一来，就是贫穷的农村，孩子们也能够享受免费的小学六年教育，这比中国早差不多一个世纪。

在教育方面，日本与中国的思维方式不同。中国历朝历代都贯彻"精英教育"的理念，非常重视高端人才的培养，却忽视低端人才的培养。到了民国时期，中国开始出现不少免学费的大学，或者有高额的奖学金，我父亲考进燕京大学时，因为名列前三名，获得了300大洋，这在日本是不可想象的。很长一段时间，中国的大学一直是免费的。

可是近代中国对小学的免费教育却一直不重视。虽说早在民国时期中国就颁布有义务教育的法令，但在实际上，几乎没有免费的小学，各种小学都是要收费的。

近代中国之所以不重视小学义务教育，这与中国的人才观密切相关。我在《三代东瀛物语》中，介绍了我太姥爷的教育观。我太姥爷有两个亲生儿子，他却不教自己的儿子读书认字，而教我父亲这个不同姓氏的外孙读书，这是因为太姥爷认为自己的两个儿子是没有读书天分的愚人，而不同姓氏的外孙是读书的料。太姥爷认为对愚人，是没有必要培养教育他们的；而对聪明人，即使不是自己宗族姓氏的后代，也值得栽培。

按中国传统观念来看，世界上有两种人：一种人是智慧超群的"精英"，这种人很少；另一种人是智力欠缺的"愚人"，绝大部分人都是"愚人"。几千年来，中国一直认为教那些"愚人"读书认字毫无意义，只是浪费时间而已。这就造成古代中国一方面特别重视少数精英的教育，另一方面却忽视或者无视广大人民的普及教育。

与传统中国相反，日本自古以来并没有"精英"的思想，也没有搞过科举制。日本人认为，人们的智力都差不多，不存在"精英"和"愚人"的云泥之别。基于这种思想，日本在明治维新之后搞新式教育，最重视的是提高底层老百姓的智力，而不是培养一批最高层的精英。日本的小学免费，就是为了让那些没有钱读书的最底层百姓，也能受到基本的基础教育。

然而，日本对培养精英却并不那么热心。从近代开始，日本的大学除了军校之外，都是收费的，而且学费很高。虽说日本的国立大学比私立大学的学费便宜一些，那也不是一般穷人可以读得起的。

日本人认为搞教育的初衷，是提高全体国民的整体素质；而古代、近代中国人认为搞教育的初衷，是培养一批最有才华的精英人才。所以，中国历史上一直是一个在文化水平方面极度两极分化的国家，一方面有一批受过良好教育的文化精英，另一方面又有大量目不识丁的文盲。

日本普及小学教育后，每个村子里都有小学。不过元山家的这个村子比较小，一个班级只有10个学生。因为人太少，就两个年级一起上课。高年级的学生与低年级的学生坐在一个教室里，老师先

元山俊美在家乡上小学（年级混班）

给高年级的学生讲课，这时低年级学生就坐在旁边自修；老师讲完高年级学生的课，才给低年级的学生讲课。

有一次，老师在给高年级的学生讲课时，提问一个高年级的学生，可是那个高年级的学生答不上来。元山是低年级的学生，他在旁边替那个高年级的同学着急，一时兴起就举手站起来说出了答案。老师见元山"抢答"，很不高兴，喝令元山坐下，不要参与高年级的事情。不过从此之后，元山在村子里得到一个"神童"的称号。

在学校，老师给元山他们讲金次郎的励志故事。金次郎是日本广为流传的一个儿童偶像，家境贫寒，却一边劳动，一边认真读书，成为穷孩子自学成才的典范。现在日本各处都可以看到金次郎铜像，这个铜像是一个小孩背着柴火，手里拿着书，一边走路一边读书。

关于金次郎，日本的教科书上还有一个典故，说金次郎家里没钱点油灯，他就捉来萤火虫，夜间借着萤火虫的微光读书。元山听了这个故事，又感动又好奇，他也想模仿金次郎，用萤火虫照明读书。

元山捉了一些萤火虫，按照教科书上的插图，把萤火虫放在一个小纱袋里，夜晚把萤火虫放在书本上，但根本无法看清书本上的字。元山大为失望，把自己的实验结果告诉老师，说金次郎的传说不真实。老师听后很生气，说："你捉的萤火虫太少，当然看不到书上的字。"

元山听后，晚上多捉了三倍的萤火虫，但放到书上一照，亮度跟以前一样，还是看不清书上的字。多捉了三倍的萤火虫，亮度怎么还是跟以前一样呢？元山仔细观察，发现前排的萤火虫挡住了后排萤火虫的光，所以萤火虫再多，亮度也不会增加。除非让萤火虫整齐地排成一排，但萤火虫怎么可能听人的话呢。

元山通过认真观察，最后得出结论：用萤火虫照明看书，根本是不可能的。元山以为自己有了新发现，又兴致勃勃地跑去告诉老师。没想到老师听后不但没有高兴，反而训斥元山说："金次郎用萤火虫看书，是教科书上说的，教科书怎么可能错呢？难道你比编教科书的专家还要高明？"

元山被老师训斥后，感到有点茫然，难道真是我错了？元山回到家，晚上再次捉来萤火虫观察，结果仍然是不可能用萤火虫照明看书。从此，元山对大人的世界产生了怀疑，他想："大人说的话不一定是正确的，我要自己去验证。"这也许是元山后来与军队格格不入的一个原因，这是后话了。

在一个秋高气爽的日子里，元山跟着父亲在田里收割红豆。等红豆收割完之后，父亲特地拿来筷子，在田里小心翼翼地拾起散落在田间的红豆粒。日本的家庭，父母一般不会命令小孩子做这个做那个，但小孩子都自觉地学着父母的动作，这种教育法，日本人叫作"看着父母的背影成长"。

元山本来以为收割完红豆，田里的活儿就完了，应该去做别的活儿了。看到父亲不厌其烦地拾豆子，元山本该学着父亲拾豆子，但元山认为，这是放着大事做起小事，也就是中国人说的"捡了芝麻，丢了西瓜"。所以元山很不以为然地对父亲说："父亲大人，还有那么多活儿等着我们呢，为什么要捡那么几粒红豆呢？"

父亲惊讶地抬起头看着元山，元山以为父亲会生气，但父亲却马上浮出了笑脸，对他说："我儿说出这么有气魄的话，真是比我强呀。好，你将来一定能成为一个大人物！"

元山没想到父亲这么夸奖他，不由红了脸，喃喃地说："我哪里会是什么大人物呀？"

父亲笑着说："大人物好啊！做大事，不做小事。而我这样的人，就是被称为'小老百姓'的那种人，只知道做小事，不知道做大事。不过呢，小老百姓也有小老百姓的执着。我现在用筷子拾起来的小红豆，虽然微不足道，但是明年春天播种到田地里，就可以收获好几十倍的红豆，可是如果放着不管，这些小红豆就将在雪中腐烂，什么都不是了。"

元山觉得父亲的话也有道理。

父亲继续说："我们小老百姓就是这样拾着一粒一粒的红豆，不厌其烦地耕作，在太阳神的照耀下，小心谨慎地种着粮食。也就是我们这些小人物，傻乎乎地辛勤劳作，世界上所有的人才可以吃上香喷喷的米饭，我的内心对此是很自豪的。可惜的是，大人物不理解我们这些小人物，认为我们目光短浅，只看到眼前的几粒红豆。你说是吗？"

元山俊美和他的父亲

父亲这番朴实的话语，又把元山说得满脸通红，又羞愧又震撼。元山心想："父亲一方面高兴自己的儿子有干大事的志向，另一方面自己又保留农民的本色，真是一位伟大的父亲呀。"

元山对父亲说："父亲大人，您虽然没有什么文化，但您说的这些话太好了，比我们学校的老师，比我们的校长，说得更深刻。我将来一定要把您的这些话，告诉世界上的人们。"

元山俊美和他的母亲

父亲笑着问："你怎么告诉呢？"

元山想了想，答："父亲大人，我将来要当一个政治家，把您的这些话传播出去。"

父亲高兴地连连点头说："好啊，好！等你当上政治家，我们村的人都去给你投票。"

转眼之间，元山读完了小学，开始要读中学了。那时虽说日本上小学是义务教育，不要学费，但上中学就要自费了，而且学费比较贵。当时日本小学的入学率是99%，初中的入学率是13%，高中的入学率是7%，大学的入学率是0.5%，具有中学文化就算是知识分子了。

由于学费贵，一般贫穷人家的孩子小学毕业后，就在家务农或者外出打工，女孩子更是不读中学的。元山的家境不过是中农，按照当时的标准，中农家庭的孩子一般也不读中学。然而元山父母对元山期待很大，宁可省吃俭用，也要省出钱来让元山去读中学。

元山住的村子附近没有中学，他要坐一个小时的火车，到城里去上学。元山上中学的时代，一般日本人还是穿和服的，父母专门给元山做了一件色织几何花纹棉布的新和服，让他穿着这身衣服去学校。所谓色织布，那是相当费工夫的织法，不是印花，而是用不同颜色的线，按照设计的花纹，通过经纬线的奇妙交错织出来的布。虽然说色织布在和服中不是特别高档的，也不显得特别华贵，但文人墨客特别爱穿这种色织几何花纹的和服，据说这种布有文人的气质。

当元山穿着这身色织几何花纹棉布的和服，露出带着两个酒窝的笑脸，居然显出一种文化人特有的气度和品位。村里的乡亲们看了都说："俊美这孩子，将来一定会是一个做学问的大人物。"

元山非常珍惜读中学的机会，努力用功学习。同时，元山也没有忘记他对父亲的承诺，立志要当一个政治家。元山一边在中学读书，一边省下零用钱，买了法政大学的政治学讲义，自学政治学。当时日本的书店里，有专门卖大学讲义的柜台，价格十分便宜，主要供那些读不起大学的穷人买大学教材自学大学课程。

这时候元山才13岁，别人家的孩子在这个年龄还在捕知了、追野兔，元山就已经为他的政治家之梦奋斗起来了。元山每天往返学校要坐两个小时的火车，在这两个小时里，元山如饥似渴地学习法政大学的政治学讲义。这些讲义非常难读，那个时代的大学讲义都是半文言，很多汉字元山不认识。于是元山就一边查字典，一边做笔记，硬是啃下了这些大学讲义。虽说后来因为种种原因，元山未能进入大学读书，但元山的政治学功底却是在这个时候积累起来的。后来元山成为一位出色的社会活动家，这与他在少年时代自学政治打下的基础是分不开的。

元山除了自学法政大学的政治学讲义以外，中学的功课也丝毫不敢怠慢，连续三年全年级考试成绩都是第一名，把元山父亲乐得合不拢嘴。

然而就在元山一边读中学，一边自学大学的政治学课程，准备将来报考大学的政治系，成为一名政治家的时候，一场无情的自然灾害击碎了元山的政治家之梦。

元山读初三的时候，家乡遭到一场强台风的袭击。台风不仅摧毁了元山家的全部农作物，还把元山家的住房吹塌一半，屋顶也被掀掉了。本来元山家的家境算是中农，可是这次受灾的经济损失极大，使元山家骤然变得接近贫农了。

这天，父亲把元山叫到面前，认真地对他说："我知道你想要成为一个大人物，你也有成为大人物的才干。我本来想帮你成为大人物，供你上大学读书，可是这场无情台风摧毁了农作物，吹坏了房屋，把我们家所有的积蓄都赔进去了。虽说我们屋后还有一片杉树林，卖掉杉树林或许可以供你读大学。可是我们一家人也要吃饭，也要过日子啊。所以，我和你母亲商量了好半天，最后还是决定，放弃供你读大学的想法。"

元山听了父亲的话，也知道现在家境非常窘困，供他上大学的确有困难。元山难过得流下眼泪，对父亲说："父亲大人，家里的情况我也都知道，我们现在经济上非常困难。我不再读书了，我回来帮您干农活吧。"

元山父亲也难过地说："你回来干农活没有出息，也委屈你的才能了。你不如离开这个村子，出去当个工人吧。现在工人比农民挣钱多，也受人尊敬，说不定还有当政治家的机会。"

元山点头说："父亲大人，谢谢您对我的指点，那我就离开这个家，出去当工人了。"

元山父亲说："现在铁路最热门，想要当铁路工人非常难。你要是能当个铁路工人，在我们村里也是不得了的事情。"

元山听到这里，挺起胸膛说："父亲大人说得对，现在想成为铁路工人非常难，而在铁路工人中，最难的就是火车司机。我要当一个火车司机。"

元山父亲听了拍手："我儿，你真有大人物的志向啊，要当工人就当火车司机。火车司机是工人中最难的，是工人中地位最高的博士。我真替你感到无比的自豪啊。"

这天晚上，元山抱着他的那些大学讲义，悄悄哭了一夜。这场台风不仅吹掉了他们家的屋顶，也吹走了元山上大学的美梦。最后，元山抹干眼泪，鼓励自己说："虽然我上不了大学，但它阻挡不了我成为政治家的梦想。既然这样，我就当一个无产阶级政治家吧。"

元山是这样想的，也是这样做的，后来元山成了一位出色的无产阶级社会活动家。

多年以后元山在对我说这段经历时，不无感慨地说："假如没有这场台风，我就不是现在的我了，很有可能，我是我们村庄唯一的东京大学的毕业生，还有可能当上东大的教授，甚至有可能成为日本的首相，当然也就不会和你认识了。我因为你的出现，感谢那场台风。"

历史无法假设，不过，我相信元山的话，那场台风不仅影响了元山的走向，也影响了我的命运轨迹。但是，我更感兴趣的是，如果没有那场台风，元山会不会成为代表工人阶级的政治家呢？我想，那是不太可能的，因为在日本，人一旦进入精英队伍，就不太可能再代表劳动人民的利益了，所以，从这个意义上，我也庆幸元山遇到那场台风，毕竟，日本工人阶级多么需要有水平，又能说会道的自己的社会活动家呀。这么看来，人的意志与人的命运是不一致的。

我们再回到元山的故事，当时日本有火车司机学校，一般人想考入火车司机学校也是很不容易的。不过像元山这样有实力考大学的人去考火车司机学校，还是比较轻松的，一下子就考取了。

元山俊美考上火车副司机时的司机制服照，口袋上别着三支钢笔，当时有三支钢笔很牛

火车司机学校是免费的，与其说免费，不如说是学生靠工作养活自己。火车司机学校每周只上两次课，其余时间就是劳动，在劳动中学习。

那时的火车都是蒸汽机车，元山最先被安排的工作，是清扫蒸汽机车的烟囱，这是最脏最累的活，每天每一个毛孔都沾满油污和灰尘，但元山毫无怨言，埋头苦干，得到老师傅们的一致夸奖。很快，元山就被提升，在火车头里担任往锅炉里加煤的司炉工。司炉工的工作又脏又累，每天也是灰头土脸，但能直接观察到老师傅是怎样开火车的，技术含量非常大。

凭着元山的聪明和勤奋，3年后他就考取了蒸汽机车副司机的执照，再前进一步，就可以拿到司机的执照了。元山在这3年中，与蒸汽机车朝夕相处，深深地迷上日本的蒸汽机车。元山后来对我说："在历史上，迄今为止人类创造出来的机器中，唯有蒸汽机车是如同生命体一样的机器，它如大象那样大把大把地把地里的食物（燃料）吞进去；又像鲸鱼一样，豪放地喷出烟雾；像狮子那样令人措手不及地张开大口，发出雄壮的叫声；而且像骏马一样，如飓风奔驰在大地上；更像壮牛一样，任劳任怨地承载着人们的希望，不停地运转。"

就在元山高高兴兴准备考司机的时候，一件突如其来的事情，又粉碎了元山的火车司机之梦。

如果说上次那场粉碎元山读大学之梦的台风，是一场"天灾"的话，这次粉碎元山火车司机之梦的，却是一场"人祸"。这天元山接到一张征兵通知令。征兵令写着：依照大日本国宪法，元山俊美已被征为大日本帝国陆军士兵，必须在十天之内前往指定的报到地点报到。

看到这张征兵令，元山眼前一黑，就像是挨了当头一棒，过了好半天才清醒过来。可是这个时候，元山做梦也没有想到，这一纸征兵令，彻底地改变了他的人生。

第二章　被迫成为侵略军的炮灰

第一节　强迫征兵，这回终于轮到他了

元山俊美是1940年被征召入伍的。他还不到20岁，满19岁的时候，厄运突然降临。

日本于1931年发动侵华战争，到1940年已经进入第10个年头。日本为什么要跟中国打仗呢？这个问题不是本书讨论的范围。这里只是从元山的视角，看看那时日本国内是什么样的情况。

当时在日本把中国所说的"抗日战争"称为"日支事变"。为什么这么说呢？第一个原因，是那时日本称中国为"支那共和国"，而不称"中国"。这是因为日本也使用汉字，在汉字中"中国"有"中央之国"的意思。所以日本人觉得使用"中国"这个词，自己好像被贬低，"吃亏了"。

第二个原因，是日本当初不肯承认抗日战争是一场"战争"，而说这仅仅是一场"事变"。日本之所以这样说，第一个目的是为了减小国际上的影响。因为把"战争"说成是"事变"，那就不存在"侵略"问题了。第二个目的，是为了欺骗国内人民，把年轻人骗到

战场上当炮灰。因为听到"事变"这个词，一般人的感觉就是局部的、短暂的武力冲突事件，不会把它当作很严重的事情。那时的日本人都万万没有想到，这场所谓的"事变"居然持续了14年之久。

第二次世界大战后，中国作为战胜国，向日本提出"不准再使用'支那'称呼中国"。日本作为战败国，只得无条件接受。从此，日本的官方文件和正式媒体，都把"支那"改为"中国"。比如"支那文学"改为"中国文学"，"支那料理"改为"中华料理"，等等。在此背景下，日本当初所说的"日支事变"，也就改称为"日中战争"了。

当然，也有一些日本的极右分子坚持不改"支那"的称呼，有名的比如第14任东京都知事石原慎太郎。不过这种话只能在非正式的场合说，即使石原慎太郎也不敢在正式的场合说。

在二战前的时代，日本的官方和民间都把中国称为"支那"，把中国人称为"支那人"。本书在叙述二战前的事时，把当时日本的"支那"说法，一律改称为"中国"。

1937年时，元山只有16岁，按照现在的标准，还是个孩子呢。不过，元山在少年时代就立志要当一个政治家，所以他对政治一直很关心。然而那时的少年元山毕竟还没有社会经验，轻易就被日本政府的宣传所欺骗。元山说："当时日本各大媒体都在说一件事，这就是，英美殖民主义者奴役亚洲的时代已经过去了，我们要建立一个亚洲人的亚洲。"

日本政府提出"亚洲人的亚洲"口号，在当时的确极具煽动力。如果看一下第二次世界大战前的亚洲地图可以发现，当时亚洲除了两个独立的国家之外，其他国家都沦为英美法等欧美列强的殖民地。印度是英国的殖民地，越南是法国的殖民地，菲律宾是美国的殖民地，印尼是荷兰的殖民地……剩下的两个独立国家，一个是中国，另一个就是日本。

在这种情况下，赶走欧美殖民者，建立"亚洲人的亚洲"，本来是一个正义的行为，可是日本政府却用这个冠冕堂皇的口号，掩盖它背后的野心。日本政府其实想干的，是试图把中国变成日本的殖民地，这也是日本出兵侵略中国的真正目的。可是在公开的宣传上，当然是不能这么赤裸裸地说出来。

日本在公开的宣传上，说日本出兵中国，是为了保护中国不再沦为欧美列强的殖民地，是为了拯救中国人民，建立一个在日本领导下的"大东亚共荣圈"。这种打着正义幌子的宣传口号，一度迷惑了很多日本人，特别是很多热血的日本青年。元山也一度被这个口号所欺骗，以为日军到中国去，是为了造福中国人民，是正义的事业。

为了强调日本建立"大东亚共荣圈"的正当性，日本政府在国内大搞反西方反欧美的宣传，不仅禁止称赞英美的言论，甚至还禁止使用来自英美的词语，外来词语一律改为日本式词语。

比如，把"牛顿定律"改为"力学定律"，地名"新加坡"改为"昭南岛"，饮料"苏打水"改为"喷出水"，"咖喱饭"改为"辣味饭"，"华盛顿饭店"改为"东条饭店"，等等。由于禁止使用英文字母，连铅笔硬度的标志"HB""2H""2B"等英语字母也要改。"HB"改为汉字"中庸"，"2H"改为"二硬"，

"2B"改为"二软"。

在日本政府的宣传氛围下，中日战争刚刚爆发时，大部分日本人对这场战争都是积极支持的，而且当时日本政府宣传说，这不过是一场"事变"，只要几个月就会结束。可是事实上，日本政府所说的"日支事变"，并没有很快结束，而是一年、两年、三年、无止境地延续下去，死在中国战场的日本青年越来越多，这样一来，日本国内逐渐开始出现厌战的情绪。

长期的战争导致更麻烦的事，日本出现了严重的物资短缺。日本原本就不是一个自然资源丰富的国家，无法承受长期战争的消耗，所以几年战争下来，日本的物资日益短缺，开始影响到老百姓的日常生活。为了掩盖物质短缺，转移老百姓的不满，狡猾的日本政府想出一个"妙计"，就是搞一场政治运动，叫作"国民精神总动员"，简称"精动"。

二战前，日本搞过不少政治运动，最著名的当然就是这场"精动"。该运动的口号是"举国一致、尽忠报国、坚忍持久、灭私奉公"，第一项具体措施是提倡"禁止奢侈"，类似于中国的提倡"艰苦奋斗"。

"精动"运动开始后，日本的百货公司禁止卖高档商品，饭店禁止卖高档饭菜，提倡人们吃最简朴的"太阳旗便当"。所谓"太阳旗便当"，就是一盒米饭没有任何菜，中间只放一粒

日本战争时期吃的"太阳旗便当"

日本战争时期的宣传海报

日本战争时期的国
民精神总动员运动

日本战争时期的国民服

红色的酸梅下饭，看上去很像日本的国旗太阳旗。

"精动"运动特别号召人们灭私奉公，并把每个月的头一天定为"兴亚奉公日"。在这一天商店、饭店等一律关门休业，人们义务劳动一天。"精动"运动还涉及到人们的私生活，女人禁止烫发，男人穿国民服。所谓国民服，类似于中国的中山装。

随着战争的进行，有越来越多的年轻人被强征入伍，但元山一家和元山本人，都认为自己不会被征召入伍。这并不是侥幸心理，而是因为元山这样的火车司机属于稀缺人才，不是随便找个人都可以开火车的。稀缺人才不上前线，这是一般战争的常规，除非战争已经到了非常困难的时刻。所以，元山接到征召入伍通知书时，一点精神准备也没有。元山家人和村里的乡亲们得知元山被征入伍，也非常吃惊，大家暗地里想："连火车司机都要应征入伍了，可见中国的战事并不是报纸上宣传的那么乐观。"

元山收到征兵通知书后，不得不去军队报到，正式入伍。元山入伍后，经过两个星期的简单军事训练，马上就派他们到中国去。在出征去中国之前，元山等新兵被允许回老家向亲人告别。

元山老家村子的乡亲们听说元山回来告别，都遗憾地说："唉，不该来的还是来了。那个'谷本屋'的俊美君，多好的一个年轻人啊，可惜啊，还是被军队带走了。"

虽说当时日本报纸上宣扬什么"光荣的出征""载誉的远行"等大话，但一般老百姓并不掩饰自己痛楚的心情。

元山满怀复杂的心情，临赴中国战场前回到自己的家乡，在那里乡亲们为他举行一场盛大的送别大会。新入伍士兵一般都是穿着刚刚发下来的军服回乡告别亲人，可是元山却没有穿军服，而是穿着一身西装回到家乡。这身西装是元山考上火车副司机时，用多年积攒的钱特别买的一身高级毛料西装，作为庆祝和纪念。因为元山平时在到处是煤灰的火车头里开火车，这身西装一直没有机会穿。

元山俊美被征兵后纪念照，只有元山俊美穿西装

元山这次穿上这身笔挺的高级西装，完全是一副学者的样子，而不像是一个士兵。

那时日本虽然没有明文禁止人们穿西装，但在铺天盖地的反西方宣传浪潮中，大家都悄悄把自己的西装压在箱底，不敢穿出来。元山家乡的小学校长以往一直都是穿西装的，表示自己是知识分子，可是现在校长也脱下西装，穿起四个袋子的国民服，一副随时准备尽忠报国的架势。在这种氛围下，元山居然穿上一身崭新的西装，出现在自己的家乡，让乡亲们大为震惊。

元山后来说："在那种形势下，我穿着西装回去告别，确实是非常异类的行为。我穿着西装坐火车时，突然有一个人坐在我旁边，这个人一路上板着脸，一言不发，双眼瞪着我。等火车快到站时，这个人又不声不响地消失了。后来我才明白，我被当局注意了，那个人就是监视我的警察。"

当时日本有所谓的"特高科"警察，专门监视人们的思想，抓思想犯。那时候穿西装的人，一般被认为是亲西方分子，或者是反战分子。元山因为不合时宜地穿着西装，所以被"特高科"警察注意了。

元山为什么要穿西装呢？他解释说："我那时还没有反战的觉悟，还深信日本政府所说的'大东亚共荣圈'是正义的事业。我之所以穿西装，并不是意味着我要亲西方或者反战，我只是想给父母看看我穿西装的样子。"

前面提到，元山曾经答应父亲，将来要做一个政治家，父母也一直期待元山能成为一个政治家。当时日本人心目中政治家的形象是穿着一身西装，而绝不是穿军装的。元山说："我想我可能会死在战场上，这次可能是父母最后一次见我。我想让父母看见我穿着西装，一副政治家的模样。这样父母想起我时，是一副西装革履的政治家形象，而不是与我们本来无缘的军人形象，至少可以让父母心中得到一些安慰。"

在送别会上，人们手里摇着乡公所分发的太阳旗。元山一站到台上，人群里就掀起一个小小的声浪"哦……"好像惊诧元山的西装，也好像点赞他的勇敢。

元山面对与他含泪惜别的乡亲们，已经想好的一段发言，一时间说不出来。最后，元山嗓音哽咽地对乡亲们说了唯一的一句话："我不在的时候，请各位多多关照我的父亲母亲，多多关照我的妹妹。"

元山后来说："我那时心中并没有任何光荣感，也没有悲壮感，只有一种无奈的惆怅感，一种对父母的不舍，一种对妹妹的不放心。自己离开日本，瘦弱的妹妹承担得起照顾父母的重担吗？这个担心一直在我心中挥之不去。没想到后来真的应验了我的担心，妹妹变成了驼背的残疾人。"

送别会上来了两个记者，按照规定，要给即将离别的元山与家人合影留念。但记者却不肯给元山照相，说："你必须脱下西装，换上军装，否则我们不给你照相。"

元山不想跟父母照一张穿军装的合影，可是记者不给他照穿西装的照片，元山只好脱下西装，换上军装，与父母合影留念。在与

元山俊美不好意思与母亲手拉手，把手藏在背后

母亲合影时，元山母亲想着儿子这一去，不知能否活着回来，情不自禁地拉住元山的手。可是元山很不好意思在大庭广众之下与母亲手拉手，好像没有男子汉的样子。所以元山没有多想，就挣脱了母亲的手，并且把手藏到背后。

挣脱母亲的手这件事，成为后来元山军队生活中的一个懊恼的源头。母亲那悲伤的眼神总是在元山心中挥之不去。元山想："战争结束后，我回到家一定要郑重地向母亲道歉。"

五年后日本战败，元山回到家乡，果然郑重地向母亲道了歉。母亲说："那时我想拉你的手，是我怕以后再也不能摸到你的手了，所以想最后摸一摸。那次没有摸到你的手，我真的感到很遗憾。现在看到你平安回来，我的遗憾也就没有了。现在想起来，幸亏当时你甩掉我的手，不然也许就没有你今天活着回来的幸运了。"

送别会之后，日本山阴地区突然大雪纷飞，夹着太平洋上刮来的冷风，似乎让人预感到一种不祥之兆。妹妹偷偷地对元山说："但愿大雪再厉害些，火车无法开动，你就不走了。"

元山心里也是这么盼望着，可是不久大雪偏偏又停了，火车又开动了，元山不得不离开家乡。妹妹送元山到火车站台上，在火车开动时，妹妹伏在元山耳边，悄悄地说："阿哥，你可一定要活着回来呀。"

元山听到这句话，心中一紧，眼泪夺眶而出，洒落到白茫茫的雪地上。

火车吐着白烟，越开越快。那个元山走过不知多少遍的家乡小火车站，连同妹妹孤单的身影，在元山的视野中越来越小，后来终于看不见了。元山心中对自己说："啊！我的家乡，我多么爱你呀。即使我死了，我的灵魂也一定要回来。"

第二节　战前洗脑，灌输军国主义的思想

1941年1月20日，元山他们这批新兵被送到日本广岛濑户内海的宇品军港，准备在那里乘船前往中国。宇品军港是日本著名的军港，不管是甲午战争还是日俄战争，从日本前往中国的士兵都是从这个军港出发的。

元山看过不少描写甲午战争和日俄战争的书，书中的主人公都是从宇品军港上船出发，离开故乡日本，奔赴血腥杀戮的战场。元山做梦也没想到自己居然也有这样的一天，来到这个以"生离死别"而闻名的军港，被送到远离日本的遥远战场。

元山等新兵在离开日本之前，照例有一名将军前来对他们训话。将军亲自训话，一来使他们这些新兵有自己被重视的感觉，更加愿意为帝国卖命；二来是最后给他们洗一次脑，因为日本派到中国的将官大多是只会打仗、不太会说话的实干派，搞宣传的

水平较差。

元山因为对政治感兴趣，想当政治家，所以他很认真地听那位将军的训话。元山后来说："那个将军的名字我记不起来了，不过他的那次训话我却记忆很深，至今不忘。尽管他说的内容我不赞成，但不能不说他是一位演讲的高手，不仅没有空洞的口号，而且从说话的语气、语调、语速，到脸部的表情、手势，都给人一种说不出来的吸引力，想听他继续说下去。"

那位将军究竟讲了些什么呢？据元山的回忆，将军是这样训话的：

"诸君，明天你们将离开日本了。在离开日本之前，你们有没有想过这样的问题：我们在日本平平安安地过日子多好，为什么要跑到遥远的中国去打仗呢？"

说到这里，将军指着前排的一名新兵，微笑着问道："你，你想过这样的问题吗？"

那新兵万没想到将军会向他提问题，赶紧立正，举手向将军敬礼，然后说："报告长官，我没想过。"

将军又指着旁边一名新兵，问道："你，你想过这样的问题吗？"

那个被问的新兵也赶紧立正，举手敬礼说："报告长官，我也没想过。"

将军脸上的微笑消失了，挥动手大声说："你们在骗我。你们想过，你们一定想过这样的问题。"

将军用手拍拍自己的胸膛，说："为什么我知道你们在骗我？

因为在35年前日俄战争爆发的时候，我也是一个被征召入伍的新兵，当时我就站在你现在的位置，我的长官也向我提出了同样的问题，我也做出了跟你一样的回答。"

台下鸦雀无声，众新兵没想到将军会说出这样的话，感到又意外又新奇。

将军继续说："现在欧美国家在批评我们呀，说我们日本在搞军国主义。这真是无耻的贼喊捉贼。诸君，你们都看过亚洲地图吧？亚洲是世界上第一大洲，可是亚洲却只有两个独立的国家，日本和中国。英国出兵印度，把印度变成它的殖民地；法国出兵安南，把安南变成它的殖民地；美国殖民着菲律宾；荷兰殖民着印尼……"

这时将军又问新兵们："诸君，欧美列强也想把我们日本变成他们的殖民地，他们也想要殖民我们。在这个时候，我们面前有两条路，前一条路是全民皆兵武装起来，抵抗他们的侵略，不当他们的殖民地；后一条路是俯首帖耳，放弃军事抵抗，甘当他们的殖民地。诸君，你们说，我们走前一条路还是后一条路？"

新兵们齐声说："走前一条路！"

将军说："对，我们大和民族是不屈的民族，所以我们别无选择，只能走前一条路，这条路就是他们所说的'军国主义'。我们走上'军国主义'道路，是被他们的强盗行径逼出来的。可是他们这些强盗，却反过来批评我们搞'军国主义'，这不是贼喊捉贼，又是什么？"

新兵们被将军的话激愤起来，高喊："鬼畜①英美！"

---

① 魔鬼畜生之意。

将军接着说："现在，那些强盗又想把中国变成他们的殖民地。如果我们听任他们把中国变成殖民地，那么下一个目标必然就是我们日本了。所以，我们现在出兵中国，就是要粉碎他们把中国变成殖民地的企图。当然，我们还要帮助中国人民摆脱欧美列强的控制，帮助中国建立一个独立的国家。这就是我们放弃在日本平平安安地过日子，跑到遥远的中国去打仗的目的。"

新兵们听到这里，响起一片由衷的鼓掌声。

将军又说："你们明白了去中国打仗的目的，我相信，你们一定会勇敢作战的。我们在中国遇到一些军事抵抗，那些抵抗我们的中国军队，只不过是被英美列强收买的雇佣军。我告诉你们，真正的中国人民是欢迎我们日本皇军的，因为我们是去解放他们的。"

这时台下又是一片热烈的掌声。

将军又讲了一通国际形势，最后说："也许，你们在战场上会遇到凶险的战况，会遇到危急的时刻，但是'投降'，绝不是我们大日本皇军将士的选择。我们皇军将士都有'宁为玉碎，不为瓦全'的不屈精神，到了危急时刻，我们唯一的选择就是为国捐躯，而不是投降敌人，苟且偷生。对于每一位为国捐躯的战士，靖国神社将会永远祭祀他的英灵，他将会流芳百世。而那些苟且偷生的投降者，将会遗臭万年。我相信，你们今天在这里的每一位，在危急时刻都将会选择当流芳百世的烈士，不会有遗臭万年的偷生家伙。"

将军说到这里，台下一片寂静，没有一个人鼓掌。

这时新兵们似乎突然明白了将军这番话的关键，就是要他们去死，不能投降。元山说："生命对每个人来说，只有一次，大家都会本能地珍惜生命，所以我们这些新兵对将军'宁死不降'的号召保持沉默，没有人鼓掌。"

第二天，元山等新兵一起登上运兵船。在港口上，政府组织了一大群手持花束，挥动小太阳旗的学生和少女们为他们送行。当运兵船开动时，送行的人群高呼"万岁"，元山他们这些新兵也向送行的人们拼命挥手，场面颇为壮观。

可是当送行的仪式过去后，新兵们又一下子沉默下来，大家似乎都不想说话，都默默地坐着想心事。

在船上，新兵都是睡通铺，所谓通铺，就是整个船舱铺上榻榻米，榻榻米上是一个挨一个的薄薄的枕头，上面放着黄绿的军毯，新兵们按照自己的乘船号码，对号入睡。

最初，新兵们还沉浸在与亲人离别的痛苦中，他们都是嘴上无毛的青年，来不及想战争是什么，也来不及了解那在大海那边叫"中国"的国家是怎么样的地方。但不管怎么说，年轻人毕竟是年轻人，充满了各种年轻人特有的幻想，渐渐地他们开始对即将到来的军队生活七嘴八舌地猜测起来。

有人说："听说中国男人吸鸦片，女人裹小脚，我们应该先去教化他们。"

有人说："听说中国人还只是用一把锄头耕作，我们应该先教他们养牛，再慢慢教他们用牛犁地耕作。"

有人说："听说中国的土地肥沃广阔，但是种子不好，种出来的庄稼不好吃。我们应该把日本的好种子带到中国，让他们看看我们日本良种打出来的粮食。"

总之，这些新兵想这想那，就是没有想到杀人。其实，日本政府派他们到中国去的任务，就是"杀人"这一件事。新兵们还没有意识到，自己已经成为杀人侵略军中的一员了。

新兵们畅谈了一阵幻想，逐渐把话题拉回到现实的世界。一个名叫山本三郎的小个子新兵一直沉默不语，愁眉苦脸，终于他忍不住对大家说："俺姐夫在中国不到半年，就被中国军队打死了，俺姐姐新婚不到一年就成了寡妇。可怜姐姐还有一个遗腹子，刚刚生下来，她真是痛不欲生啊。"

山本三郎这句话使新兵们一震，大家郁郁寡欢，情绪一下子低落下来。就在这种低落的气氛中，运兵船驶进了中国天津港。那时天津港已被日军占领，成为日本重要的运输基地。元山等新兵到达天津后，先在天津附近的军营里进行3个月的实战训练，进行所谓的"锻造军人精神"。

第三节　非人折磨，"皇军"特有的训练方式

日本天皇的军队（简称"皇军"），一直到1945年投降，都使用野蛮的非人性方式训练士兵，并且美其名曰"锻造军人精神"。新兵训练，是把新兵和老兵编排在一起，共同进行训练。与其说老兵教新兵作战技巧，不如说老兵从肉体上和精神上折磨新兵。

最常见的是"打耳光"训练，老兵让两个新兵相互打耳光，一来一去，直到打到双方的眼眶青紫，腮帮红肿为止。老兵还要在

旁边看着，如果发现新兵打对方时稍微手下留情，老兵立刻亲自过来动手狠命地打手下留情的新兵，一直打到新兵满嘴出血为止。老兵打累了停手时，新兵还必须大声地对打自己的老兵说："您辛苦了。谢谢！"

有一次，跟元山一起到天津的新兵山本三郎，就是前面提到的船上那个小个子发烧了，躺在床上起不来。元山吃饭时，看到菜盘里很稀罕地有四分之一个鸡蛋黄，元山就用纸把蛋黄包起来藏在口袋里，饭后拿回宿舍想给山本三郎吃。元山把蛋黄拿出来，对山本三郎说："三郎君，看我给你带来了什么……"

元山的话还没有说完，背后一阵脚步声响起，紧接着一个巴掌打在元山脸上。一个老兵把元山手里的蛋黄打到地上，接着骂道："你怎么能把好东西拿给病号吃？战场上，这种病号是完全没有用的家伙。没有用的人，不配吃鸡蛋这样的营养品。"

接着，老兵又对元山打了一顿耳光，一直打到手痛，才吼了一声："掉在地上的蛋黄，可以给他吃了。"

元山立正着挨打，等老兵打完，还要说："谢谢，您辛苦了。"

等老兵走后，元山小心地用手指拢起地上破碎的蛋黄，用嘴轻轻吹掉灰尘，递给山本三郎，山本三郎含着眼泪急忙把这个破碎的四分之一蛋黄吃了。说起来也怪，第二天山本三郎就退烧了，病也很快好了。

山本三郎在老兵重压下，吃到元山给的四分之一蛋黄，在这种无情的"皇军"世界中，意外地得到精神上的安慰，这比肉体的休息还灵啊。人性关怀是人间最好的药。

可是元山因为被打，满嘴起血泡，吃饭时，饭粒夹进溃烂的血泡里，痛得他直冒冷汗。元山知道，倘若他呻吟一声，就会遭到更厉害的拳打脚踢，只得咬牙硬顶过去。

在日本军营里，老兵们还发明了五花八门侮辱新兵的游戏，他们让新兵钻床底，学猪叫，学狗叫，还让新兵双手撑着两张饭桌，双脚上下空踩，学火车鸣笛声。在旁边观看的新兵，还不准笑，如果有人笑出声来，就会遭到毫不留情的惩罚。这种把人的自尊心一层一层地剥夺的恶劣行径，是日军中一个恶劣的传统习惯。

元山对我说："一个军队，是一群同胞式的共同体，如果连同胞之间也可以互相侮辱，互相取乐，互相殴打的话，那么就使人失去了起码的人性。一个失去人性的人，杀人时毫无同情心，当然就很容易变成杀人不眨眼的杀人机器。日本军队这种非人性的训练，把人培养成冷血杀人机器的所谓'锻造军人精神'，是我最深恶痛绝的。"

直到21世纪的今天，日本的一些运动队等团体，比如高中和大学的棒球队、拳击队等，有的还保持有这种非人性训练的习气。运动队的新队员与老队员之间的关系，几乎就是过去军队里新兵与老兵的关系。运动队的这种非人性训练方式，偶尔被媒体曝光，也只是轻描淡写地处置一下，水面下依然照旧，这也算是日本公开的秘密。

我曾经百思不解地问元山："日本人大多数看上去都是温文尔雅，非常有礼貌，可是为什么有的团体会保留如此野蛮的习气呢？"

元山回答说："这可能是因为自古以来提倡武士道精神的缘故。武士道的精神认为，要把一个人培养成坚强不屈的武士，必须经过肉体上和精神上的严酷锻炼。老兵对新兵的非人性残酷折磨，被认为是锻炼新兵肉体和精神的一种方式，所以这种非人性的训练一直没有受到普遍的谴责。"

我说："从这点看，我觉得中国人比日本人善良。"

元山点头赞同说："我也这么认为。中国人同情弱者，认为同情弱者是一种美德，然而日本不是这样。日本认为弱者是不值得去同情的，甚至还鄙视弱者。当年我在哈尔滨当兵时，看到街上有很多乞丐，有不少中国人给乞丐钱。在日本基本上看不到乞丐，有人以为日本人有志气，不当乞丐，其实不然。因为日本人不同情弱者，鄙视乞丐，不会给乞丐钱的，所以当乞丐要不到钱，也就没有乞丐了。"

就是今天，日本的流浪汉也不讨饭或者要钱，他们只是扒饭店、便利店、超市等的垃圾桶，从中找一些食物残渣。这也是日本欺负弱者风气的表现。

新兵们结束了三个月的非人性训练折磨之后，要给他们分配部队，每个人不知道等待他们的是什么命运。当然，每个新兵都

元山俊美在哈尔滨日本关东军铁道兵部队服役

希望自己被分配到后方的部队，谁也不愿意被分配到前线的作战部队。

第一批被分配的，是有特长的新兵。元山因为有火车副司机的执照，当然属于有特长的人，于是元山幸运地没有被分配到中国战场的前线，而是被分配到中国东北的哈尔滨，也就是在伪满洲国，去为军队驾驶火车。山本三郎因为个子小，病快快的，反而也与元山一起成为铁道兵，不过他因为没有火车司机执照，只能打杂和修铁路。

元山与山本三郎又坐了几天几夜的火车，到达哈尔滨，被编入"关东军铁道兵第三连队"，元山担任运输军火物资的火车司机。元山被分配到的班里，士兵们原来都是铁路工人，有司机，有司炉，还有维修工，其中元山是最年轻的。这些有特长的士兵比较敢说话，不太服从纪律，按照那时军队的思想管理和纪律来说，他们这些人都属于"狂妄之徒"。

元山被分配到一个老司机手下担任副司机，一起开火车。老司机都快40岁了，开火车时经常把战前日本老歌的歌词改成自己想唱的词，比如他唱："军队啊军队，马也讨厌你，鹿也讨厌你，只有马鹿①喜欢你。"有一天，老司机居然大胆地唱："天皇也是人，一天也要吃三餐，何以高高在上。"

老司机的这些话，虽然并没有直接反战，但厌战情绪是不言而喻的。元山暗暗地想："这些大概是老兵们心里的实话吧。"

---

① 日语意思是傻子。

一天，元山对老司机说："在日本临行前，长官告诉我们说，真正的中国人民是欢迎我们日本'皇军'的，因为我们是去解放他们的。您在中国这么多年，感觉是这样的吗？"

老司机大笑说："中国人民欢迎我们？天大的笑话嘛。我们打到人家门口，还指望人家来欢迎我们？其实，你只要注意看看中国人的眼睛，就会发现他们看我们的眼神是充满仇恨的。人是可以用眼睛说话的，不必大喊大叫。"

元山有点胆怯地问："难道长官没有对我们说实话？"

老司机又大笑说："他要是说实话，那就会跟我一样，一直当个小兵，哪会当上长官呢。"

第四节　见死不救，"皇军"怎样对待中国人民

元山在哈尔滨服兵役3年，在这期间，由于哈尔滨属于日本的"大后方"，元山所属的关东军铁道兵部队主要是负责调运军用物资，没有直接参加战斗，为此，元山他们这些士兵都有侥幸的感觉，以为自己可以躲过战场上的血腥厮杀。

当然，元山这3年也不是平平淡淡地度过，他也看到了各种各样在日本看不到的事情。元山说："有一件事情让我很震撼，这就是日本军队是怎么样对待中国老百姓的。"

一天，元山作为蒸汽机车的副司机，在一位老兵司机的率领下，驾驶着火车运送军用物资。路上，元山在火车头里远远看到一辆中国人赶的马车正在横过铁路，眼看就要过去了。可就在这时，

老兵司机猛然拉响汽笛，"呜"的一声响彻云霄。那匹拉车的马被突如其来的汽笛声音吓惊了，居然拉着车掉头向火车这边狂奔过来。

赶车的中国人死命拉马的缰绳，但怎么也拉不住。眼看着马车向火车这边跑来，元山赶紧拉起刹车杆急刹车，但火车在巨大的惯性下，一下子也停不住，终于"砰"的一声响，马车跟火车相撞了。

火车停下后，元山赶紧跳下火车头去看情况，只见马车已被撞得粉碎，拉车的马也被撞死，赶车的人被火车压断一只胳膊，倒在地上大声呻吟。元山赶紧要去救人。忽然屁股上被人踢了一脚，元山跌了一个嘴啃泥。

元山从地上爬起来一看，踢自己的是那个老兵司机。元山急忙立正，举手给老兵敬礼，大声说："请您指导！"

老兵冷笑着问："莫非你要去救这个中国人？"

元山说："是啊，他受了重伤。我们要把他救上火车，赶紧送医院。"

元山的话音还没有落，一个巴掌"啪"地打在元山脸上。老兵说："如果他是个日本人，我们还可以救他，中国人是不能救的。"

元山喃喃地说："中国人也是人啊。如果不赶紧救他，他会死的……"

元山的话才说到一半，又是一个巴掌"啪"地打在元山脸上。这次老兵出手很重，把元山打得眼冒金星。

老兵吼道："你居然想到要救中国人。难道你不知道，如果你今天救了这个中国人，不仅是你，连我也要一起受到最严厉的处罚。这个处罚就是把你我都派到最前线最危险的地方去，你我的死期就到了。"

元山想起上级口头传达下来的不成文命令："路上遇到伤病的中国人，一律不予理睬。违者将受到最严厉的处罚。"这个命令也可以理解为对中国人见死不救。

元山当时不理解，为什么上级要下令对中国人见死不救，而且违者要受到最严厉的处罚。多少年后，元山终于明白了日军的意图：对中国人见死不救，原来是因为日本军国主义者怕日本士兵跟中国人建立感情，这样士兵们在战场上或许就不会那么冷酷无情地屠杀中国人了。

元山说："日本军国主义者真是残酷啊。居然要把我们这些士兵一点点的人性都掐灭掉。每次想到这里，我都会不寒而栗。"

第三章　踏上血腥的侵略穷途

第一节　无情军号，吹散了退役回国的美梦

1944年2月，元山俊美在中国哈尔滨铁道部队迎来了他第4年服兵役满期，按照日本法律规定，服兵役的期限为3年，所以到第4年应该就可以退役回家了。这些天来，元山每天晚上在睡觉前，就情不自禁对着东方默默合掌，一边祈祷一边盼想：明天上面一定会发来服役满期通知，我可以结束军队生活，回到父母和妹妹的身边；回到门前的小河前，等待从大海游来的小香鱼；回到那片杉树林里，沐浴久违的杉树风……元山每天晚上靠着这种期盼，才得以在阴冷的兵营中入睡。

元山所在的那个铁道兵部队，上个月刚刚走了3个3年服役期满的士兵。这3个人也没想到，他们成了关东军最后一批服役期满回国的士兵。因为1944年2月一声紧急集合的军号，无情地把元山服役期满回国的黄粱美梦吹灭了。元山叹息自己仅仅差一个月，没有成为幸运回国的士兵。

1944年2月28日凌晨3时，哈尔滨郊外的关东军铁道兵第三连队的兵营，在零下37摄氏度的寒风中颤抖，兵

营走廊环绕的天井下，昏暗的灯光里，站着一个值夜班的士兵，一切如3年的岁月一样，艰难而缓慢地流逝着。

睡在窗下的元山，突然在睡梦中隐隐约约地听到军号声，他不情愿地揉揉蒙眬的睡眼，映入眼帘的是双层玻璃窗，上面冰的结晶闪闪发亮，像棉花一样雪白，使人不相信会有什么军号。可是那军号还是一声高于一声，无情地催促着人，元山终于听出这不是一般的军号，而是紧急集合的军号。

紧接着，天井下的值夜班士兵开始"咚咚"地敲门，夹杂着气喘吁吁的呼唤："紧急集合！紧急集合！"

如果是一般的演习，前一天会有通知，但昨天没有接到通知，大家立刻知道，这不是演习，是真的紧急任务。年长的老兵骂了一句"鬼畜军号"，年轻的士兵还抱着侥幸心理喃喃地说："这是演习吧？"

元山心头一沉，一个不祥的念头闪过："我本该在2月20日服兵役满期，至今没有接到退役的通知，难道就是为了今天紧急任务？所以自己的从军生涯还不能完？"

接下来的事实，验证了元山的不祥预感。屋外的传令兵大声传呼说："命令！命令！行李精简至最小，累赘的家信、多余的衣物统统丢下，只带上枪支、军毯、水壶、饭盒。"

士兵们私底下怨声载道，可是军令如山，谁也不能违背，也不敢违背。元山也只得丢下放在床下的3年来积累起来的一大堆行李。元山在收拾东西时，犹豫了片刻，最后把日记本偷偷地放进饭盒里，瞒过执勤兵的检查，而父母和妹妹3年间寄来的信和明信片，只好忍痛全部丢弃了。

很快士兵们带着脸上的睡痕，列队站在军营外的空地上，一声接一声的点名应答声，响彻在凄风寒气中。元山从眼睛的余光中，意识到四周站有持着上了刺刀的监督兵，这是日本军队出兵时的一个仪式。因为元山他们这些士兵都是非自愿来到军队的，所以日本军队必须提防这些士兵的反乱和出逃。元山明确地意识到："这不仅不是演习，而且是非同寻常的军事行动。"

很久以后元山才知道，他们这次紧急任务出动，是参加抗日战争史上日军发动的规模最大的"一号作战计划"，中国称这次战役为"豫湘桂战役"。日军这次投入50万兵力，同时向中国河南、湖南和广西三省发起进攻，旨在打通从北京到广州的交通线，所以又称"大陆打通作战"。

日本为什么要发起这次"一号作战计划"呢？这其实与美国的战略计划有关。

1941年太平洋战争爆发时，美军一度节节退却，但到1943年后，不管是欧洲战场还是太平洋战场，盟军都转入战略反攻阶段。不过美国军队有一个特点，或者说是弱点，就是经得起物质消耗，却经不起人员消耗。一旦战场上死人太多，美国就会放弃战争，美军的这个特点是众所周知的。

当时原子弹还没有制造出来，而且当时也不知道原子弹到底是不是真的能制造出来。在没有原子弹的情况下，美国要使日本投降，就必须要攻占日本本土，攻克东京。由于日军宁死不降的特点，所以跟日军作战的人员损失将会很大。美军计算，如果美军登陆日本本土，攻克东京，至少要牺牲100万士兵。当时的美国总统罗斯福考虑，美国牺牲100万人，难以承受，所以罗斯福就想出美国的惯用伎俩：美国出钱，让别人去流血打仗。

这时罗斯福就看上了中国，计划美国出钱，把中国军队武装起来，让中国军队去登陆日本，攻克东京，这样美军的人员损失可以大大降低。

在这个战略设想下，罗斯福总统计划在1944年下半年美军登陆中国，先联合中国军队共同消灭在中国的日军，然后用先进武器装备训练中国军队，在1945年下半年左右发起登陆日本的战役，攻克东京。这次战役将以中国军队打头阵，美国军队以后方支援为主。

那么中国愿意不愿意做出"打头阵"的巨大牺牲呢？罗斯福设想，中国遭受了日本多年的侵略，又有南京大屠杀等血债，中国人报仇心切，必然愿意承担反攻日本，"打头阵"攻克东京的责任。而且，中国的人力资源非常丰富，也承担得起"打头阵"的人员消耗。

这么一想，罗斯福就开始"拉拢"蒋介石了。1943年12月，罗斯福特别邀请蒋介石去当时英国的殖民地埃及开罗，与英国首相丘吉尔共同商议打败日本后的国际格局，发表了著名的《开罗宣言》，宣布战后将把台湾等被日本割占的领土归还中国，给足了蒋介石面子。当然，罗斯福这么做并不是特别想对中国友好，而是想以此换取中国人流血去攻打日本。

蒋介石、罗斯福、丘吉尔在开罗会谈

1943年12月《开罗宣言》发表后，日本人很快明白了美国的战略意图。日本也最怕美国这一手，因为日本也知道美军怕死人，要牺牲100万人攻占日本本土，美军很难做出这样的决定，所以日本本土还能保得住。而如果美国出钱出物，中国出力流血，两者的优势结合起来，那么日本本土就保不住了。

在这种情况下，日军必然要设法挫败美国的这个战略计划，这就出现了1944年初的"一号作战计划"。日军的这个作战计划，有两个战略目的：第一个战略目的是赶在美军登陆中国之前，打通中国大陆的交通线，使在中国的日军连成一体，避免被美军各个击破；第二个战略目的，是尽可能歼灭中国军队，阻止美国武装中国军队的计划。

从1944年4月至12月，日军的"一号作战计划"战线贯穿中国河南、湖南和广西三省。此时日军的兵力已经严重不足，物资弹药也不足，可谓强弩之末。可是国民党军队在这支强弩之末的日军面前，却出现了抗战以来国民党正面战场的第二次大溃退。在8个月的战役中，中国损失兵力50余万，丧失洛阳、长沙、福州、桂林4个省会城市和郑州、温州等146个中小城市，丧失20多万平方公里国土和6000万人民。

面对日军的进攻，国民党军队除了长沙会战的部队打得比较勇敢顽强之外，其他军队几乎是望风而逃，溃不成军。连蒋介石本人也不得不承认："1944年对中国来说，是在长期战争中最坏的一年。自从革命以来，从来没有受过现在这样的耻辱。"国民党军队的溃败，主要是由于腐败。上面发的军饷，被军官们装进私人腰包；上面发来的军用物资，被军官们倒卖变成私财；前线将领作战时甚至带着小老婆，成为军事史上的笑柄。

国民党的腐败，毫无战斗力的军队，让罗斯福总统大失所望。罗斯福曾想把蒋介石换掉，可是他也无力插手中国的政事。这时有人向罗斯福建议，在延安的中共军队比较清廉善战，美国可以武装中共军队，成为进攻日本的军事力量。

1944年7月，罗斯福总统给蒋介石写信，建议由美国的史迪威将军统一指挥中国的国民党军队和共产党军队，但这个建议遭到蒋介石的坚决反对。尽管蒋介石坚决反对，美国武装中国军队的计划一直在悄悄地策划着，直到1945年2月罗斯福与苏联领导人斯大林秘密达成协议，苏联将出兵攻打日本，这时美国才停止了武装中国军队攻打日本的策划。

当然，斯大林也不会白白出兵，除了物资上的要求外，斯大林还提出让中国领土的一部分（今蒙古国）在苏联保护下独立，这些罗斯福都同意了。这当然严重损害了中国的国家利益，造成这种严重后果的直接原因，就是国民党军队在豫湘桂战役的大溃败。

第二节　长途跋涉，头顶生疮脚底流脓的狼狈

前面简单介绍了元山俊美参加的"一号作战计划"的历史背景，这里再回到元山俊美本人的故事。

当时日本军队已经严重兵员不足，不仅不再让服役期满的士兵退役，而且还把铁道兵这样的后方支援性部队派到前方去作战，可

见日军真的是到了捉襟见肘的地步。元山所在的关东军铁道兵第三连队，被编入日本华北方面军，直接派往湖南前线作战。

元山所在部队与别的部队于1944年3月1日会集到达哈尔滨，3月2日坐上军用列车开始一路南下。从新京（现在的长春）经由山海关，穿越徐州，到达南京时已经是4月2日了，在火车上坐了整整一个月。

对元山他们这些士兵来说，再也没有比火车更安全和舒适的地方了，因为火车是移动的，相对可以躲避国民党军队和共产党的游击队，士兵们也不必整天处于持枪的警备状态。所以元山他们都盼望无限期地坐着火车，最好一直坐到老家日本。

可是元山他们到南京后，白日梦马上破碎了，不仅不可能坐火车回老家，连火车也坐不上了。到南京之后，元山他们的部队就开始改为步行，4月3日从南京出发，前往芜湖，再沿着长江向武汉行军，整整走了一个月时间，行程约700公里。

参加长沙会战前的元山俊美

每天行军，还要背着沉重的枪支弹药，途中每休息一次，就会有不少士兵站不起来了，成为落伍兵。落伍兵大多数因为生病，最多的是脚气病。因为中国江南气候潮湿，日本人水土不服，脚气病蔓延，很多人脚趾溃烂，脚底流脓，疼痛不堪。还有就是头发里的虱子盛行，原来给元山等原关东军士兵发放的是厚厚的呢军帽，这种军帽在东北寒冷地区很好用，可是现在他们到了江南的湿热地区，头上厚厚的呢军帽捂出虱子，奇痒无比。士兵们拼命挠头，不少人把头皮挠破，头顶生疮，不堪入目。

元山他们这支"头顶生疮、脚底流脓"的部队，摇摇晃晃实在走不动了，于是上面终于修改了行军计划，让元山他们的部队改为乘船前进。可是船少人多，身体好的士兵还得步行，身体差的士兵和病号才能乘船。元山因为身体好，被列为步行兵；而元山的一位老乡战友因为身体差，经常生病，有幸被列为乘船兵。

这时元山的老乡战友好心为元山着想，叫元山把沉重行李放到他的行李里，帮元山把重的东西随船跟着自己运走。元山犹豫了几分钟，由于受不了减轻负担的诱惑，就把用蝇头小字密密麻麻地记满了3年的从军日记本托付给这位老乡。元山心想，到了长沙以后，步行兵与乘船兵会合，这时他就可以收回自己的日记本了。

没想到这位老乡因脚气病引起脚趾坏死，又挠破头皮感染了破伤风，居然在船上就去世了。进入1944年以后，日本军队已经省略了收留死去士兵遗物的手续，只记录死者的姓名和军队番号，就草草地把病死的士兵埋葬掉。这样一来，元山3年来的宝贵日记也随着故人被埋葬在不知名的地方。元山知道后，只能仰天长叹："人都逝去了，还有比生命更可贵的吗？"

多年以后，元山俊美立志揭发日本军国主义罪行时，经常想起这位老乡和他的那本日记。元山说："如果那位老乡不死，我那本日记就可以作为雷打不动的证据，可以更有力地揭发日本军国主义的罪行。"

　　元山他们的部队终于在5月3日到达武汉，士兵衣服破烂，疲惫不堪，病号大增。部队在武汉驻屯一个月，进行补给和休养，同时进行实战训练，因为元山所在的铁道兵部队没有实战的经验。

　　6月4日，部队再次出发，来到洞庭湖边的岳州（今岳阳），在洞庭湖畔野营，这支部队终于逼近了长沙大会战的战场。元山他们的部队3月2日从哈尔滨出发，共走了三个月，行程3500公里。

　　湖南人为什么喜爱辣椒，应该与湖南的气候有很大的关系，吃辣椒大概是湖南人抵御当地湿气的一个法宝。日本人没有吃辣椒的习惯，元山所在部队进入湖南后，马上出现很多病号，很多士兵在湖南突然全身无名浮肿，不知什么病。更糟糕的是，元山他们又遇到阴雨绵绵的天气，本来就潮湿的湖南，到处是水，路都变成了泥海。

　　日军士兵们背着沉重的行装，红色的泥海一脚踩进去，就陷到膝盖，走一步，退半步。骑在军马上的军官，突然被自己的军马抛出去，军马也是步履艰难。军官用马鞭抽打军马，军马前蹄跳起，后蹄站立，大声嘶叫，以此表达对军官的不满和抗议。

　　元山看看抗议的军马，再看看长长列队的士兵们默默地忍受着身体的痛苦，心想："我们这些人，还不如军马呢。军马还知道叫几声反抗，我们这些人，却连一句话也不敢说，只是默默地忍受。"

　　更可怕的是，元山他们进入湖南后，开始遇到中国游击队的突袭。陷在泥地里的日军士兵成为活靶子，被游击队一枪一个打倒在异乡的红泥土中，这更增添了元山他们的恐惧。

　　水土不服，行军艰辛，再加上被游击队袭击的恐惧，使日军士气每况愈下。一天，两个元山的战友竟然因为受不了身体和精神的煎熬，互相用枪打死，走上自尽的不归之路。相约去死，也是日本自古以来的一种习俗，日语叫"道连"。这件事使得元山他们不少人夜里连连做噩梦，竟然有人在做噩梦时，开枪胡乱射击，打死了自己人。从此，一种不祥的气氛笼罩在军队上空。

第三节　阴阳两分，战友临死前的愤怒呐喊

铁道兵部队在战争中的作用，主要是确保铁路的畅通运行，但有时候也执行相反的任务，这就是破坏铁路。因为铁道兵熟悉铁路的知识，由他们执行破坏任务，能够一下子破坏掉铁路的最关键部位，使铁路陷于瘫痪。

1944年6月27日，上面下达命令，让元山所在的部队派人潜入湖南的衡阳车站，破坏这里的铁路设施，阻断中国军队通过铁路撤退。命令下来后，元山所在的部队组成一支7人的破坏小分队，元山不幸被选入这支破坏小分队，执行危险的敌后破坏任务，这次任务的代号为"山川"。

这天深夜，由一位曹长①领队，带领元山等其他6名队员，其中也有前面提到的那个小个子山本三郎。元山他们一行共7人悄悄上路，执行潜入敌后破坏铁路的"山川"任务。这天夜晚，漆黑的夜幕中看不到半点星光，夜色中弥漫着令人窒息的死亡气息，不祥的

---

① 日本军衔，相当于上士。

元山俊美 50 多年后重访当年想破坏的衡阳火车站

夜色就这样紧紧跟在他们后面，为了避免被发现，元山他们每个人用绷带把带着死亡光亮的刺刀裹起来，以免刺刀反光或碰撞出声。

　　元山他们这些铁道兵，虽然到中国已经好几年了，但至今还没有与中国士兵直接兵戎相见过，所以他们个个提心吊胆，呼吸紧张。人一旦呼吸紧张，喉咙就渴；喉咙一渴，呼吸更紧张，这就是恶性循环。元山感到喉咙冒烟，水壶里的水早就喝完了，可还是觉得口渴难忍。元山他们7人摸黑进入一个山谷，元山突然闻到一股水的味道，而且凭着人的动物本能，判断这种味道的水是可以喝的。其他人也闻到了水的味道，于是曹长让大家停下来喝水。

　　元山他们循着水的味道，在一个断崖石壁上摸到了一层薄薄的水流，元山赶紧用手暗示其他士兵，大家在石壁旁边用手接住水喝，并且把军用水壶贴在石壁上接满了水，然后才继续上路。这石壁上的水，对元山来说一生难忘。除了因为这是救命之水，还有一个原因是，这个石壁犹如人生的分水岭，离开石壁后，元山他们遇到了中国军队。

走出山谷后不久，元山他们看到了衡阳车站的灯光，大家骤然紧张起来，往前走的腿都有点颤抖。元山他们慢慢往车站方向摸，越接近车站，腿越抖得厉害。突然，也许是颤抖的原因，不知道谁的水壶掉到地上，碰到石头发出清脆的声响。中国军队的岗哨被响声惊动，高喊："什么人？口令！"

元山他们知道大事不好，他们被发现了，于是在曹长的带领下，他们7人赶紧往回逃跑。紧接着枪声响起，中国军队发射的子弹嗖嗖地飞向他们。好在天黑，中国军队看不清目标，子弹没有打中元山他们。这时，又响起迫击炮声，炮弹在他们周围爆炸。突然，元山身边的山本三郎被炸飞，弹片穿过了他的腹部。山本三郎一边抓着自己往外流的肠子，一边凄厉地喊道："这就是天皇给我的报酬吗？见鬼去吧！"

山本三郎喊完最后这句话，就一下子倒在元山身边。元山摸摸山本三郎的身体，摸到的却是肠子，山本三郎已经死了。元山又摸到山本三郎被炸碎的衣领，于是就把三郎的衣领悄悄塞进自己的口袋。元山想："三郎的母亲一定像我

元山俊美和山本三郎在湖南

母亲那样，盼望着儿子平安回日本。三郎虽然死了，但至少三郎的灵魂应该要回家。三郎的这个衣领，就作为三郎的灵魂，让我把他带回他母亲的怀抱里吧。"①

1945年日本投降后，元山有幸回到日本，特地找到山本三郎家，送还三郎的衣领，这是后话了。

元山说："平时不起眼的小个子三郎，临死前的这句呐喊，或者说是迟到的'觉醒'，让我感到无比的震撼。因为在那时，日本天皇是绝对不容怀疑的神圣偶像，天皇的话就是至高无上、绝对正确的。"

元山耳边一直响着三郎痛恨的嘶喊，怎么也挥之不去，使他不得不开始思索："在到中国之前，长官们告诉我们，到中国去是为了'建设大东亚共荣圈'，是为了造福亚洲人民。我在中国看到的，到处是惨无人道的杀人放火，根本看不到日本兵与中国人民'共荣'的影子。"

在血淋淋的现实面前，不仅是元山，包括他的战友们，也开始怀疑他们到中国打仗的意义。元山说："就在那时，我开始怀疑天皇这个神圣的偶像，开始怀疑天皇的绝对正确性。日本这个国家，为什么不珍惜我们这些平民百姓的生命？为什么要我们用粉碎自己年轻生命的代价，去建设什么徒有虚名的'大东亚共荣圈'？"

元山想起在哈尔滨郊外的铁道兵营中，看到从日本国内运送来的报纸，上面有日本从军作家火野苇平的从军诗作，写道："徐

---

① 日本传统上把衣领比喻为人的灵魂。

州、徐州，大队人马朝着徐州前行。徐州是个好地方，徐州是个好住处，宛如家乡。你看，路边那微笑的麦穗须，多么惹人爱啊。"

元山说："日本政府不仅自己欺骗人民，还让一些御用文人制造假象来蒙蔽老百姓。军国主义者和御用文人欺骗我们上战场，当炮灰，我永远不能原谅他们。"

因为被中国军队发现，元山他们没有完成破坏铁路的"山川"任务。他们6人总算逃了回去，在庆幸自己得以生还的同时，痛惜山本三郎把宝贵的生命丢在了中国湖南的红泥土里。

第四节　目睹残酷，望远镜里看到的真实战场

元山等人破坏衡阳车站铁路的"山川"行动没有成功，随后，日军对衡阳发起了总攻。当时衡阳已被日军四面包围，然而中国守军在方先觉将军的指挥下，坚持保卫这座孤城长达47个昼夜，衡阳保卫战是抗战史上最为惨烈的一场孤城保卫战。

在战争中了解战场上的实际情况，对于指挥员来说是至关重要的。现在有录像机，可以实拍战场上的情况，而二战时还没有录像机，所以需要有人把现场的情况用文字记录下来，汇报给上级。

那时日军部队里专门有"战场记录员"，他们用望远镜观察战场的情况，边观察边用文字把观察到的实际情况记录下来，然后把文字记录上报给上级。"战场记录员"要求有较高的文字表达水平，元山因为从小立志当政治家，自学政治学，口才和文字表达水

平都比较高，所以日军在进攻衡阳时，就把元山调去担任"战场记录员"。

日军进攻衡阳时，动用了四个师团，中国守军也是四个师，战斗非常激烈。元山从望远镜看到的是"肉弹战"，士兵肉体在枪林弹雨中穿越、绝叫、粉碎，无数鲜活的生命在猛烈的枪弹炮火里灰飞烟灭，其残酷的场面实在是惨不忍睹，没有坚强的意志力根本就无法看下去。元山刚开始也有点看不下去，后来终于坚持住了，一边观察战场，一边做文字记录。

元山说："这种真实战场上的感觉，无论任何战争电影，都无法将其表达出来。这是什么样的感觉呢？我把它叫作'可惜'。什么叫可惜？你看到有人把金砖扔到海里，肯定会觉得很可惜。世界上最宝贵的是人的生命，生命是无价之宝。可是在战场上，你看到那么多无价之宝般的生命在一瞬间消失，就像是把无数珍宝往大海里乱扔，实在是太可惜了。

"有人把珍宝往海里扔，那肯定会被认为是疯子。所以，我非常赞同把发动战争的人称为'战争狂人'，因为发动战争就等于是把无数珍宝往海里扔。"

元山当时的战场记录，当场就上交给了上级，自己并没有留底，也不允许留底，后来已经记不清楚了。这里借用日本《每日新闻》报社的战场记者益井康一当时记录下来的战地报道。益井康一这样写道：

日本四个师团把死守衡阳的中国军四个师紧紧包围了起来，但战线上的状况却是意想不到的极端混乱，即没有后方、也没有前线，成为军事上最棘手的'短兵相接'大混战。敌我双方无法区别各自的师长、旅长、连长、队长、士兵，经常发生自己人打自己人的混乱情况。双方士兵死伤严重，尸体横满战地，有的地方可以说连落脚的空隙都没有。在短兵相接的大混战中，无法救出伤兵，很多伤兵活活地等死。8月的炎热天气下，堆积如山的尸体很快腐烂，强烈的血腥味弥漫着上空；负伤士兵没有得到及时护理，伤口出现大量蛆，简直就像人间地狱。

根据元山的记忆，这场血腥无比的衡阳攻防恶战止于1944年8月7日11时55分，日军付出惨痛代价，终于攻陷了衡阳城。第二天，元山跟随部队进入衡阳城，到处是断壁残垣，甚至很多中国百姓居屋的废墟中还冒着火烧后的残烟，元山他们来到一所幸存的完整的建筑，原来是一所学校，在教室里看到一架钢琴，居然奇迹般地完好无缺。这时一位上等兵，据说是贵族出身，默默地打开钢琴盖，缓缓弹起日本童谣曲《故乡》。童谣《故乡》是一曲再平和不过的曲子，与恶战后的氛围极不相称，特别是《故乡》的歌词，呈现一种天真的孩童与大自然融为一体的场景，我把它翻译成："我追赶小白兔在那山上，我钓起小鱼在那河畔……"

这首每个士兵都曾经唱过的童谣，与血雨腥风弥漫的空气形成鬼泣逼人的反差，很多士兵默默地听着，流下了眼泪，大家觉得这仿佛是在为那些死在战场的士兵们奏哀乐，也仿佛是为那些战争中

衡阳保卫战后衡阳城一片瓦砾

阵亡的士兵镇魂。可是元山心中想："我们到底在干什么？我们为什么要远离故乡来这里杀人和被杀，战死在别人的土地上？即使有温柔的童谣《故乡》之曲，灵魂也得不到安息啊。"

第四章 在中国战场上的觉醒

第一节 枪林弹雨，中国船老大救他一命

山本三郎临死前的呐喊，引起元山对日本发动这场战争的动机发出疑问；衡阳攻防战的残酷，进一步使元山对这场战争的疑问加深了。而在接下来的日子里，元山通过与中国湖南人民的接触，终于在这场侵略战争中觉醒，不再心甘情愿地为日本军队卖命，不再愿意充当愚蠢的炮灰。

在衡阳攻防战之前，元山他们曾经想要破坏衡阳的铁路。现在，元山他们曾想做而没有做成的事情，却被中国军队做了。中国守军在衡阳陷落前，毁桥破路、化路为田、运粮上山，没有留下一条道路、一粒粮食，甚至把衡阳车站的铁路关键设备都炸毁了，而且大铁桥也被中国军队炸断。元山是农民的儿子，又是火车司机，深深知道中国方面被逼得如此彻底地破坏自己的生存地，没有当地湖南老百姓的参与，是不可能的，这隐含了湖南人民对他们日军的彻骨仇恨与坚定的决一死战的决心。元山心中偷偷地想，在这样的湖南人民面前，他们这些野蛮闯进人家家园的日军，还有什么胜利的

可能性吗？

这样一来，衡阳一带的铁路全部瘫痪。日军无法利用铁路运输物资，只好改用水路运输。元山他们这些铁道兵，也"转业"去搞水路运输了。

1945年1月，元山随所属铁道兵部队转入衡阳以西约100公里的冷水滩驻扎。冷水滩位于洞庭湖的湘江上游，是水路交通的中转要地。元山他们被分配到洞庭湖运输队，通过湖上的水路来运输军火物资。

湖南一带水路发达，湖泊众多，但日军并没有运输用的船，于是就强行征用中国的民船。元山所在的部队也强征当地的木船，每条木船上派一名日本兵，担任"押运"，元山也被派到一条木船上担任"押运"。

一些日本押运兵对中国船夫很凶暴，动不动又打又骂，有时候连饭也不让吃，催赶着他们快快划船。而此时的元山，对日本发动这场战争的正当性已产生怀疑，发现日本政府所说的"东亚共荣，造福中国"，其实是到处杀人放火，对中国不是"造福"，而是"造孽"。元山暗暗感到对不起中国人民，所以他对中国船夫们很和蔼，不催赶中国船夫，不让他们太累了。中国船夫们也看出元山与其他日本士兵不一样，是一个心地善良的好人。

一天，元山他们押运的船队走到湖中央时，突然枪声大作，原来是遭遇中国游击队的袭击。这时站在船上押运的元山，一时间不知所措，只听见子弹在周围乱飞，湖上没有躲藏的地方，即使跳进水里，也随时都有被击毙的可能。就在这个关键的时刻，划船的船

元山俊美 50 多年后在湖南河边回忆被中国船老大救命的往事

老大悄悄拉拉元山的衣袖，打开船板，让元山与他们一起躲进船舱底下，躲过了中国游击队的突袭，捡了一条命。

在这次袭击中，有好几个担任押运的日本士兵被打死，之前与元山一起执行"山川"行动的6个人中，又有两个人被打死在押运船上。那个曹长跳进湖里，但再也没有浮起来。这次元山要不是靠中国船夫的相救，肯定也是性命难保，葬身湖中喂鱼了。

元山后来说："我真没想到，我对中国老百姓这点小小的关心，就得到他们如此宽宏大量的回报，让我感到中国人真是一个充满爱的民族。这使我更加悲伤自己成为中国人民的敌人，也更加憎恨把自己变成中国人民敌人的日本政府。"

对于日本政府来说，打死一个日本兵，它并不害怕，反正炮灰多的是。日本政府害怕的是出现反战人士，这就会动摇他们发动战争的基础。船老大或许没有那么高的政治觉悟，但他救了元山，培养起一个反战人士，比打死他的效果更好。

元山说："尽管我是侵略军的士兵，但在中国遇到善良的中国人的救助，使我如同醍醐灌顶，顿悟觉醒。从此，我虽然外表还是穿着日军的军装，而我的内心，却不再愿意与中国人为敌了。"

元山经过这件水上被救的刻骨铭心之事后，他的内心已经不再认为自己是押运者，而变成船老大和船工们的命运共同体了。元山时常与船工一起摇橹，学着中国船工喊拉纤的号子。多少年后，元山还记得湖南人的拉纤号呢。

偶然有一天，元山听到一个内部消息，同船队的另一艘由日军押运的船上载有食盐。自从日本侵略以来，湖南这一带水路运输受阻，老百姓的很多生活必需品短缺，特别是缺盐。元山在与船老大比比画画的交谈中，知道他们非常缺盐。元山得知那条船上有盐后，赶紧拿自己的饭盒，溜到那条船上，装了一饭盒的盐，然后回到自己押运的船上，偷偷把盐交给了船老大。

日军的这些食盐也算不上贵重的军需品，只是一般的生活物资。不知道怎么回事，元山偷食盐给中国人的事，被人发现并汇报给上级。几天后，元山接到通知，小山中队长叫他去汇报情况。元山心中纳闷，他此时还不知道偷食盐的事情已经泄露了。

小山中队长板着脸问元山："你押运的船，发生了什么不正常的事？"

元山说："没有发生不正常的事。"

小山中队长突然冲着元山吼道："没有发生不正常的事？盐是怎么回事？"

元山这才知道偷食盐的事情已经泄露了，但他也无法回答。

于是小山中队长当着众人的面，对着元山拳打脚踢，狠狠打了一顿。

元山因为食盐这点小事挨打，心中很愤怒。因为此时已是1945年3月，元山从1940年初被强制征兵，到1945年3月已是从军5年的超龄老兵，并已晋升为上等兵。按照日军的惯例，服役5年的上等兵是不可以被打的，犯了错只能上报军法处置。况且元山认为，这些食盐本来就是属于中国人的，是中国大地上的物品，拿一点食盐给中国人，又算什么错呢？所以，元山挨打后非常不服气，那天晚上他没有回岸上宿舍，就睡在船老大的船上，以此表示抗议。

船老大也听说元山因为食盐的事被长官当众打骂，得知元山晚上要在自己的船上睡觉，马上叫人把最好的铺位清理出来，让元山在这里睡。船老大对元山说："您给我们的盐，我已经平均分成5份，我的船留1份，其他的分给了另外4条船，大家都非常感谢您。听说您为了这件事挨了打骂，我们都很难过。我们担心您会受到什么处罚，要不要把这些盐送回去？我船上的盐，还没有动，其他船上的盐，我也叫人去要回来。"

元山听后，十分宽慰，说："我不要紧，盐也不必送回去，你们留着用吧。"

元山心想：其实这些盐本来就是中国的东西，我只是把属于中国人的东西，还给中国人一点点而已，就得到中国船老大及船工如此的关怀，觉得自己做了一件像"人"做的事。元山虽然挨了打，但心里感到非常高兴。

可是元山晚上不回宿舍的"反抗"举动，招来了小山中队长更厉害的报复。第二天，小山中队长就发出命令，把元山调到他们部队占领区的最危险地点，湖南祁阳县的文明铺据点。文明铺据点位于元山他们部队占领区的最外侧，是日军收集粮食的要地。文明铺距离日军大部队驻地冷水滩的直线距离是13公里，步行需要4个小时。也就是说，如果发生什么事情，援军无法很快到达，是一个军事上的"孤岛"。而且，文明铺是中国游击队活跃的地方，更加增添了这里的危险性，所以元山他们部队的人都害怕被派往文明铺据点。

元山接到命令后，第一个反应就是："看来小山中队长是想要我去送死啊。不，不管怎么样，我一定要活下去。"

命令下达后，小山中队长让元山立即出发，并派人"护送"元山去文明铺。这样元山来不及去与船老大告别，就被遣送到文明铺据点。不过仅仅4个月后，元山他们就迎来了日本的无条件投降。在投降的地点，元山再次幸运地遇到了船老大。船老大见到元山活着，一个箭步跑过来，高兴地与元山拥抱。

那是1945年8月底，元山已经是战败国士兵，但船老大没有对元山居高临下，当着大家的面，亲切地拍拍元山的背，连叫两声："元山，是元山啊！"话音中洋溢着确认元山还活着的那种意外的惊喜。最后船老大握着元山的手，说："好好活着，回家！"这句朴素的话语，一直伴随着元山的一生，令他至死不忘。

1994年，元山他们一些当年参加侵华的士兵，举行了一次战友会。会上一位名叫藤原的老战友还特别提起这件事。藤原说："那时候，我们都是败兵，一个个灰溜溜的。当我们看到中国当地威信很高的那位船老大拥抱元山君时，我们心中都很佩服元山君，居然被中国人所爱，那是很不容易的事情啊。那时候，就连小山中队长也愧疚地低下头，大概他怕船老大来揍他吧。小山中队长为了一点食盐打骂元山君，我们从那以后都不愿意理睬他。"

元山晚年，还不时说到船老大的事，他一直希望能够在自己的有生之年，再次与那位船老大见一面。元山说："船老大当时大约三十多岁的模样，那么现在（1999年）也已经86岁左右了，很有可能还健在啊。我清楚地记得船老大姓薛。"

可惜命运无情，元山生前没能够实现与薛老大第二次握手，实为憾事啊。

第二节　侥幸生还，湖南文明铺的激战

这里再回到元山被小山中队长遣送到文明铺的往事。

1945年3月30日，元山被小山中队长派遣到最危险的文明铺据点。当时文明铺据点有一个小队的日本兵，加上卫生兵1人，炊事兵1人，通信兵1人，共30人。守卫文明铺据点的小队长名叫松岛，是一个有3年军龄的上等兵。元山是有5年军龄的上等兵，按道理应该由元山担任小队长。可是小山中队长为了"惩罚"元山，让元山到这里担任副小队长。不过元山因为军龄长，待人和蔼，又是特技兵，即火车副司机，所以士兵们对他另眼看待，他很快赢得这里士兵们的尊重，威信甚至超过了松岛小队长。

元山还记得文明铺的地形，他说文明铺像一弯下弦月，呈现弯

弯的月牙形状，在"月牙"的内侧朝西的丘陵整个是墓地，东端有一个很大的寺院，寺院周围有结实的砖砌高墙，所以日军占据了这个寺院，把它变成军事据点。

元山看到日军占据寺庙作为军事据点，觉得不妥，他对松岛小队长说："日本是一个很多人信仰佛教的国家，怎么能够来到同样很多人信仰佛教的中国，就这样肆无忌惮地占用寺庙呢？这样不仅会触怒当地老百姓，而且按照日本的传统，占用寺庙是亵渎神灵，是会遭天罚的。"

松岛小队长却不以为然地说："占用有高大结实围墙的寺庙作为军事据点，是上面的命令。你我执行命令就行了。"

元山却反驳说："上面的命令不一定正确，我们要根据实际情况，做出自己的判断。在战场上，我们不仅要对自己的生命负责，更要对我们整个队伍的生命负责。我建议，我们把据点搬到后面的山坡上，那里更安全，也不会触怒这里的老百姓。"

松岛小队长还是不以为然地说："你要去山坡上，那你自己去。我是不会离开这个庙的。"

于是元山问众士兵："你们有人愿意跟我去山坡上扎营吗？"

30名士兵中，居然有16名士兵表示："我们愿意跟元山副队长走。"

这样一来，文明铺据点的日军，就分成了两拨。一拨14人，由松岛小队长统领，依旧驻扎在寺庙里；另一拨16人，由元山副队长统领，搬到山坡上驻扎。

此时日军已到了战败的前夕，1945年3月美军攻克菲律宾，

1945年5月德国无条件投降，1945年6月美军攻克冲绳岛，7月中英美发表《波茨坦公告》。然而在中国战场的日军士兵们都不太清楚这些战局，因为日军严密封锁消息，怕士兵们知道了实情会动摇军心。

元山说："当时我们对整个战局发生了什么事，一点也不清楚。军队上层怕我们这些士兵知道了实情，就会动摇军心，所以他们依旧虚张声势，说什么战况正朝着有利于日本的方向发展，只要坚持到底，我们就会取得最后的胜利。"

虽说上面严密封锁消息，但日军士兵之间还是有各种小道消息流传，有人得知日本本土遭到美军飞机轰炸的惨状，有人从中国的报纸上得知了世界大战的战局。所以士兵们已经惶惶不安，大家都预感日本坚持不了多长时间了。

元山到文明铺据点没有多久，中国军队就开始反攻了。1945年7月7日，湖南的中国军队向日军防卫最薄弱的文明铺据点发起进攻。在寺庙里防守的松岛小队长那一拨人，试图依仗寺庙厚厚的砖墙顽抗。可是他们没想到中国军队这次使用了大炮，第一阵炮击就轰塌了一堵砖墙，当场炸死两名日军士兵，另外两名士兵被倒塌下来的砖墙压死。

松岛小队长见情况不妙，赶紧让大家往后退。紧接着第二阵炮击又来了，这次炮击又轰塌了一堵砖墙，跑在最后的松岛小队长来不及躲闪，被塌下来的砖墙砸断了腰，身体不能动了。

这时松岛小队长也许是最后的人性发现，他没有向士兵发出坚守到最后一个人的死命令，而是说："你们不要管我，赶紧撤出这

元山俊美 55 年后重访湖南文明铺激战地

里，到山坡那边的营地去找元山副队长，听他的指挥。"

松岛小队长说完就昏了过去。据说后来中国军队攻入寺庙后，曾抢救过松岛小队长，但终因伤势过重，第二天松岛小队长就死了。

剩下的9名日军士兵，遵照松岛小队长的"遗命"，向山坡那边元山副队长的驻地逃跑。在逃跑的路上，又被中国军队打死2人，只剩下7人逃到了元山那一拨人的驻地。

元山见松岛小队长那边的人逃跑过来，松岛小队长本人却没出来，知道大事不好。于是元山立即把全体士兵召集起来开会，自己这拨16人，加上松岛小队长那边逃过来的7人，共23人。

元山郑重地对大家说："看现在的样子，我们如果在这里坚守，必然被中国军队全部消灭。可是上面没有给我们撤退的命令，如果我们擅自撤退，按照军法是要被处死正法的。"

众人听到元山这样的话，都低头不语。

元山问众人："大家是不是都希望活着回家？"

众士兵抬起头来异口同声地说："是！"

元山说："好，既然你们都想活着回家，那么我就冒着违反军令、冒着被军法处置的危险，带领你们撤出文明铺，撤回到大本营去。如果你们中间有不愿意跟我撤退的，有愿意为'他们'尽忠的，那就留下来死守这里，愿意跟我撤退的，就跟我走。"

元山这里说的"他们"，大家都心知肚明，那是指天皇和日本帝国。众士兵相互看了看，没有一个人表示愿意留下，都说："我们跟元山队长走。"

元山见众士兵没有一个愿意留下为天皇卖命的，可见日本政府的宣传已经没有几个人相信了。元山说："这次撤退，我是责任者，你们只是服从我的命令，要处罚也是处罚我一个，与你们大家无关。"

众士兵见元山主动承担这个关系到"生死"的责任，都非常佩服和感激元山。元山后来说："我当时想，如果我听从命令死守文明铺，肯定是死路一条，而且士兵们也要跟我一起死；如果我率领士兵们主动撤出文明铺，有可能被军法处死。两个结果都是死，我选择率领士兵们撤出，死我一个人，让其他士兵活下来，这是合算的。"

于是元山下命令："现在我们就马上撤离。但在撤退的路上，如果遇到中国军队的袭击，我们不要还击，只管逃命。如果实在逃不走，我就率领你们投降。"

元山说到"投降"两个字时，众士兵都感到一震。因为日军士兵受训时，最后一条就是绝不能投降，"宁为玉碎，不作瓦全"。

元山说："我们在离开日本时，长官告诉我们，'投降'绝不是我们大日本皇军将士的选择，为国捐躯者将会'流芳百世'，苟且偷生的投降者将会'遗臭万年'。当初我也曾深信长官的话，以为'宁死不降'才是最高尚的选择。但是在中国的这5年来，我看到的、听到的一切，使我感到自己觉醒了。诸位，你们觉得我们在这里打仗，是在伸张正义吗？正义是在我们这边吗？"

众士兵见元山这么说，都感到震惊。因为当时日军对军中的思想控制很严，而且最忌讳的就是这种反战言论。如果谁有反战言论，马上会被列为"思想犯"，甚至会被处以死刑。现在，元山觉得自己既然已经豁出去了，就不怕那么多了，该说的话，想说的话，全部说了出来。

元山说："如果说'遗臭万年'，我想发动这场战争的人，才是'遗臭万年'的人。我们这些被迫卷入战争的人，在万不得已时投降，自己挽救自己的生命，难道还有什么'遗臭'吗？我们为什么非要充当战争的炮灰呢？"

众士兵们听着元山的话，脸上都表现出既敬佩又欣慰的神情。因为元山不是带领他们去"玉碎"，而是要带他们活下去。

元山后来告诉我："那时候，我说出了作为一个'人'对生命的看法，而不是一台战争机器的愚忠。我当时就想，我这种最朴实的'人'的想法，一定会得到同样是'人'的士兵们的共鸣。后来的事实证明，他们没有一个人去揭发我，甚至有几个士兵还特地来对我说："您讲得真好。'"

众士兵都愿意听从元山的指挥，跟从元山走。于是元山命令大家把重武器都丢掉，尽可能轻装以便于逃跑。元山为了避免遇到中国军队，他们先爬上山，沿着山间的羊肠小道，绕了一个大圈。本来4个小时的路，元山他们走了十几个小时，终于在7月8日凌晨，平安地回到日军的大本营冷水滩，路上没有遇到中国军队。

元山带着他的士兵们回来后，首先向小山中队长报告。元山挺起胸膛，大声说："根据我的判断，我认为文明铺据点守不住了，所以我擅自做出决定，带领大家撤退回来。这次擅自撤退，由我一个人负责。"

元山原以为小山中队长要将他送交军法处置，没想到小山中队长却轻轻叹一口气，有气无力地说："我也认为文明铺守不住了。你们活着回来就好。"

元山万没想到小山中队长一点没怪罪他们，心中松了一口气，心想：看来小山中队长也不是一个冷血无情的战争机器。

日本战败后，小山中队长专门向元山提起这件事，并道歉说："我那次因为食盐事件打你，是因为我必须维护军纪。如果大家都像你那样偷盐给中国老百姓，那么我们押运的盐就要被偷光了。我本来只打你一次就完了，没想到你反抗我，晚上不回军营，把我激怒了，所以把你派到文明铺去。另外，我也想请你理解，我作为长官，如果对下级的反抗不做处罚，那么下级就会肆无忌惮地反抗我，我这个长官的权威就树立不起来。所以，我处罚你也是杀鸡儆猴，不是故意报复你。"

元山相信小山中队长说的是实话，因为如果小山中队长要刻意报复的话，那么这次元山带队擅自撤退，可是军中的大罪，甚至可以当场枪决。但小山中队长只是处罚了元山偷食盐给中国人的"小罪"，没有处罚元山擅自撤退的"大罪"，可见小山中队长也不是毫无人性的人。战败后他们回到日本，小山中队长居然跟元山成了朋友，帮了元山不少忙，这是后话了。

2000年，元山俊美与他的反战同志们，从日本再次来到文明铺。1945年，元山作为侵略军士兵，第一次踏入文明铺；时隔55年后的2000年，元山再次踏上文明铺的土地。不过这次元山带来的不是侵略军的刺刀，而是象征和平的200株樱花。元山把这些樱花种植于昔日的战场，表示他对中国人民的歉意，并寄托了日中两国人民世世代代友好下去的愿望。后面将详细叙述这个樱花纪行。

第三节　终生难忘，与中国人在战地干杯

1945年8月6日，日本广岛遭受美军的原子弹袭击，一瞬间20万人死于非命，日本已经无法再支撑下去了。尽管中国战场的日军士兵对这些战况仍然毫不知情，但是上层的军官们可能知道一些消息，所以从8月6日以后，元山他们的部队再也没有接到过任何上级的命令。士兵们最不喜欢命令，所以这段时间元山他们的日子，反而过得比较轻松。

元山作为副队长，带着23人从文明铺据点逃回大本营冷水滩后，小山中队长虽然没有处分元山，但元山还是被解除了副队长职务，被分配去干闲职，也就是去看管游击队嫌疑犯的任务。

当时冷水滩附近经常有中国游击队出没，日军没有抓住游击队，只是抓到一些游击队的嫌疑犯。这些游击队嫌疑犯应怎么处理，冷水滩据点的日军向上级报告，但一直没有得到上面的答复，于是这些嫌疑犯就暂时被关押着。

冷水滩据点里并没有监狱，而且建造监狱也是很花钱费时的事情。不过这方面日军鬼点子还是挺多的，他们就把嫌疑犯关在水上的舢板船上。舢板船怎么关人呢？其实就是把几个人的手捆起来，用绳子串在一起。如果有人试图跳水逃跑，就会把别人也拖下水，这样被绳子拴在一起的几个人在水中挣扎，谁也跑不掉。这种用舢板船关人的方法，成本极低，真亏日军想得出来。

元山被派去看管4名游击队嫌疑犯，这4名嫌疑犯看上去都是普通的农民，不像是受过训练的军人。带头的老大名叫卞庆，其他3人都很年轻，他们4人被关押在一条小舢板船上，元山的任务就是看管他们。所谓看管，就是白天跟嫌疑犯一起坐在舢板上，晚上睡觉时，也要跟嫌疑犯一起睡在舢板上，是一个比较辛苦的活。

元山说："在舢板上生活，有一种不可思议的融合力。几个人坐在一艘舢板上，漂浮在水面上下浮沉，把人的呼吸和身体节奏都共同化了。卞庆他们4人从小长在水边，非常适应这样的船上生活，而我是种地的农民出身，后来从田野到火车上工作，却从小没有坐过船，当然不适应船上的生活，时间长了有些晕船。于是卞庆他们就教我怎么样站在船上不会失去平衡，教我用怎么样的姿势吃饭才不会晕呕，甚至还教我说中国话。几天下来，我感到自己有点错位了，好像是跟4位朋友在一起生活。"

元山跟这4名游击队嫌疑犯共同生活了4天后，上面忽然传来命令，让驻防在冷水滩据点的日军部队放弃据点，准备近日全体撤退到衡阳，与大部队会合。

元山接到近日撤退的命令后，赶紧跑去请示上级，问他看守的这4名游击队嫌疑人怎么处理。元山不愿意找小山中队长，因为他认为小山比较冷血，所以元山直接去找似乎比较和善的武谷大队长。武谷大队长听了元山的汇报，面无表情地说："你自己处理掉他们吧。"

这种意思暧昧的命令在日军中时常发生，通常理解为"杀掉"，这就要看具体执行人怎么处置了。元山心想："这4位中国人跟自己一样，都是有血有肉的人，他们有父母，有兄弟姐妹，卞庆还有妻子和儿子。"所以元山下定决心放走他们。

傍晚时，元山解开卞庆等人的绳索，对他们说："你们走吧。"

卞庆睁大眼睛，怀疑地对元山说："你是不是要等我们上岸以后，再开枪打死我们？"

元山说："你们放心吧。即使长官叫我这样做，我也不会这么做，也不能这么做。"

卞庆他们这才相信了。

元山又说："如果你们不放心，等天黑以后，我在船舱里装作睡觉，你们趁机悄悄地走。到时候我就说，你们在我睡觉时逃走了。"

晚上，元山到船舱睡下，听见卞庆他们悄悄地走了。元山心里感到很快慰，觉得又做了一件对得起自己良心的事。

本来元山与卞庆他们的故事，到这里就可以画上一个圆满的句号了，可是意想不到的事情发生了。

第二天天亮时，元山从舢板上起来，在一片清晨特有的薄纱式空气中，突然隐约看到卞庆他们4个人匆匆向这里走来。这时，轮到元山紧张起来，一瞬间脑里闪过一个念头："大事不好，难道他们武装起来要来杀我了？"

可是等看清卞庆他们4个人的面孔时，元山看到他们脸上的表情，是一种人与人之间不必用语言就可以传达的友善之色。顿时，元山放心了，手中紧握的枪，也不知不觉放了下来。

只见卞庆从破旧的衣服下拿出一瓶老酒，旁边的年轻人从衣服的口袋里掏出一个破口的小瓷碗。卞庆打开酒瓶，年轻人把破碗郑重地递给元山。卞庆往破碗里倒满了老酒，然后说："我们没有什么好东西感谢您的救命之恩，就用这碗老酒代表我们的感谢之情吧。"然后，卞庆4人齐声说："为元山干杯！"

元山高兴地接过碗，一仰脖把这破碗里的老酒喝了，这是元山在中国5年中，第一次喝中国老酒，当然也是元山24岁生涯中第一次喝老酒。元山激动地抱住卞庆，一种被人信任的自豪感不由自主地涌上心头。

元山一生不喝日本清酒，也不喝洋酒，只喝中国老酒，也许是这碗年轻时候的湖南老酒，太令他难以忘怀了吧。

2000年，时隔55年后，元山带着樱花再次到文明铺时，试图寻找这位"卞庆"。但是这个名字的人没有出现，终究没有找到。也许元山记忆中"卞庆"这个名字只是湖南方言的发音，普通话发音可能不是这两个字。

元山说："当时事情发生得很突然，我没有细问卞庆他们的姓名，真是一生的遗憾啊。"

2001年，元山俊美撰写了他的回忆录，在记叙这件难忘的往事时，写下了一首诗，翻译如下：

离别的干杯

他们掏出的碗，破了一个角

清早到处奔波找到的吧，干杯的老酒

现在一想到他们的表情，泪水忍不住涌现出来啊

他们已经知道，日本打败了，日本惨了

居然还拿来大米，交给我，说：回去吧，活着回去

湖南是大米之乡，这份人间情谊怎么不令人动容

与这些善良的人们为敌，实在是悲哀的事情

我恨那些把他们当成敌人的人

第四节　重见天日，迎接缴枪投降的和平

1945年8月15日中午11时，天皇裕仁昭告日本无条件投降，可是元山他们这些在中国的士兵们，还全然不知道。日本军国主义者对他们封锁消息，一直到投降的前几天，日本的报纸还在虚报充满希望的战况。

当然，不论什么年代，忠实报道的记者还是存在的，最著名的是日本《每日新闻》报，曾经刊登一组"纪实解说"，题目是《是胜利还是灭亡，最后的战局已经逼近》《竹枪已经应付不了哇》，虽然写得很暧昧，但是依然令人浮想战争局势的转换已经到来，引起日本民众议论纷纷。即使是这样暧昧的报道，也惹怒了东条英机首相，将写这则报道的37岁的记者紧急强制征兵到中国战场，当时叫作"惩罚征兵"。

在这样的背景下，元山他们这些中国战场上的士兵，更是被长官层层封锁消息。元山知道日本投降，是在那三天以后的8月18日。元山终身把"8"这个数字当成他的吉祥数字，这一点奇妙地与中国人不谋而合啊。

其实在几天前，元山他们的部队就收到了撤离冷水滩的命令。可是部队撤出后到哪里去呢？这个命令迟迟没有发下来，所以元山他们的部队只得继续留在冷水滩待命。

也是因为这几天迟迟等不到上级的命令，元山部队的几个长官都惶惶不安。元山向武谷大队长汇报："那几个游击队嫌疑人逃走了。"

武谷大队长只是心不在焉地"嗯"了一声，就不再问了。

日军战败投降

日军缴枪投降

元山请示说："现在我看管嫌疑犯的任务没有了，那我还需要干什么吗？"

武谷大队长随口说："那你就去车站帮助搬运武器吧。"

冷水滩有个火车站，但此时铁路已经瘫痪了，车站成为存放武器的仓库。元山在他的传记中，对迎来投降之日是这样记载的：

1945年8月18日下午，我正在湖南冷水滩车站内搬运残缺不全的武器，一位参谋长骑马过来对我说："你是哪个部队的，武器已经没用了，丢掉吧。战争结束了，我们打败了，回日本吧。"

说着，这个参谋长就拍马走向远方。我怀疑起自己的耳朵，望着参谋长渐渐消失的背影，连军队中应该对上级长官行军礼的规矩都忘了。

刚才那位军官说的"回日本吧"，久久地停留在我的耳边，这是我五年军旅生活中，唯一接到的"人性化"的命令。听到这种"人性化"的命令，是我军人生涯中的第一次，也是最后一次。从那天起，我得以脱掉讨厌的军装。

元山把他那天的感触，也记录在他的自传里。元山说：

随着告诉我日本投降的军官身影远去，我情不自禁地抬起头来，使劲地眺望天空。五年了，我不曾眺望自己头上的天空啊。我拼命地往胸腔里大口大口地吸着空气，一直以来因为处处危机而习惯了微微弓着的背，也自然地挺了起来。这时候，湖南大地的土味、草木的芳香，是那样神奇地传到我的鼻腔，那种味道，久久地、久久地难以忘怀！

一直到刚才，自己时时刻刻对周围环境的恐惧感，一瞬间都消失了。远方的山峦、身边的丘陵变得那样美丽，树木的叶子散发着绿色的光泽，它们好像在亲切地说着话。太阳底下的一切，都温柔地拥抱着我，一个确确实实的念头占据了我的脑海：

我，活下来了！我，可以回家了！

生命是这样耀眼！和平是这样美好！

目睹战争对中国的残酷伤害，亲临撕心裂肺的生离死别以及自身生命的危机，使元山俊美对生命非常执着，使他可以听到常人听不到的花草中生灵的对话，可以看到常人看不到的一棵草里的古色苍然，可以嗅出常人嗅不出的花草的芬芳。当战争结束时，即使身为一个身体不自由的俘虏，也能驱使自由的想象力，在湖南的土地上感受与花草同呼吸、共患难的体感，感知阳光下茵茵草皮滋润的愉悦，感怀大自然赋予生命的快感，留下激情，带来愉悦知足。

与此同时，元山想起前一天8月17日刚刚埋葬了的战友平井君。其实平井君只是生病，因为看不到前景，度日如年，觉得活着还不如去死，失去坚持活下去的勇气，自暴自弃，终于撒手人间。要是平井君在8月15日就及时知道日本投降的消息，知道自己变成了安全的俘虏，知道自己可以回家了，那么平井君就一定能坚持下去，不至于绝望地死去。

元山愤愤地说："那时候，军国主义分子们故意迟迟不把日本投降的消息告诉我们这些士兵，很多士兵死于日本投降后，而且死得不明不白。如果那位骑马的军官不告诉我日本投降的事，我也还被蒙在鼓里。我非常感谢那位军官，如果有生之年，我能再遇到他，一定要跟他说出我那时候的狂喜，并要补还他一个军礼。"

湖南是元山脱掉军装的地方，湖南是元山从一个"战争机器"变成一个"人"的地方，所以元山对湖南抱有一种非常特殊的感情。

元山作为一名军人，从中国湖南辗转回到日本以后，不仅退伍脱下军装，而且拒绝领取日本政府每月发放的"军人抚恤金"。元山认为："我参加了侵略中国的战争，这是我的耻辱，我不应该领取所谓的'军人抚恤金'。"

在日本，有不少退伍军人跟元山一样，拒绝领取日本政府发放的"军人抚恤金"。他们认为，领取"军人抚恤金"就意味着丧失良心。

元山一直在反思和反省，是什么原因造成了中日两国那场战争的悲剧。元山也想告诉日本的年轻一代，他们当年是怎么被军国主义思想洗脑，是怎么变成一个杀人的机器。为此，元山写下一本自传，他把这本自传命名为《文明铺的樱花树》，2001年由日本国际文化评论社出版发行。

元山用中国"文明铺"这个地名作为自传的书名，是因为"文明铺"这个地方，是元山度过五年苦难战争岁月的最后一站。就是从"文明铺"这一站开始，元山走上他第二次新生的人生。

第五节　残兵败将，"皇军"在中国最后的日子

随着日本宣布无条件投降，在中国的日军一夜之间由侵略军变成了俘虏。不过因为日军俘虏的人数太多，中国除了对战犯级的日本军官实施逮捕外，大部分的日本士兵没有被关起来，仍有人身自由。但他们没有伙食供应，吃饭要靠自己想办法。

以前日军作为侵略军，吃饭问题可以靠"打砸抢"来解决，现在他们成了战俘，又没有钱，吃饭问题怎么办呢？刚开始十几天，部队还有一些存粮，可是存粮越吃越少，已经到了吃了上顿没下顿，面临断粮的绝境了。

平时高高在上的傲慢军官们，这时也放下身段，动员士兵们一起来想办法，大家群策群力，想办法解决吃饭的问题。元山所属的中队，小山中队长召集大家开会，共同想吃饭的办法。

有人说："我们是铁道兵，大部分人都有技术专长，有人会开火车，有人会修铁路，有人会维修设备，我们是不是可以给中国人修铁路，挣一点口粮？"

这个人的意见马上就被否定了。因为现在湖南这一带的铁路都

瘫痪了，他们这些铁道兵并无用武之地。又有人说："我们可以给中国人干活，卖苦力挣一点口粮。"

大家都说这个主意好。可是他们这些人平时对中国人都是高高在上的侵略者姿态，没有中国朋友，找不到给他们牵线搭桥的中国人。这时元山想起他救过的卞庆等四人，又想起押运船的薛老大，心想："这些中国人都是很善良的，我去找他们，他们会帮助我们的。"

于是元山自告奋勇地站出来说："我认识几个中国人，我出去找找他们帮忙，试试看。"

众人一听元山"认识"中国人，都为之兴奋起来，不少人喊出声来："好样的，元山，这样我们就有救了。"

小山中队长也起身，亲自给元山深深鞠一个躬，热切地说："元山君，一切都拜托您了。"

元山来到湖边打听姓薛的船老大，居然不少人都知道薛老大，一下子就找到了薛老大的船。但不巧的是，薛老大正好外出不在，薛老大的船工们热情接待了元山。其他几条船也得到过元山给的食盐，这几条船的老大也过来跟元山见面，大家像是老朋友见面一样，非常热情。

这些人听说元山他们没饭吃了，也同情地说："鬼子们放下了武器，就是一般老百姓。我们也不能看着一般老百姓饿死。"

元山提出："我们这些俘虏兵可以给中国人干活，不要钱，只要给口粮吃就行。"

现在湖南战争结束了，百废待兴，的确也需要劳动力。几个船老大们先商量了一阵，又派人去找附近的乡绅和一些头面人物商量，最后商量的结果是让元山他们修路，条件是干一天活，发一天的粮食，不给现钱。

这个条件虽然不是很理想，但元山想到他们的俘虏立场，二话不说感激地接受了。临走时，几个船老大又送给元山一大包馒头，元山高兴得连连道谢，背着一大包馒头回去报喜了。

众士兵得知元山替他们找到了工作，都高兴得不得了，元山背回来的馒头也被众人一分而空。第二天，元山成了他们这个中队的领导人，带着这些日军俘虏去修路地点，替中国人修路。中国人给日本俘虏们发的粮食也充足，只是下雨天不能干活，不干活也就不给他们发粮了，所以日军战俘们都盼每天是晴天，可以干活吃饭。

元山成为这个中队的领导，他制订了一个吃饭计划，每天干苦力劳动领到的粮食，不能全部吃掉，留下三分之一，供雨天没有工作做的时候吃。另外，遇到连续的好天气，粮食有剩余时，再把粮食拿去换蔬菜和食盐，至于"肉"当然就不敢想了。元山跟大家开玩笑说："从现在开始，我们大家都是不吃肉的'吃斋人'了。"

要知道日本连和尚都不吃斋的，和尚也可以吃肉、喝酒、娶媳妇，只有极个别的人吃斋。虽说没有肉，但不管怎么样，元山总算解决了他们这个中队的吃饭问题。小山中队长也很感激地对元山说："一辈子忘不了你这个恩。"

其他中队的日本兵，也模仿元山他们，开始到处去找苦力做，不过他们运气就没有元山他们那么好，因为他们没有像元山那样与中国人交上朋友啊。有时候，那些日本俘虏也找到一些水路运输的苦力活，可是铁道兵都是旱鸭子，干不惯船工，一些人吃不消，病倒了，有个别身体差的，也就病死了。这些人没有死在战争的炮火中，却死在战后的饥饿中，又是另外一种不幸。

元山他们在修路时，有时冤家路窄，遇到中国军队路过，他们就要停下手中的活，立正敬礼。那时国民党军队有军衔的，领章肩章上有星，一看星的数目，就知道官的大小，也知道谁是军官，谁是士兵。

有一次，元山他们在修路时，遇到一群国民党士兵，肩上无星。元山他们认为这些国民党士兵与自己一样，军阶都是一般士兵，就没有立正敬礼，依然默默地修路，结果被那群国军士兵挨个打了一顿，还质问他们："你们为什么不敬礼？"

日本士兵一个个灰头土脸，当然也不敢回答，国民党士兵拍拍屁股扬长而去。

按照日本人的想法，打胜打败是一回事，但"官"和"兵"又是另一回事。军人要向比自己官衔高的长官敬礼，不管是自己国家的军官，还是外国军官。中国打胜了，不等于中国兵都变成了将军，中国的兵还是兵，他们这些败兵也是兵，并没有理由向当兵的敬礼。

按照中国人的想法，一旦败仗，败方的将军比胜方的士兵地位还低，更何况是跑到我们中国来的侵略军。到底元山他们该不该给中国士兵敬礼？确实有点耐人寻味。或许这个答案，由其他国家的人来回答，会更贴切吧。

对于这种靠出卖苦力自食其力的生活，元山后来回忆说："我们一点也不觉得苦，因为我们来到中国，犯下的战争罪行，就是做一辈子苦力也偿还不了啊。况且那时候每个日本士兵心中都抱有一个希望——只要熬到回家乡，这条命就可以延续下去。这种满怀期盼的心情，以劳动换来粮食，与不知道什么时候会送死，当战争炮灰时的那种恐惧绝望相比，简直是一种享受。我们感谢中国人民的宽宏大量，感谢湖南人民的情谊。"

姓薛的船老大还多次派他的船工送给元山一些盐和大米，并捎话说："一定坚持顶住，坚持到回家的那一天！"

"回家"是元山他们这些士兵活着的唯一希望，这一天虽然姗姗来迟，但元山他们终于等到了这一天。1945年12月29日，元山他们踏上回日本的归途，在中国连云港乘船。在经过中国的公海境线时，元山和几个具有反战精神的士兵来到甲板，朝中国的山川深深地鞠躬。因为他们对自己当了日本军国主义者的"鬼子"，蹂躏了中国14年，心中充满了愧疚。他们并不是自愿来中国参加侵略战争的，可是他们又逃脱不了对这个国家造成伤害的责任。

元山说："在登上回国船只的那一刻，我的5年中国战场经历终于画上了一个句号。中国人的宽容和善良，在我的心中留下了一座人道主义的丰碑。"

那时候，元山就在内心发誓："为了这个被我们伤害过的国度和人民，我必须做一点什么事情来补偿。"到底做什么事情呢？元山那时候心里还没有想好，他只是感激中国人民放他们回家。

当时中国政府还允许日本归国士兵、日侨携带少量自用物品回国。日本官兵与侨民可以携带一件盥洗具、一条毛毯、三套冬季衣服、一件大衣、三双皮靴、三条短裤、三件衬衫、一个手提包、一个手提袋，甚至还允许携带现金，军官可以携带500元(国民政府法币)，士兵200元，一般侨民1000元。不过像元山这样的普通士兵，既没有钱，也没有可带的行李，可以说捡一条命回家，就已经谢天谢地了。

为了保证日本战俘与日本侨民的安全和健康，不使瘟疫在遣送途中流行，1946年2月6日《中国战区日本官兵与日侨遣送归国计划》进一步规定，日本战俘和侨民上船前，一律接种伤寒疫苗，遣送船也要消毒。为了使伤病和失去行动能力的日本俘侨早日回国，中国政府专门组织了1万多副担架和2万余人的护送队伍，对伤病的日俘、日侨实行特殊护送。中国战区日本官兵善后联络总部部长、战犯冈村宁次也承认："中国人对待日本战犯是友好的，没有采取歧视与报复。"

1946年1月2日，元山他们一行人终于抵达日本舞鹤港。等待元山的是怎么样的日本，又是怎样的家园呢？

第五章 生灵涂地 民生凋敝

第一节 哀鸿遍野，终于回到故乡目睹惨状

舞鹤港位于日本古都京都府的舞鹤市，面临日本海，是一个天然良港。日本投降以后，舞鹤港作为专门给归国军人和侨民使用的港口，历时13年，先后有660多万日军士兵和日本侨民从中国和南洋诸岛被遣送回日本。

元山他们乘坐的破旧轮船，1946年1月2日缓缓驶入舞鹤港。这里的气氛冷冷清清，迎接他们这些人的亲属的脸上，没有任何笑容，只是默默地用期盼的眼神，望着那缓缓驶进港口的船。

岸边码头的一堵墙上，贴着这艘船上的归国士兵名单。岸上的亲属屏住呼吸，焦虑地找自己亲人的名字，可是这份归国士兵名单却是用罗马字母表示的。原来管理这艘船的是美军，而美军不懂日语，更不认识汉字，所以美军公布的这艘船上的乘客名单都是用罗马字母表示。因为日本人的名字发音相同的很多，要靠汉字来区别，所以岸上的亲属看到自己亲人的罗马字母名字时，也不敢确定，要眼见为实。

那些等不到儿子的母亲的绝望、等来丈夫骨灰的寡妇的悲伤，更加使整个舞鹤港沉浸在悲情的氛围中。到处是残破的房屋，使人们切切实实地感到什么是战败国。14年侵略战争，耗尽了日本的人力物力资源，每个家庭都无法逃脱这样的厄运。元山说："我回家后，打开家里的柜子，发现昔日比较值钱的衣服物件全都没有了，取而代之的是一堆国债单据。"

元山的母亲特别从岛根县的老家来到舞鹤港，迎接阔别六年的儿子元山俊美。元山母亲身穿一件打了补丁的黑白小叶子纹样的日常和服，按理说，1946年1月2日，正值新年佳节，又是她天天盼望的儿子归来之日，应该穿一身好衣服，至少也应该穿带有喜庆模样的外出和服，比如祥云、花车、仙鹤纹样的和服，可是元山母亲竟然穿一件打着补丁的小纹和服，可见元山家的家境已经跌落到前所未有的窘境了。

元山远远就看到自己的母亲，母亲明显老了，头发全都白了。不过母亲手里，拎着一个用蓝染方块布结好的四四方方的包袱，日语叫"重箱"，这在舞鹤港接亲人的人群中，是一个很令人羡慕的东西。

"重箱"是日本江户时代流传下来的盛放料理的盒状箱子，里面有三层或四层，每层之间还有格子，以免不同味道的料理串味。"重箱"一般用于装新年料理，或者外出野餐时装食物。在战后，出门能够带这种"重箱"的，只可能是农家，毕竟农家再穷，也有自己种的大米和瓜豆啊。可是工薪族的人，都要靠配给的食物过日子，当然没有多余的食物装"重箱"了。

不过为了装满这个"重箱"，元山家把平时好吃的东西省起来，花了半年才攒起这个"重箱"。除了这个"重箱"以外，元山母亲还带了一根生的白萝卜，这是补充维生素的好食物。在那个年代，一根白萝卜的价值比一个苹果的价值还要高。

这边的元山母亲，也在众多归国士兵中看到了元山。元山五年前健壮的身躯完全变样，简直面目全非，瘦得皮包骨头。但元山的双眼，被见到母亲的喜悦燃烧得炯炯有神。此时的元山，只有身着的旧衣服和五年前就穿在脚上的军用皮鞋，一个坑坑洼洼的铝饭盒和一个凹凸不平的军用水壶，除此之外一无所有。战争给他们这些炮灰带来的是身心疲惫，双手空空的贫穷，还有对前途的茫然与不安。

元山母亲来不及擦干眼泪，慌慌张张招呼元山来吃"重箱"里的食物。元山舍不得自己一个人吃，招呼自己小分队的其他10个归国战友一起吃。"重箱"的最底层装满了一个挨一个的饭团，农民没有钱买紫菜包饭团，母亲就用芥菜叶代替。"重箱"中间一层是装豆渣与土豆泥拌在一起的日式沙拉，最上一层是煮好的黑豆、蚕豆和红豆。在日本，黑豆代表和平，蚕豆代表自由，红豆代表开运。

这个"重箱"里的食物，让元山他们这个小分队10个战场归来的饥饿士兵眼睛都放出绿光。元山说："五年没有吃日本家乡的米了。母亲用家乡新米做的饭团的那个美味，让我的舌头都颤抖了。再看到黑豆、蚕豆和红豆，让我们这些归国士兵联想到和平、自由、开运，真是让我们终生难忘啊。"

多年以后，每逢元山小分队的战友们聚到一起，大家总是念念不忘那踏进舞鹤港后元山家的饭团和象征和平、自由、开运的煮豆。那根白萝卜更是被大家盛赞，说是消解了他们的乡愁。

元山的母亲算是幸运的，元山在舞鹤港看到好几位抱着"重箱"来迎接儿子的母亲，没有等到儿子，抱着"重箱"在哭泣。元山说："我忘不掉的是，在归来的士兵中，夹着一位年轻妈妈，大约30岁左右，她背着一个婴儿，竟然是用中国农村装谷物的那种麻袋包着，婴儿连内衣也没穿，棕色麻袋的上方挖一个洞，婴儿的头伸在外面，麻袋的左右挖两个洞，婴儿的小手也伸在外面，看起来很冷。也许婴儿从一生出来就是这种状态，反而不觉得冷，还充满好奇地东张西望，所谓'适者生存'大概就是这样的道理吧。"

这个婴儿的凄惨样子，在元山的脑海中久久挥之不去，映射出侵略战争造成日本千万妇女茕独凄惶的处境。元山说："那时候我想，日本发动的侵略战争，不仅害苦了中国人，也害苦了自己国家的人民，甚至连下一代的孩子，也都被害苦了。"

出了舞鹤港海关，日本银行在舞鹤港设了一个分店，给每一个归国士兵发放生活费补贴，将官1000日元，校尉500日元，士兵3000日元。因为士兵是强征入伍的，而校尉是自愿入伍的，所以士兵的补贴反而比较多。元山是五年军龄的老兵，也是拿3000日元。

最初元山他们这些士兵，都被3000日元这笔"巨款"震住了，以为是政府发善心了。因为五年前，元山他们离开日本的时候，每个士兵的月薪是50日元，这3000日元，单纯换算，岂不是5年的薪金吗？可是元山他们悄悄的高兴也就那么一瞬间。接下来的一个小插曲，使他们一瞬间的高兴立刻烟消云散了，随之而来的是无限的忧愁。

小山中队长拿到钱后，为了洗清自己在战场上欺负部下的过错，拿出100日元，叫士兵到海关外小卖部，去买小甜点请大家吃。按照五年前的标准，100日元是两个月的月薪，小山中队长也算够大方了。可是没想到，被派去买点心的士兵，忧心忡忡地跑回来告诉小山中队长："100日元只能买1个小甜点。"

大家听后，顿时面面相觑，刚才还在为3000日元而兴奋，现在知道物价如此高，大家开始为今后的生活茫然不知所措了。此时大家都心知肚明，他们这些士兵回国后，失业是理所当然的。到刚才为止，士兵们还为自己活着回来而高兴，而从现在开始，士兵们开始为自己怎么活下去而担忧起来。

日本政府已经瘫痪，唯我独尊的昭和天皇居然微微躬着背，垂手与麦克阿瑟将军一起照了一张合影，元山说他一看到这张合影，马上意识到这是象征着日本天皇从"神"位坠落下来的宣传照。因为曾经不可一世的昭和天皇裕仁，穿着第一礼服燕尾服来会见麦克阿瑟将军，可是麦克阿瑟将军却穿着一身军用便服，手插在裤袋里，完全没有对天皇毕恭毕敬的样子。加上麦克阿瑟高大帅气，把矮瘦的昭和

美国五星上将麦克阿瑟

天皇衬托得越加可怜兮兮。虽然日本高层千方百计，不惜牺牲人民的利益，最终保住了天皇制，但天皇已经失去昔日神圣不可侵犯的威严。

元山多次对我说："侵略战争把日本千百万无辜的老百姓变成骨灰回来，这种时候，为什么天皇不去剖腹自杀？那些军国主义者，战犯长官们，为什么眼看着老百姓牺牲了年轻的生命，他们这个时候，怎么忘记了他们吹捧的武士道精神，不去剖腹自杀'玉碎'呢？"

第二节　苦难岁月，俊惠妹妹成了残疾

元山最担心的是他的妹妹，因为妹妹从小身体羸弱，元山离开老家的五年时间，她一定受苦了。在回家乡的火车上，元山先问父亲的情况，母亲说父亲已经去世了。元山听后长长叹气，半晌说不出话。然后元山又迫不及待地问妹妹的情况，没想到母亲一听，就老泪纵横，元山预感到情况很不好。母亲为了不让元山在妹妹面前太难过，增加妹妹的心理负担，就如实告诉元山："妹妹已经变残疾，她的腰直不起来了。"

母亲一边流泪，一边自责说："小时候，我们不该把她送到别人家养，龙凤胎身体本来就不好，缺乏营养，底子没有打好，加上这五年家里没有青壮年劳动力，全靠她拼命干农活，结果重活把她的腰压弯了，再也直不起来了。"

元山听后非常难过，一边流泪一边答应母亲说："我见到妹妹

时，一定装作平静，不让妹妹为自己的驼背而难过。"

    元山走近阔别五年的家园，立刻被眼前的景象惊呆了。门前的小河不再清澈，不要说小香鱼，就是小虾也不见踪影；木屋后面的杉树林，只剩一片矮矮的木桩，而且看得出砍得急，残破不齐，一片狼藉；就连坐落在房屋侧面的祖传陵园，也没有了昔日的香火。元山先去到祖传陵园，向祖先报告自己活着回来了，又草草地修整了一下祖传陵园，这才急忙去看卧床不起的妹妹。

    元山在进门前，调整了一下悲伤的心情，故意很阳光地大声喊道："阿惠妹，哥哥我回来啦！"

    元山妹妹阿惠有点难为情地艰难地侧过身来，仰望着她日夜思念的哥哥。阿惠看到元山的脸时，不禁热泪夺眶而出，这是辛酸的泪，也是高兴的泪。而映入元山眼帘的是惨不忍睹的光景。心爱的妹妹身体变形了，驼着背，原来有150厘米的身高，变成只有130厘米，像虾米一样。

    虽然元山已经有思想准备，内心还是很震惊，不过元山还是强忍内心的惊悸，露出微笑，对妹妹说："5年前，你不是在临别的火车站上，叫我要活着回来吗？你看，现在哥哥我活着回来啦。这也要感谢你的祝福呀。妈妈说，你不间断地为我祈祷，所以我才能活着回来……"

    阿惠听了元山这席话，果然卸下了羞涩的表情，眼睛明亮起来，说："哥哥，真好，太好了，终于盼到你回来了。"

    元山回答："嗯，从今以后，哥哥我就与你在一起，一定会治好你的病！这点病，不要紧，没什么大不了，我会想办法的。"

阿惠听了高兴起来，露出了久违的笑容，倒是旁边的母亲，忍不住流下眼泪。母亲说："阿俊一回来，阿惠就有靠山了，太好了，太好了。"

阿惠见到元山，得到鼓励后精神突然大振，竟然从榻榻米上坐了起来。阿惠摸索着从旁边的矮柜中拿出一捆书，交给元山说："那年洪水，我把哥哥的政治学书抢救出来，现在交给你。"

元山高兴地说："路上听妈妈说了，那场洪水冲走了很多东西，唯有我的政治学书没有丢失，是阿惠为我抢救出来的，太好了，我也是多亏妹妹关照呀！"

一家人在元山和妹妹的对话中，仿佛走出了黑暗，看见了光明。

元山在心中发誓，一定要补偿自己五年不在的空白，承担起责任，让妹妹从痛苦中走出来。元山说到做到，在回来后的一段日子里，除了帮助家里干农活外，把全部精力都用在给妹妹治病上，到处打听，只要有一点希望，就赶紧去尝试，村里人经常看到元山背着妹妹去求医。功夫不负有心人，三个月后，妹妹已经可以站起来，虽然腰直不起来，但已经不再卧床不起，可以走路和正常生活了。

元山邻居的大儿子死在中国战场，他们每逢遇到元山，就感慨万千地说："要是我儿子还活着，该多好啊，我们就有靠山了。"

这种时候，元山那么能说会道的人，也不知道如何用语言来安慰他们，只有把愤恨记在日本军国主义者头上。元山有空时，就去邻居家帮他们做一些体力活。

几年以后，日本经济发展，人们开始富裕起来。元山在他们家乡是第一个买小摩托车的，他把那个时髦的小摩托车送给行走不利索的阿惠妹妹，阿惠虽然驼背却每天驾着摩托车去买东西，邻居们称赞说："看，阿惠妹妹真的很时髦潇洒啊。"

1950年阿惠30岁时，元山帮妹妹找到邻村一位懂手艺的石匠做上门女婿，改姓元山，分到元山家一套房子。农闲的时候，石匠女婿就外出打工，农忙时，石匠女婿就在元山家照料农田。阿惠和石匠恩恩爱爱，虽然他们没有孩子，但是一直相伴到白头。

说起来不可思议，令元山一直担心的体弱多病的阿惠妹妹，居然比元山和石匠丈夫都长寿，阿惠后来还照顾卧床不起的母亲三年，母亲一生后悔对这个小女儿不公平，不过阿惠妹妹从来没有觉得母亲有什么不对。更令人想不到的是，阿惠妹妹甚至比元山多活十几年，成了元山家祖传陵园的守护人，祖传陵园的鲜花从不间断。

第三节 我要工作，为了复职而日夜奔走

元山回到日本后，最初一段时间待在自己家里务农。元山这么做的主要原因，是元山的妹妹需要帮助。等到元山妹妹身体基本恢复，生活可以自理之后，元山就考虑出去找工作。因为在家务农，收入太低了。

元山被征兵前，在日本国家铁路公司（简称"国铁"）工作。"国铁"是一个名副其实的国营企业，也是当时日本最大的国营企

业，由日本政府的铁道部直接管理。

二战前，日本铁道部不仅经营日本国内的铁路，而且还在中国东北三省、台湾岛和朝鲜半岛经营铁路。日本战败后，在中国和朝鲜工作的日本职工都被遣送回国。这些人回国后都失业了，因为日本并没有那么多铁路的工作岗位。

最惨的要算元山他们这些被强制征兵的原国铁职工。那些去中国和朝鲜铁路工作的日本人，不管怎么说，都是自愿去的，不管当时的历史原因如何，那是自己的选择，怪不得别人。但是元山他们被强征入伍，却不是自己选择的，是非自愿的，怪不得自己的。

"怪不得别人"的人生和"怪不得自己"的人生，那是冰火两重天，两种截然不同的人生啊。元山他们回国后，国铁却不给他们恢复工作，这些被强征入伍的原国铁职工都失业了。

元山从15岁开始在国铁当学徒工，好不容易考取了蒸汽机车副司机执照，又被迫去当了5年铁道兵。可是等元山从中国被遣送回来后，连工作也没有了，真是欺人太甚。

元山愤愤地说："日本铁道部的官僚们，在动员和配合强制征兵的时候是雷厉风行的，而战后对我们这些被强征入伍的退伍军人的复职问题，却是冷冷淡淡，毫无热情，根本不管我们这些人的生活。从这一点看来，日本军国主义者只是想让我们老百姓为他们战死沙场。"

等到妹妹的病有所好转，可以正常生活之后，元山就跑到东京，去找铁道部的官员说理，要求恢复工作。1946年3月，元山一个人来到东京，找日本铁道部负责国铁的干部，要求恢复他在国铁的工作。

元山到东京后，住在一个被称为"下宿"的简易住所。日本所谓的"下宿"，指的是为高中生或者大学生开设的集体宿舍。日本战败后，失业率高涨，对于从各地源源不断地来东京寻找工作的退伍军人来说，便宜的学生宿舍就自然而然地成为首选住所。

在"下宿"的宿舍，舍友们热心研究的一件事，就是怎么把有限的米煮出更多的饭，比如说如何把二两米煮成三两饭。元山说："煮米多出饭的诀窍有五点。第一点是米不能多洗，只洗一遍；第二点是洗完米后，用水浸泡20小时以上，最好用被窝捂着，这样大米就会膨胀；第三点是在煮之前，用木棍敲打大米，把大米粒打出裂缝，更利于膨胀；第四点是在煮的时候要大火，尽可能快速煮熟；第五点是煮熟之后，立刻要把大米从锅里舀出来，不及时舀出来的话，膨胀的大米还会缩回去一点。"

使用"诀窍"后，煮出来的饭看上去骤然增加一倍，但这只能骗过眼睛，却骗不了肚子。看上去吃了一大碗米饭下肚，可是肚子很快就饿了。元山说："日本的侵略战争，使日本百姓的一日三餐境况倒退到明治以前了。"

日本战后街景

在东京，元山还目睹了日本战后的道德衰败。战争把人变成鬼，而一旦变成鬼，要再把鬼变成人，那需要一段时间。最令人叹息的是，战前日本人的美德在战后的贫困中都大打折扣，小偷小摸到处横行。

元山说："战后的头两三年，简直可以说贫困使一亿日本人都变成了小偷。最显著的是在大众澡堂，每个人洗完澡后，都无法保证自己的衣服不被别人偷走。不过日本人偷东西，还是手下留情的，不会偷得让你没有衣服穿，还会给你留一条裤衩回家。更'高尚'一点的小偷，就是把自己的破衣服与你的好衣服调包，这就算是小偷中的'好人'了。不仅如此，走出澡堂时，自己的好木屐也往往找不到了，这时只好瞄准现场最好的木屐，穿上走人，最后出来的倒霉鬼，给他留下的是一双最烂的木屐。"

元山苦笑说："那时候，人们对这种现象，也只是轻描淡写地说一句'今天又被调包了''哎呀，又被顺手牵羊啦''没说一声就被借走了'等，苦笑一下就算了，根本没人去报警。当然，报了警也不会有什么用，警察会对你说：'我也被调包了。'"

到了东京后，元山还亲身体会战败国的耻辱。元山说："在乡下看不到美国人，可是到东京后，到处都是美国人。我亲眼看到

日本儿童向美国士兵讨巧克力

日本女人和美国士兵

美军士兵用糖果引来一大群饥饿的儿童，然后撒糖果，让孩子们疯抢，美军士兵趁机拍照取乐。那时候东京的小孩子差不多都会说一句英语，那就是'Give me chocolate'。这样的场景，我看了都会皱起眉头。最可气的是美军大兵左右搂着日本女子，坐在吉普车上扬长而去，那种屈辱的场景让我咬牙切齿。"

不过在这种时候，元山也想到日本在中国犯下的罪行。元山说："美军在日本耀武扬威，我们耿耿于怀，可是想到我们日本军队在中国耀武扬威，甚至杀人放火，就能够理解中国人对日本的憎恶。所以日本必须诚心诚意地向中国人民道歉，拿出具体行动来，这样才能使我们两国世世代代友好下去。"

元山为了走出失业的困境，找到东京的铁道部，要求恢复自己在国铁的工作。当然元山能想到的，别人也想到了，来到东京国铁办公室要求恢复原职的退伍军人黑压压一片。这样就必须排队，才能面见主管的官员。元山排了队，只取到一张"排队号"，按照号码被安排在两个星期以后才轮到见面。

两个星期以后，元山见到主管官员，官员让元山填写自己的履历情况，然后冷冷地说："你等通知吧，大概要两个星期后。"

元山抱着期待热切地问："两个星期后能知道结果吗？"

官员脸上毫无表情地摇头说："两个星期后只能告诉你初步结果，至于国铁能不能恢复你的职务，那还是未知数。"

那时候日本处于非常时期，办任何手续的时间和效率都极慢，元山也没有办法。

就在元山垂头丧气地往回走的时候，一个熟悉的声音在背后响起："这不是元山君吗？"

元山赶紧回过头一看，原来是元山在中国当兵时所属部队的小山中队长。元山和小山中队长在中国的时候，曾有过不少恩怨，这在前面都说过。

与一年前在舞鹤港分别时比起来，小山中队长显得精神很多，看来仕途顺利吧。两个人虽然曾有过节，但随着日本投降，两人都成了俘虏，那些从前的恩仇就自然而然地一笑泯之了。如今两人偶遇，还是感到很惊喜，正所谓"战争使人变成鬼，和平使鬼变成人"。

小山中队长问元山："你怎么在这里？"

元山说："我现在还没有工作，正在东京找铁道部申诉，想要恢复我在国铁的原职。"

小山中队长听了说："原来是这样。战争的时候，我曾经打过你，欠你一个情，现在就让我来为你效劳，帮你解决工作问题吧。"

元山有点惊奇地问："难道你有什么办法？"

小山中队长说："也谈不上有办法。不管怎么样，现在我在铁道部的总务部工作，虽然职务不高，偏偏就是管原国铁职工复职的事。你把你的申请号码和排队号告诉我，两个星期后，你直接来找我吧。"

于是，小山中队长就把元山的两个号码抄在笔记本上，然后与元山握手告别。

这个偶遇，使元山的困境一下子解决了。两个星期以后，元山如约再次来找小山中队长，小山中队长对他说："你老家岛根县曾田地区的铁路还没有恢复，你又希望工作地点离老家近一点，所以我帮你复职后，安排你在离你老家最近的大城市米子市的国铁支部工作。"

米子市早在日本江户时代，就作为商业都市发展起来了，素有"日本山阴地区的大阪"之称。米子市位于山阴本线和伯备线的分歧点，是日本山阴地区的交通要地。这对于元山来说，不仅得到国铁的复职，而且还在老家附近的好地点工作，真是求之不得的好事。

具有讽刺意味的是，没有想到帮助元山解决战败后工作问题的，居然是当年压迫自己的"皇军"小长官。究竟是时代把小山中队长改变了，还是小山中队长自己觉醒了？元山后来一直想问小山中队长这个问题，但终究没有问话的机会。因为几次遇到小山中队长，都是来去匆匆，没有机会提起这个话题。后来元山他们开战友会，元山想叫小山中队长也过来，可是元山的战友们大多不喜欢小山中队长，所以每次开战友会都没有叫他。

值得一提的是，元山在82岁时突然离世，在他的告别会上，小山中队长穿着笔挺的黑色西装，结着黑色领带，赫然站在吊唁队伍里。他们都算长寿，经过风风雨雨，也是人间一场别样的友情吧。

第四节　抚慰遗属，痛恨军国主义的罪恶

就在元山逗留东京的第一个星期里，元山开始寻找战友山本三郎的家人。山本三郎就是在1944年6月28日凌晨，跟元山一起去湖南衡阳车站执行"山川"任务，临死前留下觉醒的呐喊的那位。

　　元山先用公共电话打给社会福利部，告诉接电话的女事务员，他想寻找死去战友的家人。女事务员倒是很亲切地告诉元山，让他自己去社会福利部的资料调查室查找原始资料。元山根据山本三郎的部队番号和出生年月日，很快就查到山本三郎家所在的地区，又在该地区的区公所查到山本三郎的具体家庭住址。元山把山本三郎家的地址抄了下来。

　　那时候日本一般家庭还没有电话，元山就先按照住址写了一封信，简单介绍自己是山本三郎的战友，想代山本三郎去看望父亲母亲。很快山本三郎的父亲用"快信"寄来了一封充满期待的信，表示希望尽快见到元山。

　　山本三郎父亲在信中说，他们曾经向社会福利部投函，请求知道儿子是怎么死的，可是回答却令他们很失望，除了一堆毫无感情的套话外，没有任何具体的信息。所以山本三郎父母盼望元山早日过来，了解自己的儿子是怎么死的。

　　元山接到山本三郎父亲的信后，立刻找出随身带来的山本三郎的遗物—— 一个破碎得勉强可以认出的衣领。元山去买了一个用素白纸做的盒子，把山本三郎的遗物装起来，带着去拜访山本三郎的父母。

　　山本三郎家位于东京杉并区的一个公园旁边，很快就找到了。山本三郎父母与元山父母的年龄差不多，但看上去显得老态龙钟，可能是思念儿子，一直过着以泪洗面的日子。

　　元山面对山本三郎的父母，事先准备好的话一下子说不出来了。元山得知山本三郎父母想要知道自己儿子死时的真实情况，就把三郎死时的惨状，有选择地告诉了他父母。三郎的肠子流出来等特别悲惨的细节，元山就没有说了。元山重点说三郎临死前喊的一句话："这就是天皇给我的报酬吗？见鬼去吧！"

没想到三郎父亲听后，却对元山说："听了我家三郎这句话，我心里坦然了，因为至少三郎不是不明不白地死去，他已经知道了是谁害死他的。"

元山明白，三郎父亲的意思，就是说三郎和所有日本士兵都是被日本军国主义分子害死的。

最后，元山把装有三郎遗物的素色盒子从挂包里取出来，恭恭敬敬地交给三郎父母，说："虽然迟了两年，我终于把三郎的遗物带来了，请您两位千万节哀。"

三郎父亲用颤抖的手打开盒子，看到三郎的衣领，眼泪无声地流淌下来；三郎母亲紧紧地抱着这块衣领，喃喃地说："三郎，你终于回家了。"

三郎父母伤心地落了一阵泪，然后重新坐好，对元山郑重地说："神灵保佑儿子的灵魂回归故里。我们这下子就不会死不瞑目了。谢谢你帮助我们圆了山本家最后的愿望，让三郎得以安息在自己的家乡。"

说完三郎父母领着元山，到他们家北屋，那里有一个祭祀三郎的佛龛。三郎父亲把三郎的衣领放在佛龛的前面，三郎母亲点起了香，在袅袅回旋的香烟中，三人合掌祈愿三郎的冥福。

元山回山阴老家以后，接到山本三郎父亲的来信。那封信以日本人面对悲伤却哀而不伤的淡淡文笔，呈现一对老人坚强、善良、体贴的品质。信里是这样写的：

元山君，您历经艰辛带回的三郎的衣领，我们已经把它安放到山本家在东京杉并区的祖坟里，也算是三郎的"衣冠冢"吧。三郎母亲经常去那里看望我儿，与三郎灵魂对话。我们不会忘记三郎的那句话，我们也会尽自己所能，坚决反对战争。

三郎曾经得到您的关照，您帮助他的灵魂回归家园，是我们家不幸中的大幸，再次向您表示感谢！

另外，您那天曾问及三郎姐姐和她的孩子，也就是我们的女儿和外孙。那天因为是三郎归来的日子，我们没有多说他姐姐的事情，所以借此信告诉您。三郎姐姐战后嫁给她战死的丈夫的弟弟，她的孩子现在也很好，他们正在从战争的创伤中一点一点地走出来。他们也非常感谢您的关怀！

顺便寄上我们三郎小时候最喜欢吃的杉并区老铺的香糯红豆饼，略表一点谢意。

元山君，您今后有机会来东京时，请一定光临寒舍，将不胜荣幸。期盼下次再会！

元山君，您一定要把我儿三郎没有长寿的那份寿命活出来，活得长寿，活得幸福啊！

元山收到这封信以后，心里很踏实，不过他仍觉得，三郎的事情不应该这样就画上句号，所以元山更加积极地宣传三郎的临终遗言。而且，在元山写回忆录时，把三郎的临终遗言也记载进去。

后来，元山调到国铁的东京本部工作。每逢过盂兰盆节，元山都会去东京杉并区拜访三郎的父母，并带上三郎最爱吃的香糯红豆饼作为供品，把供品恭恭敬敬地摆上祭祀三郎的佛龛前。

第六章　重获新生的人生之路

第一节　振臂欢呼，惊喜日本的"和平宪法"

元山在东京下宿的那段时间，在宿舍里碰到很多与他一样的退伍军人，大家互通消息，其中最热门的话题之一，就是关于日本共产党。毕竟，日本共产党是当时唯一为底层民众着想的政党，元山他们这些被逼到底层的退伍军人，自然而然就关注共产党。

说到日本共产党，这里稍微介绍一点它的历史。日本共产党和中国共产党一样，最初隶属于共产国际的亚洲支部，日共于1922年7月15日在日本东京成立，比中共稍晚一年。日共早期的领导人有德田球一、野坂参三等。因为当时日本政府是反共的，不允许成立共产党组织，所以日共和中共一样，都是秘密成立的，日共的活动也是地下的秘密活动。

日本共产党的党徽

日本政府在20世纪30年代后期加紧抓捕日共领导人，德田球一、宫本显治等日共领导人都被捕，野坂参三等人逃亡中国。野坂参三到了中国延安，

在延安当八路军时期的日本共产党领导人野坂参三

从日本共产党转入中国共产党，任八路军总政治部对敌工作部顾问，并取了一个中国名字"林哲"。

野坂参三在延安与毛泽东等中共高层领导建立了良好的关系，野坂参三在延安住的窑洞，就在朱德住的窑洞旁边。1945年野坂参三参加了中共七大，并做了书面发言。

1945年日本战败后，野坂参三返回日本。野坂在离开中国之前，给中共中央、八路军、新四军写信，表示感谢。这封信于1945年12月30日刊登在《解放日报》，信是这样写的：

中共、八路军、新四军同志们：现在我就要离开我第二故乡"中国抗日根据地"了。在这个时候，我不知如何表达我对于中共、八路军和新四军的感谢，尤其是对毛主席和朱总司令给我宏大的友情和激励。

日本共产党现在已由十八年长期在监狱里英勇斗争过的同志们，齐心合力地重新建设起来。我要作为日本共产党的一个战士，为了日本的民主化和远东的和平而斗争，并贡献自己的一切。我想，这将是我答复你们友谊援助的最好方法。再见了！

野坂参三

野坂参三回到日本后，一直与中共保持密切联系。1950年，野坂参三因为日本共产党的内部斗争，再次逃亡中国，在北京又住了5年，于1955年再次返回日本。这场日共内部的斗争，也影响了元山的命运，将在后面的章节提到。

野坂参三1955年返回日本之后，重新出任日共的高层领导人。野坂参三1959年到中国参加新中国10周年国庆。1962年野坂70岁寿辰时，中共中央致电祝贺，毛泽东还以个人名义专门发去贺电，慰问老朋友。

1982年野坂参三90岁了，没有精力继续工作，被日本共产党任命为"名誉总书记"。令人惊讶的是，野坂参三在1992年100岁生日时，却被日本共产党开除党籍。原因是因为苏联解体后公开出来的苏联档案，查出野坂参三早年在苏联时曾经告发过自己的同事是托派，导致该人被苏联当局处死。

当然，野坂参三本人对此坚决否认，坚决抗议，但还是被日共开除党籍。1993年野坂参三去世，终年101岁。

二战后美国占领了日本，1945年8月30日下午2时5分，美国著名五星上将麦克阿瑟的专机，在日本东京近郊厚木机场着陆。尽管他没有穿威严的五星上将军装，身上没有挂上各种勋章，没有携带任何武器，更没有举行隆重的入城阅兵仪式，只叼着他那著名的玉米芯大烟斗从飞机上下来，但这一刻，麦克阿瑟和他的玉米芯大烟斗却震撼了7000万日本人。对满目疮痍的日本来说，这象征着一个崭新时代的开始。

麦克阿瑟将军决心对日本进行彻底的政治改造，他刚登上日本国土不久，就发表了占领日本的政策，宣布对日本进行一系列的

"政治改造"。1945年9月19日，麦克阿瑟宣布解除党禁，释放政治犯，允许民众集会游行；1945年11月，解散日本四大财阀，即三井、三菱、住友、安田；1945年12月，宣布废除纳妾制，废除租佃制，将土地分给农民，等等。

麦克阿瑟甚至连日本的车辆靠左边行驶也看不惯，试图要改为与美国一样车辆靠右边行驶。当时作为傀儡的日本政府也不敢反对，只是委婉地提出他们没钱。因为车辆靠左边行驶改为靠右边行驶，所有的信号灯都要重新改造，火车站的站台也必须改造，这些改造需要一大笔钱。日本政府说，如果美国提供这些公路、铁路的改造费用，日本就改。麦克阿瑟让人算了一下账，结果是费用巨大，于是麦克阿瑟也就不再提道路改造了。

麦克阿瑟还有一个"改造"没有能够实现，这就是把使用汉字的日语改为罗马字母标记。麦克阿瑟将军本来对日语一窍不通，看到四四方方的汉字更是头痛，再看到日语假名那豆芽般的扭曲文字，简直就受不了，于是提出废止日语汉字和假名，改用罗马字母标记。改文字可是触犯了日本人的民族自尊心，再说，日语的同音词很多，也无法用罗马字母标记。文字改革遭到各界的强烈反对，最终没有执行。

麦克阿瑟所有"改造"日本的项目中，最重要的是为日本制定新宪法。说到日本的新宪法，还要从日本二战前的旧宪法说起。

日本二战前的宪法叫《明治宪法》，即1889年由明治天皇"恩赐"的《大日本帝国宪法》，这是一部带有浓烈皇权色彩的专制宪法，对人民的基本权利规定甚少。《明治宪法》规定："日本帝国由万世一系的天皇统治，天皇是国家元首，总揽统治权。"由天皇总揽军队统帅权，赋予军队高官"帷幄上奏权"，即军队高官可以不经过内阁，直接上奏天皇。《明治宪法》把军权推到最高地位，使军官的地位高于文官，这也是导致日本走上军国主义道路的要因之一。

麦克阿瑟于1945年8月底到达日本，1945年10月就下令修订日本的新宪法。最初新宪法是由当时的日本首相币原喜重郎指定一个委员会负责修订，很快他们就拿出了新宪法的草案。1946年1月，宪法修改委员会将新宪法草案呈送麦克阿瑟将军。不知道日本这些精英是以为麦克阿瑟是头脑简单的军人，还是以为他们的小聪明可以骗过美国人，麦克阿瑟看了这个宪法修改草案后，怒气冲天，把手杖都敲裂了。现在保存的麦克阿瑟的手杖上有一个大裂缝，就是那次发怒敲裂的。这些遗老遗少难道不知道麦克阿瑟是美国著名的西点军校首席毕业生，他的名字至今还刻在西点军校那面著名的首席榜上？而且曾经还是西点军校的校长，智商也是将军级的。

原来这些旧日本的遗老遗少，玩起改头换面的小花招，除了在个别词句上对旧宪法进行修改，如将"天皇神圣不可侵犯"改为"最高不可侵犯"，将"天皇统帅陆海军"改为"天皇统帅军队"外，实际上是换瓶不换酒的旧宪法翻版。

麦克阿瑟也不是省油的灯，立刻下令不再用日本人，调来几位美国法律学者，由美国人为日本制定新宪法。经过9个月，新宪法草案终于拟出来，这一次轮到日本方面怒气冲天了。

当新宪法草案送到日本新首相吉田茂手中时，吉田茂看了一遍，气得嘴巴撇成八字。特别是宪法草案的第二章第九条写着：

"日本永远放弃战争，不再拥有军队。"如果日本不再拥有军队，那么日本就必须永远靠美国来保护，这等于是让日本永远成为美国保护国。吉田茂愤怒地把宪法草案扔在地上，脸色阴沉地说了一句："这无异于是让日本永远匍匐在美国人脚下！"

但日本是战败国，只敢怒而不敢言，不敢提出反驳意见。1947年5月3日，美国人拟定的《日本国宪法》正式颁布。这个新宪法中，最著名的第二章第九条规定"日本永远放弃发动战争或行使武力解决国际争端。为达到前述目的，日本不保持陆海空军及其他战争力量"。这一条款被称为"和平条款"，后来很多日本人干脆就把新宪法形象地称为"九条"。

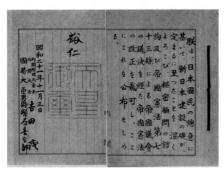

1947 年颁布的日本国新宪法

这里有一个小插曲，日本新宪法"和平条款"的产生，明明是在麦克阿瑟的授意下诞生的，但麦克阿瑟多年后写了一本著名的回忆录，却郑重其事地说："和平条款"是日本人自己提出来的。麦克阿瑟的回忆录这样写道：

1947年1月24日中午，已转任吉田茂内阁国务大臣的币原喜重郎，因事来到我的办公室。在谈话中，我见币原有点局促不安和欲言又止，问其原因时，币原大臣说："在新法的条款中，应当加入一条'非战条款'，要用宪法的手段，禁止日本拥有任何军事建制。"

我问："这样做的原因是什么？"

币原说："这样做将达到两个目的：第一个目的是，旧军国主义者将被剥夺他们有朝一日可能夺回政权的一切手段；第二个目的是，世界上的所有国家都会知道日本将永远不会发动战争了。"

币原强调说："日本是一个穷国，无论如何都不能把财力花在军事战备上了，国家所剩下的任何资源，都应当用于扶持经济。"

麦克阿瑟这样说，似乎是想让人们觉得麦克阿瑟是根据币原大臣的意见，才授意在新宪法中加入"和平条款"。当然，这是麦克阿瑟单方面的说法，并未得到日本人的普遍承认。

不管日本的"和平宪法"是怎么形成的，正是因为有了这一项"和平条款"，日本战后才得以在一片废墟中一心一意地搞经济建设，仅仅30年就成为仅次于美国的世界第二经济强国。这一点不管日本的左派还是右派，都是公认的。

然而日本的经济发展起来后，日本的右翼要求修改宪法的声音越来越强烈。日本右翼声称：现在的日本宪法是美国人单方面强行制定的，其中第九条"放弃战争"的条款，就是麦克阿瑟亲授写上去的，并未征求日本人的同意，所以要修改宪法，恢复日本的尊严。

针对右翼的论调，日本左翼则强烈反对修改宪法，在日本展开一场围绕着修改宪法的斗争。元山是日本坚定的反战人士，他当然坚决反对修改"和平宪法"。

日本反战人士为什么要保卫"和平宪法"，反对修改宪法呢？元山的观点很有代表性。

元山在他的自传中，这样写道：

经常看到右翼的先生们，振振有词地说："日本不能接受美国强加给我们的宪法，我们要自立自强，我们要自己保卫国家，所以我们要修改宪法，特别是要修改屈辱性的'第九条'。"

右翼的这些言论，使我想起当年我们被征兵的时候，政府也是说要"保卫日本"，我们就这么被骗到战场。但是在残酷的战场上，我们终于觉醒了。

右翼们笼统地说"保卫日本"，那是没有意义的，要具体到究竟保卫日本这个国家里的什么人。

是保卫我们普通老百姓吗？不是！他们要保卫的，其实是天皇，是高官，是那些有权有钱的"上等人"。我们普通老百姓不但没有被保卫，反而被驱赶到战场上当炮灰。我在中国战场的遭遇，和我回到日本后看到的一切都验证了一个道理：不管是什么样的战争，普通老百姓是受害者，而不是被保卫的人。

普通老百姓要想得到保卫，要想不成为"上等人"的炮灰，唯一的选择就是"反战"。这个简单明了的道理，是我们在战场上，用鲜血和生命学到的经验教训。

我最初看到这个"和平宪法"时，还以为自己看错了，因为是日本宪法翻天覆地的变化。我认真地看，没错，这真的是一部新宪法，它真的打动了我的心，真的说到我心坎上了。

我当时真的以为写这个新宪法的人一定是和我一样的，一定也经历过残酷的战场生涯，之后才想出这样珍贵的条文。新宪法的"第九条"，毫无疑问是我们普通老百姓想要的。从此，我们可以不会再被强制征兵，不会再"头顶生疮、脚底流脓"地走在没完没了的山野泥泞中，不会再走向杀人和被杀的战场，不会死后被抛弃在不知名的坟场。

我看着这部"和平宪法"，想到从此以后，我们的子孙后代不必重蹈战争的覆辙，心中就充满了希望。我看完这部新宪法后，情不自禁地对着天空大喊一声："和平万岁！"

就在元山沉浸在日本"和平宪法"诞生的喜悦中，就在元山真心实意地感谢美国，感谢麦克阿瑟将军的时候，一件事使元山骤然惊醒。那是1948年5月2日，麦克阿瑟宣告日本天皇无罪，并且允许日本重新悬挂太阳旗。

前面说过，早在1945年8月，元山在中国湖南得知日本无条件投降时，就认为天皇应该为自己下令侵略中国的罪行剖腹自杀。可是天皇不但没有自杀，还悠然地过着养尊处优的生活。元山一直寄希望于美国把天皇拉上断头台，可是没想到美国一个转身居然宣告天皇无罪。

元山敏锐地感觉到美国扶持天皇再起，是别有用心的。果然，美国又马上扶持日本成立"海上保安厅""陆上自卫队"，元山说："这样才放下屠刀的日本军国主义，不是又开始武装起来了吗？"

本来美国在日本颁布"和平宪法"，对于饱受战争之苦和侵略他国的内疚之苦的元山等人来说，不啻为天赐福音。可是转眼间，美国又复活了天皇，又复活了武装部队。这些明显地说明，美国一方面说要建设一个和平的日本，一方面不忘记扶植满手鲜血的日本军国主义者。

元山后来说："就是从1948年5月2日那天起，我对美国已经不信任了。帝国主义都是臭味相投，本质是一样的。日本太阳旗上沾满了中国和东南亚千百万无辜老百姓的鲜血，每当看到那个旗帜，我在生理上就觉得不能接受。我从中国战场回来以后，就主张废除太阳旗。"

元山在他的后半生去过很多国家，苏联及东欧社会主义国家就不用说了，还去过法国、意大利、泰国，当然最多的是中国，偏偏一次也没有去过美国。元山说："我曾经感谢过美国，但我后来知道，美国与日本军国主义者是一丘之貉，他们都是在维护既得利益集团。"

元山除了一次也没有去过美国之外，还一次也没有去过台湾。众所周知，日本人很喜欢台湾，战后台湾人几乎都能够说日语，台湾离日本又很近，元山为什么不去呢？

元山有他自己的执着，他说："欧美列强多次想要瓜分中国，台湾曾被日本割占为殖民地，台湾应该比任何地方更懂得珍惜中国的统一才对呀。可是台湾至今还没有和大陆统一，我要等到台湾与中国大陆统一之后再去台湾。"可惜元山没有等到这一天啊。

元山战后一共去过中国39次，从中日正式建交前就开始去了。那时候从日本去中国必须经由香港入境，而且有很多限制，但元山还是不厌其烦一次又一次到中国，几乎走遍中国的各个城市。在元山临终前，曾经幽默地说："上帝眷顾我，让我得以39次重访中国，'39'这个数字不正是英语THANK YOU吗？"

日语数字"39"的发音，正好与英语的THANK YOU一样。所以元山说："在我人生画上句号时，这个数字仿佛代表了我对中国的感谢。感谢在我的有生之年，得到众多中国朋友的友谊，也感谢中国人接受了我的道歉，更感谢我带去的樱花能够种在曾经作为激战地的湖南文明铺。"这是后话了。

第二节　擦肩而过，那一天那一刻的那三个人

麦克阿瑟将军在日本开放党禁之后，释放了所有政治犯，被关押的日本共产党领导人德田球一、宫本显治等都被释放，野坂参三等人也从中国回来，于是他们在日本重新组建起"合法"的日本共产党，当时的总书记为德田球一。

战后第二年的五一国际劳动节，也就是1946年5月1日，日本共产党在东京发起了一场50多万人参加的"五一国际劳动节大游行"。1946年5月1日这天，东京皇宫广场上（当时称"人民广场"）聚集了50多万人，庆祝战后第一次合法的"五一国际劳动节"。

这次"五一国际劳动节大游行"也被称为"粮食斗争大游行"，因为游行的口号不是增加工资，也不是缩短劳动时间，而是"给人民粮食"。当时日本的粮食非常紧张，人民忍饥挨饿，所以粮食问题成为全民最关心的头等大事。

元山俊美等人参加五一劳动节大游行

　　东京皇宫广场上聚集的50万民众，都是日共动员和发起的。游行队伍走在最前面的，是手举红旗的日共领头人，稍后面的是日共党员，打着"给人民粮食""给孩子们饭吃""我们要工作"等大幅标语，再后面的是一般民众，男人们额头上用白色毛巾打着结，有的人连白色毛巾也没有，就用稻草搓成的粗绳在额头上打结。游行的队伍四人一排，井井有条，浩浩荡荡。路旁声援的人群蜿蜒连绵，好像整个东京的人都动员起来了，街上一片沸腾。战败后日本的那种绝望感、虚脱感，顿时被一扫而空，一种无法表达的解放感涌上了人们的心头。

　　这是元山第一次参加日本共产党组织的活动，不过当时元山还不是日本共产党员。元山走在后面的一般民众中，额头上用白毛巾打着结，振臂高呼口号："我们要工作！"

　　说起来很神奇，在这一天，在这个场合，有三个人在这里擦肩而过，这三人是：我的爸爸、妈妈、夫君。

　　1946年5月1日那天，爸爸刚好从留学就读的京都大学来东京，到位于东京虎门的文部省（相当于教育部）办手续，日本的官厅、公务员五一劳动节是没有休息的。当爸爸正好走到文部省大门前时，遇到从樱田门方向走过来的游行队伍，元山俊美就在这个游行队伍中。在皇宫广场的旁边，有很多看热闹的人，妈妈与她的女同事三人就在这些看热闹的人群里。

当时他们三人虽然在同一地点，却是三种不同的政治立场，也完全互不相识，更不知道多年以后会有那样的奇缘，会围绕在我的周围。历史就是通过这样一个不经意之间的擦肩而过，把未知数的点和线，在冥冥之中连接起来，命运里注定了他们三人成为我今生最亲爱的人。

这天元山除了跟我爸爸妈妈命运般地擦肩而过之外，他还遇到了一位日本革命家——日本共产党战后第一任总书记德田球一。也正是遇到德田球一，使元山产生了加入日本共产党的决心。

在东京皇宫前的广场上，德田球一站在高高的讲台上，挥舞拳头，慷慨激昂地演说，台下会集了密密麻麻的群众，这些群众有一大半就是冲着德田球一来的。

二战前，德田球一被日本政府整整关押了18年。当时，德田只要写一篇悔过书，宣布退出日本共产党，他就可以被释放，可是德田宁可坐穿牢底，也不悔过。也就是说，这个人为了日本人民

日本共产党总书记德田球一

的幸福，在狱中度过了他最宝贵的18年青春年华。

很多人就是想来看一眼他们心中的英雄德田球一，元山也挤在人群中，倾听德田球一的演讲。一次，德田球一在演讲时遭到"反共联盟"投掷炸弹，德田被炸伤18处，仍屹立不倒，带伤坚持演讲完毕。德田的演讲有时和蔼亲切，有时庄严激昂，打动着每一个人的心。元山听着德田球一的演讲，心中充满憧憬和敬畏，同时暗暗下定决心："我要加入在德田球一领导下的日本共产党。"

一个政党除了纲领、政策以外，政党领袖的人格魅力也是很重要的啊。

元山这时候做梦也没有想到，德田球一在4年以后，与元山有过短暂且充满神秘和传奇的故事。（详见本书后面章节）

第三节　找到组织，如愿加入日本共产党

元山听了日共总书记德田球一的演讲之后，热血沸腾，马上决定："我要加入共产党。"

日本共产党的总部设在东京涉谷区代代木，所以不少人称日共为"代代木"。元山说干就干，第二天就动身去日共的代代木总部，准备申请入党。

元山刚进日共总部的大门，就有一个事务员模样的人过来问元山："您有什么事情吗？"

元山挺起胸膛，正色说："我要加入日本共产党。"

那个事务员听元山这么说，反而皱起眉头，问："你的入党介

绍人是谁？"

元山不懂，问道："什么是入党介绍人？"

事务员见元山对共产党的事完全不懂，只得解释说："我党规定，凡是申请入党的人，必须有两名党员当入党介绍人。"

日本共产党总部

元山一听傻眼了，他刚从乡下来到东京，也不认识几个人，更不认识共产党员，哪里去找入党介绍人呢？

元山只好说："我还不认识党员，那怎么办呢？"

事务员两手一摊，冷冷地说："那就没有办法了，这是规定。"

元山急起来，大声说："为什么没办法？我要见你们的上司……"

元山正说着，一个干部模样的人过来，问："怎么回事？"

事务员指着元山说："他想入党，但没有入党介绍人。"

那个干部转过身来，态度和蔼地问元山："你为什么要加入日本共产党？"

元山说："我听了德田总书记的演讲，非常感动。我现在知道共产党是为劳苦大众谋幸福的政党，所以我要入党，为劳苦大众的幸福而奋斗。"

那个干部听后赞许地说："好，非常好。你的觉悟已经很高了嘛。你是做什么工作的？"

元山说："我以前是铁路工人，后来被强征入伍到中国打了五年仗。我回到日本后，暂时还没有工作。"

干部点点头说："铁路工人，好啊。我们党就是工人阶级的党嘛，正需要你这样的工人党员。"

元山一听那干部说"需要工人党员"，顿时觉得自己入党有眉目了。

干部又问元山："你是什么家庭出身？"

元山说："我家是农民，以前是中农，后来成了贫农。"

干部听完满意地说："贫农出身，铁路工人，又有觉悟，你有资格加入共产党了。我介绍你入党吧。"

元山大喜过望，也没顾得上问那个人的名字，连连鞠躬道谢说："太好了，太感谢您了。"

那干部又对自己身边一个秘书模样的人说："你也当他的入党介绍人，怎么样？"

秘书连连点头说："好！我也看这个年轻人很好，我也愿意当他的入党介绍人。"

于是干部对事务员说："我们两人当他的介绍人，你就给他办入党手续吧。"说完干部和他的秘书就匆匆走了。

事务员涨红了脸，赶紧给元山办入党手续。事务员拿出一份入党申请书的样本，对元山说："你要写一份入党申请书。你自己写也行，按照这个样本抄一份也行。"

元山心想：我也不知道入党申请书该怎么写，不如照抄一份。于是元山就在一张木桌旁坐下，认真地抄了一份入党申请书。元山把写好的入党申请书交给事务员，事务员在后面写了两个入党介绍人的名字。元山一看前面那个人的名字，不禁大吃一惊，原来他竟是大名鼎鼎的日共领导人野坂参三。后来，元山经常得意地说："我的入党介绍人是野坂参三。"

其实当时野坂参三并不认识元山，他只是"见义勇为"地当了一次入党介绍人。

元山以为这样就入党了，事务员却对他说："你现在还没有正式入党，正式入党要有一个宣誓仪式。这个入党宣誓仪式，我们这里每星期举行一次，很多申请入党的人来这里集合，一起宣誓入党。你下个星期六傍晚来，我们星期六晚上举行入党宣誓仪式。"

等到下个星期六，元山兴冲冲地很早就来到代代木，一直等到晚上，来了几十个人，都是申请入党的。事务员把他们领进一间会议室，元山他们这些人都非常激动，相互问这问那。不一会儿，一个干部模样的人出来了，元山定睛一看，那人不是野坂参三，他不认识。

事务员在会议室里挂起党旗，并发给元山他们每人一张纸，那是入党宣誓词。然后，那个干部站在前面，一手拿着入党宣誓词，一手举起拳头，庄严地带领大家念道："我志愿加入日本共产党，宣誓终身为共产主义事业奋斗……"

入党宣誓之后，元山激动地说："我终于找到属于我们自己的组织了。"

其他新党员也都热情洋溢，兴奋不已。事务员又告诉大家，现在他们还只是预备党员，要考验一年，经过考验没有问题之后，才能成为正式党员。

元山他们这些预备党员见共产党对党员的要求这么高，都很高兴，表示要好好表现，争取早日转正。

元山入党后，随着他去米子市的国铁工作，他的党员关系也转到日共关西的米子市支部。当时日共在东京圈的党员多，地方的党员还不多，在米子市支部只有15名党员。元山加入米子市党支部后，成为积极分子，表现很好。1947年6月元山由预备党员转正，成为正式的日本共产党员，这年元山刚刚27岁。

从二战后到20世纪90年代，日本共产党在日本都是非常有号召力的政党，1949年日本总选举时，日本共产党获得115议席中的35个席位，成为国会中有影响力的大党。

不过当时日共的党员成分，与当时中共的党员成分很不一样。那时中共的党员主要是工农，知识分子很少。而日共的工农党员很少，70%以上的党员都是公务员，这点中国人可能感到奇怪。

这里所说的"公务员"，指的是大、中、小学教师，医生等专职性公务员，并不是掌权的政府公务员。日本的公务员收入并不高，只能算是中等水平，而公务员的学历很高，基本上都是知识分子。可以说，日本共产党的主体是知识分子，而且是公务员这样知识水平较高而收入偏低的知识分子。

为什么日本共产党的工农党员少呢？其中一个原因，就是上述的入党需要两名入党介绍人。因为知识分子和工农在职业上差距较大，所以知识分子与工农成为朋友，介绍工农入党的机会就很少；相反，知识分子之间很熟悉，所以也积极介绍他们的知识分子朋友入党。元山要不是有幸遇到野坂参三"火线入党"，恐怕也很难找到知识分子党员介绍他入党。

元山入党后，因为日共党内的工人党员少，元山表现又很积极，受到了上级党委的重视。到1950年，元山入党的第三年，他已经成为米子市党支部的副书记，同时兼任全日本学生自治会总联会（简称"全学连"）的指导员。"全学连"是受日本共产党直接领导的学生组织，有点像中国的共青团。不过日共在1955年修改党纲之后，持极左思想的"全学连"愤而宣布脱离日共的领导，这是后话了。

就在元山在党内的地位蒸蒸日上的时候，突然被他的工作单位国铁调到东京去工作了。元山调到东京后，米子市党支部副书记的职务当然也就没有了，元山又变成一个普通党员，一切又从头开始。

元山为什么要调到东京呢？原来这时元山考上了火车司机，成为响当当的火车司机。可是米子市的火车较少，元山虽是司机，但却没有火车给他开。而那时东京刚刚开始大发展，火车司机算稀缺人才，所以国铁就把元山从米子市调到东京去工作了。当然这次元山本人也愿意，因为他在米子市没有火车可开，白白有个火车司机的头衔而无用武之地。元山想开火车，所以高高兴兴地到东京去了。

第四节　红色将军，日本军人的反战觉醒

1950年3月31日，元山被调离关西米子国铁，4月1日到东京国铁工作。那时候，米子那样的乡下地方，工作是比较轻松的，而东京那样的大城市，工作就繁忙多了。不过东京毕竟是人才

红色将军远藤三郎和周恩来

济济的地方，元山到了东京，视野一下子开阔起来，在东京遇到很多人生中的良师益友。其中值得一提的，是最令元山尊敬的原日本陆军航空兵中将远藤三郎先生。

远藤三郎在日本侵略中国时，指挥过轰炸重庆；在太平洋战争爆发后，他指挥陆军航空兵展开对马来西亚、新加坡等地的空战，取得赫赫战功。在美国军队开始反击之前，远藤三郎接到命令回国，担任航空士官学校校长，后擢升为中将，1943年任航空兵器总局长官。1945年日本投降后，远藤三郎作为战犯嫌疑人，在日本东京巢鸭监狱被关了一年。远藤三郎被释放后，移居农村以种地为生，决心放下屠刀，当一名自食其力的农民。

元山最初知道远藤三郎，是在他从中国回到日本后，常常如饥似渴地翻阅过去的日本旧报纸。元山惊喜地发现，早在日本宣布投降后的第8天，即1945年8月23日，元山还在中国湖南当俘虏做修路苦工时，远藤三郎就已经在日本国内各大报纸上发表了他对战败的

感想文。

　　远藤三郎的文章立场鲜明地指出："日本已经接受《波茨坦公告》无条件投降，但这绝不是值得悲痛的事情，相反，这倒不如说是日本黎明的开始。为了日本的将来，更为了世界的和平，我们应该对日本的无条件投降感到高兴。"

　　当然，远藤三郎的文章遭到日本右翼的猛烈攻击，并被斥责为"日本国贼"。

　　元山看到远藤三郎的文章后百感交集，因为身为将军的远藤三郎居然与自己有一样的感想，这是何等难能可贵。从那以后，元山一直寻找远藤三郎的消息，但远藤三郎作为战犯嫌疑人被关押，一度从公众的视线消失了。1953年，远藤三郎参加维宪国民联合会，这才又出现在公众的视线里。

　　1959年远藤三郎参加第5次参议院议员选举，但没有党派支持他，所以远藤三郎成为无党派候选人，最后落选。元山后来感叹地说："如果1959年远藤三郎能选上参议院议员，也许日本的政治又会不一样。"

　　远藤三郎还是战后最早访问新中国的日本人之一。1955年秋，远藤三郎与日本前首相片山哲等一起到中国访问，受到毛泽东、周恩来以及其他高层领导人的亲切接见。毛泽东在会谈中对远藤三郎说了这样一句话："一直以来，从日本来的客人大多数是左翼人士，我们也想见一见右翼人士。尤其是像远藤三郎君这样的军人，我们也是想见一见的。"

　　在远藤三郎他们离开北京回国的时候，廖承志在飞机场向远藤三郎转达了周恩来的口信："希望你有机会组织一个参加过侵华战争的原军人代表团，中国政府期望你们的代表团来中国访问。"

回日本后，远藤三郎积极组建"原军人代表团"，并于1956年和1957年两次率"原军人代表团"访问中国。1961年8月，远藤三郎组织成立了"日中友好旧军人之会"，元山也加入了这个组织，并担任过多年的常务干事，一直到元山去世。

这里加一个著名的插曲，远藤三郎在1956年访问中国时，毛泽东接见了他。在会谈时，远藤三郎把他家祖传的一把珍贵的日本军刀，亲手交给了毛泽东，表示日本军人放下屠刀，从此永远不再与中国打仗了，并为日本的侵略战争行为道歉。

毛泽东接受了远藤三郎的军刀之后，说了一段著名的话："你们不需要道歉，你们也是我们的先生，我们要感谢你们。正是你们打了这一仗，教育了中国人民，把一盘散沙的中国人民打得团结起来了。所以，我们应该感谢你们。"[1]

毛泽东回赠给远藤三郎一幅齐白石的中国画，上面有毛泽东的亲笔题词："承远藤三郎先生惠赠珍物，无以为答，谨以齐白石画一幅为赠"[2]。

---

[1]　参见《毛泽东接见日军：感谢你们用战争令中国人团结》，人民网，2013年8月26日，http://book.people.com.cn/n/2013/0826/c69398-22693958.html.

[2]　参见《"放下屠刀"的侵华日军陆军中将5次访华，与毛泽东互赠礼物》，人民网-中国共产党新闻网，2015年10月13日，http://dangshi.people.com.cn/n/2015/1013/c85037-27690472.html.

　　这里蛇足一句。毛泽东的这段"感谢日本侵略"讲话，后来被一些人断章取义。如果不知道毛泽东与远藤三郎这段对话的来龙去脉，那未免容易引起误解或误导。

　　远藤三郎回日本后写了一本书，叫作《旧军人所见之中共——新中国的经济、政治、文化、思想的实际状况》。当年（1956年）这本书是日本战后为数极少的一本近距离描述中国的书，对日本人了解新中国是很重要的。元山说："我对这本书爱不释手，读烂了一本。"

　　1974年，远藤又写了一本书，叫作《日中十五年战争和被称为国贼、红色将军的我》。在这本书中，远藤将军坦诚地讲了他是怎样作为一个将军级的人物参与十五年的侵华战争（从1931年"九一八事变"开始，至1946年作为战犯嫌疑人被审究止），认真地反省了他本人和他的军队在侵华战争中的罪恶。元山说："这本书我读得泪流满面，庆幸这个世界上有这样与我心心相印的长官。"

　　除此以外，远藤三郎在他的一生中，写下了大量的日志，从1904年（明治37年）至1984年（昭和59年）远藤离世前一个月为止，一天也没有停止过，一共93册，是研究日本近现代史的珍贵资料。

　　前面提到，元山参加了远藤三郎组织的"日中友好旧军人之会"，并担任过多年的常务干事。1984年远藤三郎去世后，元山成为"日中友好旧军人之会"的骨干，与原日本籍八路军山边悠喜子等日本民间和平人士一起，组织发起了揭露日本731部队在中国进行人体细菌实验的罪行，帮助日本遗孤的中国养父母来日本，等等。
元山做的这些事，后面还要专门提到。

第五节　深藏一生，有关中国的秘密任务

1950年1月，日本共产党内部发生了一场惊心动魄的路线斗
争。因为日本共产党是资本主义国家中最大的共产党，日共的这场
党内斗争强烈地影响了当时整个国际共产主义阵营。10年后中国和
苏联的"论战"，也可以看成是日共这场路线斗争的延长线。

暴力革命论[①]，也就是通过武装斗争的暴力手段夺取政权。
1946年日本共产党开始公开合法活动之后，召开了日共第五次全党
大会。在这次大会上，日共提出了自己独自的"和平革命论"方
针。所谓"和平革命论"，就是通过议会斗争等合法手段，与资产
阶级进行斗争，日共不再提通过武装暴力手段夺取政权的"暴力革
命论"。

显然，日共1946年第五次党代会上确立的"和平革命论"，是
违反马克思"暴力革命论"的，苏联的斯大林对此很不满意。不过
因为1946年的日本处于美军的占领之下，日本共产党的力量也很弱
小，所以斯大林对日共的"和平革命论"也就睁一只眼闭一只眼，

①　以下论述参考《日本革命的展望》，宫本显治著，新日本出版社，1968
年版。

没有追究。

1949年中国革命取得成功，中国共产党取得了政权；同时日共在日本国内的势力也大为发展，在众议院取得了35个议席。这些胜利，大大刺激了斯大林，认为"暴力革命"的时机来到了。1950年1月，斯大林公开批评日共的"和平革命论"，指示日共开始着手进行武装夺取政权的准备。这时毛泽东也公开批评日共的"和平革命论"，支持日共搞武装斗争。

在这种情况下，日共分裂成两派，一派是以德田球一、野坂参三为首的"武装斗争派"，另一派是以宫本显治为首的"和平革命派"。当时日共以"武装斗争派"占多数，他们遵照莫斯科、北京的指示，积极策划组织工人赤卫队、农村游击队等，准备进行武装起义。

1950年5月30日，日共在东京皇宫广场（人民广场）组织了5万人的示威游行，与守卫皇宫的美军士兵发生了冲突，游行者向美军士兵投掷石块，发展成"准暴力冲突"。

此后，麦克阿瑟将军下令，通缉捉拿德田球一、野坂参三等日共中央委员24人，德田等人只得潜入地下，然后逃往中国避难。德田球一在逃亡中国的途中，与元山俊美有一段戏剧性的近距离插曲。

在介绍这段插曲之前，再稍微介绍一下日共总书记德田球一[①]。

---

① 以下介绍参考《德田球一传》，牧港笃三著，冲绳时代社，1980年版。

德田1894年出生于日本冲绳县名护市，取名"球一"的名字是表达希望他成为"琉球第一号人物"的愿望。德田球一中学毕业后，在日本大学法学科夜间部刻苦学习，考取了律师资格。1920年德田加入日本社会主义者同盟，1922年筹建日本共产党，他是日本共产党的创始人之一。

由于当时共产党在日本是非法组织，所以德田球一于1923年、1926年和1928年三次被逮捕。在狱中，德田一直坚持不悔改，宁愿把牢底坐穿，拒绝宣布脱离共产党。1945年日本战败后，德田球一度过长达18年的牢狱生活，终于被释放。

如果连同前两次被捕坐牢算起来的话，德田球一在狱中一共度过了20年的岁月，出狱时德田球一已经51岁了。出狱后，德田球一与野坂参三、宫本显治等人着手重建日本共产党，并当选为战后日本共产党第一任总书记。1950年6月，驻日盟军总司令部宣布通缉德田球一，这是德田第四次面临逮捕。

真可谓"成也萧何、败也萧何"，救出德田球一的是驻日盟军总司令部，现在要逮捕德田的也是驻日盟军总司令部。当然，日共不会让自己的总书记就这么被逮捕，于是日共掩护德田球一秘密潜伏起来。然而这年6月25日，朝鲜战争爆发了，之后美国掀起了更大的反共浪潮，加紧追捕德田球一等人。

因为日本的形势危急，日共就策划让德田球一等人秘密偷渡出境，躲过当局的追捕。这时避难国度首选就是红色中国，中国方面也积极协助德田球一到中国避难。

1950年8月的一天，元山与一位日共领导秘密会见，当时元山担任东京到大阪客车的火车司机。日共领导对元山说："那很好。组织上准备给你布置一个绝密任务，这个任务不能对任何人讲，就是拼了性命也要完成。你愿意接受这个任务吗？"

元山想也没想就说："我愿意接受！我已经在中国战场上死过几次了，如果能够为神圣的革命事业而牺牲，那是我最高的光荣。"

日共领导高兴地说："这就好。我们想在你开的火车上，秘密运送一个人。为了这个人的安全，他不能坐进客车车厢，必须坐到火车头里。你是负责驾驶火车的，你能给他安排坐进火车头里吗？"

元山想了想说："应该没问题。我现在是司机，副司机和司炉都要听我的，他们不敢说什么。"

日共领导高兴地说："这就好办了。某月某日，你开车从东京出发，在火车开出东京不远的某地，你把火车临时停一下，并把一个人拉上火车头，让这个人坐在火车头里。当火车快到大阪终点站之前的某地，你再来一次临时停车，并拉开水雾，掩护那个人下车。以后的事你就不要管了。"

元山并没有被告知这个秘密人物是谁，但元山知道这是日共领导信任他这个工人出身的共产党员而交给他的重要任务。得到任务后，元山兴奋得一夜没有合眼。其实，没有特殊理由，火车头里是不准让外人乘坐的，这是要冒很大风险的。如果有人告密，那么元山也许就要被严格审查，很可能失去铁饭碗，但元山还是甘愿为组织冒险。

第二天，火车刚刚开出东京不久，在规定的地点，元山把火车停下来，拉上来一位戴着帽子和遮了半个脸大口罩的瘦瘦的中年人。元山根据日共领导的嘱咐，没有与这位不速之客交谈，甚至没有看他一眼。因为日共领导交代："目前日共正处于被当局清查的危险时期，你能够不知道的事情，尽可能不要知道。"这样，即使万一元山被逮捕，他也就真的不知道，也就说不出任何实情。

火车开到距离大阪终点站2公里时，元山又再次把火车停下，把那个中年人放下火车头。这时看到车下跑过来一个农民模样戴帽子的汉子，提着一个大包袱，交给下车的中年人。元山按照领导同志的叮嘱放出水雾，然后启动火车。元山看着那两个人消失在水雾的烟幕中，非常欣慰地松了一口气。

元山在火车头里搭载一名神秘客人，这是完全违反铁路规定的。不过平时元山与他的工人同伴们关系很好，同在火车头里工作的副司机和司炉，他们都相信元山的为人，相信元山的这个神秘客人一定是好人，所以没有人告密。这件事就神不知鬼不觉地过去了。

后来，元山从报纸上看到一则醒目的报道："某年某月某日，日共党首德田球一潜入大阪港，奇妙地偷渡出境，乘船到了中华人民共和国。"

元山看完后忽然醒悟，上次那个在他火车头里秘密乘车的神秘人物，就是德田球一呀。元山高兴得连声自言自语："原来是这样，原来是这样！太好了！"

原来，麦克阿瑟和日本政府发出对德田球一的通缉令后，就在各个火车站的出入口以及火车上，安排了很多便衣警察，追捕德田球一等日共领导人。所以日共巧妙地安排德田坐进火车头里，并在途中上下车，躲过了众多便衣的耳目，从东京到了大阪。

中国的《文史博览》期刊在2013年第1期登载了金志宇的文章《紧急营救日共领袖来华》，首次披露了这次秘密营救德田球一到中国的事情。该文这样写道：

中共中央接到日共的求助后，决定承担国际主义神圣义务，帮助德田球一和野坂参三这两位日共领袖由秘密途径来华，加以保护。

此时，中央的情报机关已改为军委联络部，中央即把这一非常重要而又十分艰巨的任务交给了军委联络部。军委联络部的前身是抗日战争和解放战争时期的中共中央社会部。早在1946年1月，负责情报工作的中央社会部即派员到大连建立了大连情报局，开展对国外的情报工作，并集中了一批有对外工作条件的情报人员。解放后，大连情报局迁到天津，成为军委联络部下属的天津联络局，负责国际情报工作。

负责在日本营救德田球一和野坂参三的，是一位名叫杨春松的在日本共产党里的中国共产党员。杨春松是台湾人，1926年到中国大陆，加入了中国共产党。1927年大革命失败后，杨春松在上海从事地下活动，1932年因叛徒出卖被国民党政府逮捕。因为当时杨春松具有台湾的日本国籍，于是国民党当局就把杨春松引渡给日本驻上海总领事馆，押回台湾监禁了6年。刑满出狱后，杨春松去了日本，此后一度与中共中断了联系。

日本战败后，杨春松加入了重建后的日本共产党，成为日共的

杨春松（左）在日本东京（1952年）

外籍党员。1945年底，杨春松经朝鲜半岛秘密潜回中国，在东北见到了中共东北局书记彭真，这时杨春松再次与中共取得了联系，并受命返回日本，在日本从事情报工作。杨春松在东京创办了中国通讯社，由爱国华侨曾永安出任社长，杨春松则以记者身份往来于日本和香港之间。

天津联络局与在日本的杨春松等人密切协作，积极谋划安排德田球一等人前往中国。当时中日之间没有空中航线，海上秘密通道是唯一可行的办法。杨春松及其周围少数同志就在美国占领军眼皮底下周旋，把德田球一等日共领导人，一一从东京转移到大阪、神户等地，然后在天津联络局积极配合下，经由秘密海上通道前往中国。

1950年8月末，德田球一经海路平安到达中国。不久后，野坂参三等人也经同一渠道来华。在华期间，他们受到了妥善的保护和照顾。1953年10月，德田球一在北京病逝。其后随着日本国内形势的变化，野坂参三等人于1955年返回日本。

成功完成营救德田球一、野坂参三任务的军委联络部，得到中央领导的表扬，周恩来、朱德、聂荣臻分别写信、题词祝贺。从日本成功营救德田球一、野坂参三等人，是新中国成立初期中共隐蔽战线在国外取得的重大胜利。

1953年10月14日，德田球一因脑溢血在北京逝世。由于当时日本的形势，日共总书记德田球一逝世的消息没有马上公布，一直到1955年，中国政府才发表了德田球一去世的讣闻。1955年9月13日在北京举行德田球一追悼大会，由刘少奇主持，北京各界人士和市民代表共3万人参加了追悼会，毛泽东亲笔题词"德田球一同志永垂不朽"，周恩来为德田球一撰写了墓志铭。①

日共前总书记德田球一的遗骨从北京运返日本

日共总书记德田球一病逝异国他乡的噩耗从中国传到日本以后，日本各界纷纷沉痛悼念这位卓越的政治家，连德田球一的政敌也不乏赞誉之词。当时的日本首相吉田茂，在政治立场上与德田球一是水火不相容的，就是吉田签署了抓捕德田的通缉令。但是撇开政治观点，吉田茂意外地颇为欣赏德田。

吉田茂在他的随笔集《大矶之松》中，提到德田球一时说："共产党的德田球一，在议会上屡屡用激烈的口吻大肆攻击我，但实际他是一个很豪爽的人，我个人很喜欢他这样的人。虽然他是我的敌人，但是，他确实是一位让我喜欢的人物。"

现在德田球一的骨灰葬于东京的多磨陵园。此外，东京都青

---

① 参见中文百科专业版"德田球一"词条，http://zy.zwbk.org/index.php/德田球一。

山陵园的"解放运动无名战士墓"也埋葬有德田球一的部分遗骨。1998年，德田球一的故乡冲绳县名护市为其竖立一座纪念碑，碑上刻着德田球一用汉语说过的一句话："为人民的期待而献身。"

当时元山准备去参加德田球一在故乡的纪念碑立碑仪式，因为心脏病发作，被急救车送进医院，最终没有去成，成为元山的一个终身憾事。虽然元山对德田球一的"暴力革命论"主张持反对意见——元山认为"以战反战"，最终受害的还是人民，不是和平之路——但元山非常敬重德田球一，认为他是日本屈指可数的人民英雄。德田球一的一生，真正是献给了无产阶级解放事业，所以元山为自己能够有机会掩护这位人民英雄避难，感到无比自豪。

因为元山掩护德田球一避难是一件绝密的事，当时元山就对组织发誓，这件事绝不对任何人说起。一直过了将近半个世纪，元山因为住院无法参加德田球一故乡的立碑仪式，非常遗憾地躺在病床上，这时我才听到元山讲起他半个世纪前的这段人生中最精彩、最传奇的秘密。

第七章 都是命运的安排

第一节 惊心动魄，亲历日共的路线斗争

前面提到，1950年日本共产党内部发生了一场惊心动魄的路线斗争，这两条路线是：坚持马克思的"暴力革命论"，搞武装斗争，还是改为修正主义的"和平革命论"，搞议会斗争。当时苏联的斯大林和中国的毛泽东，都支持日共坚持"暴力革命论"，搞武装斗争；但日共内部持"和平革命

日共高层领导人在前总书记德田球一的遗像下，后排左起：志贺义雄、宫本显治、春日正一；前排左起：志田重男、野坂参三、绀野与次野。

论"的人仍然很多，两条道路的斗争激烈。[①]

正当日共内部两条路线斗争激烈的时候，驻日盟军最高司令麦克阿瑟开始通缉日共领导人。这次麦克阿瑟

---

① 参考《日本共产党研究》，立花隆著，讲谈社，1983年版。

通缉日共领导人显然是有选择、别有用心的，因为这次被通缉的日共领导人，比如德田球一、野坂参三等人，都是"武装斗争派"，而宫本显治为首的"和平革命派"的领导人却没有被通缉。

由于"武装斗争派"的中坚人物德田球一、野坂参三等人不得不逃亡中国避难，宫本显治为首的"和平革命派"就轻而易举地夺取了日共的领导权。

宫本显治也是日本一位极富传奇色彩的政治人物。从1957年到1997年，宫本显治领导日本共产党长达40年之久，成为战后日本最著名的政治家之一。日共也被深深打上了宫本显治的个人色彩，曾一度被称为"宫本共产党"。

宫本显治1909年出生于日本山口县的一个小商店家庭，1928年考上东京帝国大学经济系。在学生期间，宫本显治成为文学青年，1929年他的文章获《改造》杂志论文第一名，从此涉足文坛。

宫本显治在文学活动中，开始接触马克思主义，加入了"日本无产阶级作家同盟"，1931年加入日本共产党。虽说宫本显治比德田球一等日共创建人晚10年入党，可是宫本显治非凡的才干使他很快在党内崭露头角。1933年，年仅24岁的宫本显治就当选为日共中央委员。

1931年日本政府开始对日共党员大搜捕，有400多名日共高层党员被逮捕，其中宫本显治也被捕了。这400多名日共高层党员，绝大部分都写了悔过书，宣布脱离共产党，然后被释放。只有德田球一、宫本显治等极少数人，拒绝写悔过书，宁愿把牢底坐穿，也拒绝宣布脱离共产党，结果宫本显治被判处无期徒刑。

不仅如此，宫本显治在狱中还有类似俄罗斯十二月党人的如泣如诉的革命爱情悲歌。被捕前宫本显治作为文学青年，与当时的著名左翼女作家、日共党员中条百合子结婚。

中条百合子（宫本百合子）

中条百合子出身于东京的富裕家庭，父亲是著名的建筑师。中条百合子在日本大学读书后，又去美国哥伦比亚大学留学，在美国她与日本东洋语学者荒木茂结婚，但不久两人就因为性格不合而离婚。百合子回到日本后，与俄国文学研究者汤浅同居，1927年百合子跟随汤浅访问苏联。与美国相比，百合子被红色苏联深深感动，回国后立志成为"无产阶级作家"。

1931年百合子加入日本共产党，1932年与宫本显治结婚。1933年宫本显治被捕，百合子也被捕，宫本显治被判处无期徒刑，而百合子被判处监禁2年，缓期4年。尽管宫本显治被判处无期徒刑，百合子不仅没有与宫本显治离婚，相反，她把自己的笔名改为"宫本百合子"，表示要跟随宫本显治到底。

宫本显治在狱中的12年里，与百合子相互通信900余封。1951年百合子去世后，宫本与她在狱中的"两地书"被编辑为《十二年书简》出版，轰动一时，被评为"爱的记录"。

前面提到，宫本显治等人的"和平革命派"夺取了日共的领导权后，一度与苏共和中共的关系紧张，但宫本坚持日共自己搞"独立路线"①。1955年日共召开第六次全党大会，这次大会上为了强调团结，把"武装斗争派"的野坂参三等人从中国请回来，但野坂参三只担任名誉上的高位，却没有实权，成为坐冷板凳的人。最后，野坂参三还是没有逃过被开除党籍的命运，成为这次路线斗争的最后牺牲品。

1958年日共第七次全党大会上，宫本显治当选日共中央总书记，确立了他在党内的绝对权威。20世纪60年代，中国和苏联发生了"论战"，这时日共同情中共，暗中支持中共，但没有明确表态。日共同情中共，是因为苏联自己要当"老子党"，而要让其他国家的共产党当"儿子党"，要其他国家的共产党服从苏联的领导。宫本领导下的日共要坚持自己的"独立路线"，自然不满意苏联的"老子党"霸道作风。

苏联对日共这种暗中同情中共的态度当然也非常不满。1964年，苏联对日本发出"最后通牒"，要日共明确表态，到底是支持苏共还是支持中共。

宫本显治率日共代表团访问中国（1966 年）

---

① 参见《宫本显治：日共"独立自主线路"之父》http://www.china.com.cn/culture/book/zxyd/2010-09127/content_21018391.htm

这个最后通牒激怒了宫本领导的日共，日共发表公开信，宣布与苏联"决裂"。此后，日共与中共一起批判苏联的"修正主义"，两党的关系一度非常密切。[1]

可是好景不长，1966年宫本显治率代表团前来中国访问，与毛泽东举行了会谈。但因观点、路线不同，两党决裂。

直到1998年，中共与日共实现了关系正常化，中共总书记与日共总书记进行了首脑会谈。这是1967年两党决裂之后，时隔30年的党首会谈。

日本共产党在宫本显治的领导下，确立了很多"背离"马克思主义的修正主义纲领。比如1976年的日共第十三次全党大会上，把"无产阶级专政"这个词从党章中删除，用"科学社会主义"取而代之[2]；2000年的日共第二十二次全党大会上，再次修改党章，删除了"无产阶级先锋队"等词语；2004年的日共第二十三次全党大会上，日共在政治纲领中宣布容忍天皇制和日本自卫队，共产主义的色彩越来越淡，民族主义的色彩越来越浓。

现在日本共产党《党纲》的核心部分，叫作"两段革命论"。这个"两段革命论"对中国人来说，其实是很熟悉的，就是把社会主义革命分为两个阶段：第一个阶段是"新民主主义革命"，第二个阶段才是"社会主义革命"。日共认为，日本目前仍然处于搞"新民主主义革命"的第一阶段，还没有到搞第二阶段"社会主义

---

① 参考《日本的红星人物——日本共产党史》，三好徹著，讲谈社，1973年版。

② 参考《情势、党建设论》宫本显治著，新日本出版社，1988年版。

革命"的时机。[①]

日本共产党的《党章》这样写道："虽说现在我国已经成为高度发达的资本主义国家，但在国土、军事等最重要方面，仍然被美国所控制，我国实际上仍然是美国的从属国。鉴于这个现状，我国目前所需的变革，仍然是'新民主主义革命'而不是'社会主义革命'。当然，我们要向下一个阶段的'社会主义革命'的方向努力奋斗前进。"

元山俊美加入日本共产党后，亲身经历了日共的这场路线斗争。对于元山来说，他是一个坚决的和平主义者，坚决反战，所以他支持宫本显治的"和平革命"路线，与党内的"暴力革命"路线进行过斗争。

由于元山在日共中是难能可贵的工人阶级出身，又非常有政治才干，而且在路线上与日共中央保持一致，所以元山在日共中曾一度直线上升，已经接近了中央委员的位置。可就在这时，元山突然被日共开除党籍了。这件事将在后面详述。

第二节　绝不屈服，被公司开除工职

在说元山突然被日共开除党籍之前，这里先说元山被公司开除的事。

---

① 　参考《情势、党建设论》宫本显治著，新日本出版社，1988年版。

1971年，苏联共产党召开第二十四次全党大会。在20世纪60年代，苏联跟其他社会主义国家、其他兄弟共产党的关系都搞得很不好。特别是苏联在1968年武装入侵捷克，在国际上造成很不好的影响。为了挽回局面，苏共在1971年召开二十四大时，放下老大哥的身段，对中国共产党、日本共产党等各国共产党都主动发出了邀请，希望大家言归于好。中国共产党没有接受苏共的邀请，而日本共产党接受了这次邀请。

由于苏联方面主动示好，日共总书记宫本显治也决定跟苏共改善关系。日共派出以中央委员西泽富夫为团长的日共代表团，列席了苏共二十四大。之后，苏联为了与日共改善关系，又特别邀请日共总书记宫本显治来苏联访问。而且为了拉拢日本人，苏联还放风说："准备归还日本的北方四岛。"

在这种情况下，1971年8月，宫本显治率领一个由几十人组成的日共代表团，去苏联进行了长达一个月的访问。宫本显治与苏共总书记勃列日涅夫进行了会谈，两党发表了共同声明。由于当时元山在日共已经扮演重要角色，所以宫本显治的代表团成员中也有元山。

当时日共除了极少数党员干部是专职干部外，大部分干部都是兼职干部，也就是平时有自己的工作，在党活动的时候才参加党的活动。元山的正式职业是日本国铁的火车司机，可是20世纪60年代以来，电力机车迅速取代了蒸汽机车，到1971年的时候，日本蒸汽机车基本上已经绝迹了。

驾驶电力机车比驾驶蒸汽机车要简单得多，打个比方，驾驶电力机车就如同用电饭煲煮饭，而驾驶蒸汽机车就如同用柴火土灶煮饭。由于驾驶蒸汽机车需要的技术性很强，所以蒸汽机车司机的工资很高，而驾驶电力机车的技术性就低得多，电力机车司机的工资也就低得多。尽管元山他们那些蒸汽机车司机已经没有蒸汽机车可以开了，但他们的高工资却也不能降低。

如果让蒸汽机车司机去开电力机车，那么他的工资比现在的电力机车司机高得多。干同样的工作，不同的工资，电力机车司机就会有意见。这样一来，公司就把元山他们这些高薪蒸汽机车司机派去搞后勤杂务，不让他们去开电力机车。因此，元山也被派去做后勤杂事，工作比以前轻松多了。

这次元山要跟随日共代表团去苏联访问，就要跟公司请假一个月。按理说，元山是做后勤杂务的，工作根本就不忙，更不是重要的工作，请一个月的假应该没问题。而且元山平时休息少，已经积累了好几个月的带薪休假，请长假更应该没有问题。

元山很轻松地去公司请假。一般公司请假，一个星期以内，只要科长同意就行；一个星期以上，则要部长亲自批准。元山找到他们的部长，提出请假一个月的申请。可是让人意外的是，部长却问元山说："你请这个长假，去干什么？"

元山不想说出他作为日共代表去苏联访问的事，就随口说："去海外旅游。"

部长笑道："是去苏联吧？"

元山不由一惊，脱口说："你怎么知道？"

部长沉下脸来，正色说："是警视厅告诉我的。"

元山这才知道，他已经被列入政府的黑名单了。

部长表情凝重地对元山说："你最好别去苏联了，这样对你没有好处。"

元山不满地说："我去哪里，这是我的自由！"

部长笑道："看来你的性格没有变，还是一意孤行啊。"

说完，部长的脸色愈发凝重起来，一字一句地说："公司不能批准你的长假，你最多只能请一个星期的假。"

元山一听，心中火气上蹿，这不是刁难人吗？元山愤然问："这是为什么？"

部长若有所思地说："因为你目前的工作岗位很重要，没有人能够代替你。"

元山心中的气，更是不打一处来。如果说以前元山当火车司机，岗位的确很重要，不是谁都可以代替他的，可是现在元山只是做杂务，这种杂事谁都可以干，哪是什么重要工作岗位呢？

元山提高声音问部长："部长，你知道我在干什么工作吗？"

部长面无表情地说："你在干什么工作，这并不重要。"

元山现在明白了，部长这次一定要刁难他到底了。元山压住心中的火气，问道："你的意思是，不批准我请假了？"

部长还是面无表情地说："刚才对你说过，最多只批准你请一个星期假，再多了不行。"

元山提高声音说："如果我一定要请一个月假呢？"

部长说："如果你一个月不来上班的话，公司就按旷工处理你。你也是老职工了，应该知道旷工的后果是什么。"

元山实在忍不住了，怒吼道："原来你们是想开除我呀。告诉你，我不怕！"

元山这个人，不是那种打碎牙齿和血吞的忍气吞声的人。估计部长也知道元山的脾气，所以故意要激怒他，把元山气走。

果然，元山气愤地说："不管你们同意不同意，这个假我请定了。"说完元山就甩手出来，走了。

元山回来后，把这件事告诉日共的同志。日共的同志们说："估计这是警视厅对你们公司放口风了，故意不给你假，让你去不成苏联。不过如果你硬请假的话，会被公司开除的。我们看，要不然这次访问苏联你就不要去了，保住工作饭碗也是很重要的。"

元山却不以为然地说："我才不会为了饭碗向他们低头的。这次访问苏联，我一定要去。"

于是元山就作为宫本显治率领的日共代表团成员，去苏联访问了一个月，还访问了罗马尼亚等东欧国家；回程时，又顺道访问了北越。当时越南分为两个国家，一个是社会主义的北越，首都在河内；另一个是资本主义的南越，首都在西贡（现改名胡志明市）。

元山俊美在苏联访问

据元山说，他的这次随团去苏联访问非常愉快，参观了很多地方，受到苏联方面的热情接待。

可是回到日本后，元山的麻烦来了。元山去公司销假，可是部长冷冷地说："根据公司的规定，无故连续两个星期以上旷工者，公司要予以开除的处分。你已经一个月没有来上班了，所以按照规定，你被开除了。"

元山本以为公司只是吓唬他一下，没想到公司真的要开除他。元山愈发愤怒起来，大声说："我明明跟你请过假，凭什么说我旷工？"

部长冷冷地说："公司并没有批准你请假，所以你的请假是无效的，按旷工处理。"

元山愤然大喊道："你凭什么？你凭什么？"

元山的喊声惊动了其他人，几个人冲进部长的办公室，拉住元山，怕他动手。其实元山是个彻底的和平主义者，当然不会使用暴力。

元山愤然走出部长办公室，回头说："我要去法院控告你们。"

元山气呼呼地回到家，这时突然有人敲门。元山开门一看，是一个不认识的人，那个人自我介绍说："我是副社长的秘书，是副社长让我来找你谈话。"

于是元山让那个秘书进来说话。秘书说："副社长已经听了部长的汇报。副社长认为，部长开除你的处罚是过重了，考虑到你也是在公司里干了几十年的老职工了，所以副社长说，可以保留你的职务，工资待遇也照旧。只是一点，你必须写一篇反省书，表示自己做错了，并声明以后不再犯错。"

元山听后，觉得副社长比部长稍微好一些，但还是不讲理。元山说："明明是部长刁难我，不批准我请假，怎么反过来说我错了？请假是职工应有的权利，我行使这样的权利，错在哪里？"

秘书说："副社长也觉得部长处理这件事有些过分，他已经批评部长了。不过呢，你还是要写反省书。你的错误，不是请假，你是有请假的权利。你的错误是顶撞领导，不服从领导的指示，这是你必须反省的。所以你在反省书中要声明，今后一定服从领导的指示，不再顶撞领导。"

元山听后，火气又蹿了上来，说："领导有错，所以我才顶撞领导，所以我才不服从领导的指示。难道你们是要把我变成一个没有头脑的机器人，对领导的指示，不管对错，一律服从吗？"

秘书说："领导是不是错了，那是领导的责任，这不是你需要考虑的事情。我们当部下的，不用管领导的对错，只要服从命令就行。"

元山这次真正生气了，说："原来你们是想把军国主义的那一套搬到公司里复活呀。当年军国主义分子，就是让我们绝对服从，不管上面的命令是对还是错，都要绝对服从。正因为这种绝对服从，才把日本拉进战争的深渊。如果当时，大家用自己的头脑想一想上级的命令，不该服从的就不服从，日本就不会有这么悲惨的下场。你们为什么还要搞'绝对服从'的那一套，难道还想让日本悲剧重演吗？"

秘书见元山已经是"不可救药"了，只得摇摇头，走了。

　　第二天，公司给元山发来解雇通知书，上面写道："根据公司规定，你已经被国铁解雇。如果不服，你可以向法院申诉。"

　　元山当然不服，向法院申诉，国铁的工会也站在工人的一边，支持元山上诉。但最后法院的判决结果，却是元山败诉。法院说：公司已经主动向元山和解，但元山拒绝和解，所以责任在元山，判元山败诉。

　　元山败诉后，国铁工会认为：元山是跟公司争取工人的权益，被公司以非正当的理由开除。按照工会的规定，如果工会会员被公司以非正当的理由开除，工会将继续给会员发工资，直到会员找到新的工作为止。如果会员一直没有找到新的工作，那就一直给会员发工资到退休年龄。

　　元山被开除时已经50岁了。因为日本是终身雇佣制，超过40岁的人就很难找到新工作。像元山这样50岁的人，几乎不可能找到新工作。所以，元山被开除之后就一直靠工会给他发工资，一直发到元山60岁退休。这也算是工会保护工人的福利吧。

　　尽管如此，元山的收入还是比以前少了很多，因为日本的大公

元山俊美在总工会中央委员会演讲

司除了工资之外，一年还要发相当于5个月的奖金。元山现在只有工资，奖金和加班费都没有了，收入减少差不多一半。元山心想："这就算是跟资本家作斗争的代价吧。"

元山被公司开除后，就一心扑到日本共产党的工作上。日共见元山因为去苏联访问丢了工作，就给元山安排在日共里做一些专职工作，每月可以拿一些津贴。元山倒不在意这些津贴，全心全意地为日共工作。以元山的才干和工作热情，他越来越受到日共上层的重视。元山开始经常在日共会议上做主题演讲，他头脑清晰，口齿伶俐，也开始有一些知名度了。到1975年，元山已经成为日共的中央候补委员，谁都觉得元山很快就要成为日共的中央委员了，甚至有可能进入中央执行委员会。可就在这时，元山突然被日共开除党籍。

第三节　呼吁和平，被日共开除党籍

正当元山俊美在日本共产党内满帆顺风时，突然被开除党籍的原因，并不是他与日共高层发生了什么龃龉，而是因为越南战争。

越南在二战前是法国的殖民地，二战中被日本占领。1945年二战结束后，胡志明领导的越南共产党在越南北方的河内宣布建立越南民主共和国，即"北越"；法国殖民者扶持的越南傀儡政府在越南南方的西贡成立越南共和国，即"南越"。

虽然南越政府腐败无能，但因为它的"反共"立场，得到了以美国为首的西方国家的支持。在法国撤出越南后，美国又继续支持南越政府，以至于美国自身陷入了越南战争的泥潭。

随着越南战争的残酷持续，美国终于不能再承受越南战场上的士兵伤亡，美国国内的反战运动也如火如荼，在这种情况下，美国不得不考虑怎样体面地撤出越南。1973年1月，美国与北越政府和南越政府在法国巴黎正式签署了《巴黎和平协约》，规定美军全部撤出南越，越南的南北双方政府用和平的方式实现越南的统一。

《巴黎和平协约》签署后，美军迅速全部撤出了南越，而北越军队在美军撤离后不久，就开始向南越进攻。此后，越南战争以"越南人打越南人"的方式持续下去，一直到1975年北越军队消灭南越政府，武力统一了越南。

自从美军进入越南战场以后，元山就积极加入反战的行列，反对和抗议美军入侵越南。当《巴黎和平协约》签署时，元山由衷地高兴，因为作为和平主义者，元山反对一切战争，祈愿世界永久和平。可是从1974年开始，北越军队不顾《巴黎和平协约》，开始向南越发起武力进攻后，元山对此非常愤怒。

当时北越的越南共产党与元山所属的日本共产党，属于同一意识形态的政党，而且日共与越共的关系长期以来十分良好，因为在美军入侵越南时，日共一贯支持越共，抗美援越。可是北越的越南共产党向南越发起进攻时，日共内部出现了两种意见，发生了分歧和争论。

当时中共和苏共都支持越共搞武装斗争，可是日共的情况比较复杂。

前面说过，日共内部分为两派："武装斗争派"和"和平革命派"。"武装斗争派"的领军人物德田球一死后，野坂参三成为"武装斗争派"的领军人物。尽管日共的主流是宫本显治领军的"和平革命派"，但野坂参三领军的"武装斗争派"在日共中仍有不可忽视的影响力。

当越共军队对南越发起攻势后，日共内的"武装斗争派"当然是一片称赞，纷纷说"打得好"；可是日共内的"和平革命派"却有不同的看法，认为越南共产党应该采用和平的方式统一南越，不应该随便动武。两派争论了一段时间，最后日共中央委员会统一了认识，宣布公开支持越共，因为毕竟越共是日共的兄弟党。日共宣布支持越共，并说：越共发起的战争是"正义的战争"。

然而元山却是一个坚决的反战主义者，反对任何战争，不管是不是"正义的"。在日共的这场争论中，元山坚决反对越共对南越动武，提出日共应该反战，反对和抗议越共对南越的武装进攻。当日共中央决定公开支持越共出兵的时候，元山感到非常气愤，他给日本共产党中央委员会写抗议信，抗议日共公开支持越共动武的决议。

日本群众反对越南战争的游行

日共中央看到元山的抗议信，当然非常恼火，特别是武装斗争派的领军野坂参三，气愤地说："我认为知识分子比较软弱，斗争性不强，而工人阶级的斗争性强，所以我党应该多多吸收斗争性强的工人阶级入党。当年我介绍元山俊美入党，就看他是工人阶级，家庭出身又好，以为他入党后会增强我党的斗争性。没想到这个元山堕落得这么快，完全被资产阶级收买了，居然提出要反对我们兄弟党搞武装斗争。这样的人，哪里配当共产党员？他是我们党的叛徒，是共产主义事业的败类。虽然元山是我亲自介绍入党的，今天我要亲自把他开除党籍，永远开除党籍。"①

不过日共总书记宫本显治觉得元山是个难得的人才，不应这么轻易就被开除党籍。宫本显治派人找元山谈话，说："总书记看了你的抗议信，觉得很生气。你写信向党中央抗议，这就是反党。你也是个老党员了，应该清楚党的纪律，怎么能干反党的事呢？"

元山不满地说："我不是反党，我只是认为党的决议错了，我是抗议党的决议，不是反党。"

宫本派来的人说："我党已经做出了'支持越共'的决议，你作为党员，就应该服从这个决议。你无视党的决议，不服从党的决议，这当然就是反党了。对你写抗议信这件事，党内很多人提出要把你开除党籍。可是总书记认为，你是老党员了，多年来又一直为党勤勤恳恳地工作，所以总书记提出，给你一次悔过的机会。你写一份检讨书，对这次反党行为表示悔过，并声明以后一定服从党的

---

① 根据元山俊美生前口述。

决议，不再有反党行为。这样总书记可以保留你的党籍，只给你一个轻微的处分。"

元山却是一个"不开窍"的人，坚持说："我作为一个党员，难道连批评党中央的权利也没有吗？难道批评党中央就是反党吗？我不认为我有错，所以我不能写检讨书。"

宫本显治得知元山"无可救药"，不肯认错，不肯检讨，为了顾全大局，只好忍痛割爱，叹口气发出通知，开除元山的党籍。

两天后，元山接到日共发来的开除党籍通知书。元山手捧通知书，难过地流下了眼泪。元山从中国战场回来后，1946年26岁成为预备党员，27岁成为正式党员，到1974年已经有28年。这几十年来，元山把日共看成是自己的组织，自己的亲人，是自己人生的希望所在。万没想到他只是因为反对日共中央的决议，就被开除党籍了，这让元山感到无比难过。人世间最令人难过的莫过于被自己崇敬的组织不信任啊。

在元山的内心中，他还是爱党，忠于党的。虽说元山被日共开除党籍，但他仍然订阅日共主办的杂志《赤旗》，每次选举时，他还是投日本共产党的票。当然，元山对日共中央是不满的，认为日共中央违背了和平反战的路线，开始支持战争，那么下一步就是纵容日本军国主义的复活了。这些是元山无法容忍的。

具有讽刺意味的是，喜剧性地介绍元山入党的是野坂参三，悲剧性地把元山开除出党的也是野坂参三，人世间这种"成也萧何、败也萧何"的事情，还真的是有啊。也许有人会说，这就是中国佛教所说的善缘与恶缘的阴阳差错；也许有人还会说，这就是验证了那兰陀①所说的："我们对自己的幸福快乐和痛苦忧恼负责，自己创造自己的天堂，自己挖掘自己的地狱，自己是自己命运的设计师。"

可是我不认为有什么"善缘恶缘"，也不认为有什么"自业自得"，我认为事物都是辩证地发展的。野坂参三在28年前与元山有共同点，28年之间他们互相不可能没有变化，只是他们朝着两个不同的方向变化，于是分道扬镳了，这是不以人的意志为转移的。

从此以后，元山成为一个无党派的反战人士，积极投身于日本的反战运动。当然，在日本反战人士也不是元山一个人，他们虽说没有形成一支强大的政治势力，但他们坚决反战、呼吁和平的奋斗和努力，应该被记入史册。

第四节　天命之年，失去人生的三宝

常言道"祸不单行"，元山的经历好像又再次验证了这句谚语。在短短几年中，元山被公司开除工作，被日共开除党籍，接下去家里又祸起萧墙，太太也起来造反了。

在说太太造反前，我们先回顾一下元山从中国战场回来后至结婚的"罗曼史"。

---

① 那兰陀（Narada Mahathera，1898—1983），斯里兰卡佛教僧侣，翻译家。

前面说过，元山1946年加入日本共产党，而日共的党员绝大部分平时要上班工作挣钱养活自己，在业余时间参加和从事党的活动。元山的本职工作是火车司机，本来就很忙，自从加入日共以后，业余时间又为日共工作，所以自己的婚姻大事就这么耽误下来了。

元山自己不急，可是他的老母亲却急得要命。眼看元山的年龄一年比一年大，可是还没有媳妇，甚至连女朋友也还没有，这对于当母亲的人来说，自然是急在心上的，于是元山母亲就开始四处为元山张罗婚事。

在元山的老家，元山的婚姻条件还是不错的。当时火车司机是高技术工种，工资很高，而且元山工作的"国铁"是铁饭碗，收入稳定，所以有不少人主动跟元山母亲提亲。不过，元山母亲在儿子青春之际无法保护儿子免遭被征兵的厄运，至少，这次替儿子选媳妇，一定不能含糊，要为儿子选一个好媳妇，所以她还是挑挑拣拣的。最后，元山母亲看中了邻村樱井家的姑娘。为什么元山母亲看中樱井姑娘呢？这主要是因为樱井姑娘长得漂亮。

当时日本有一位红极一时的电影女明星，名叫高峰秀子，中国也曾经上映过高峰秀子主演的电影《24只眼睛》。有人对元山母亲说："邻村樱井家的姑娘长得很像高峰秀子，漂亮得很。"元山母亲还不太相信，亲自去邻村看，发现樱井姑娘果然很像高峰秀子，甚至连高峰秀子眉宇间特有的高贵气质，樱井姑娘也有那么几分。

元山母亲非常满意，主动跟樱井家提亲。樱井家也知道元山的条件不错，很高兴地答应了这门婚事。于是元山母亲就赶紧让元山回家，来看看这位樱井姑娘。

　　元山在母亲的催促下，不太情愿地回到老家。一进家门，看见一个美人正和母亲坐在一起，元山心中怦然一动，心想："难道这位漂亮姑娘，就是母亲为我介绍的未婚妻？"

　　果然元山母亲笑嘻嘻地介绍说："俊儿，这位樱井姑娘，可是我们这片地方数一数二的美人呀。"

　　樱井姑娘被夸奖，不好意思地抬眼看看元山，她见元山一表人才，对元山的外表很满意。而且早年在这里元山就被传说为"神童"，虽说后来元山没能够上大学，可是当时火车司机比大学生的工资高多了，所以樱井姑娘对元山的经济条件也十分满意。

　　元山见樱井姑娘果然长得像高峰秀子，秀美可人，她那一双含羞看元山的眼睛，也是脉脉传情，让元山感到有一见钟情的感觉。就这样，两人一见面就一拍即合，订下了婚事。

　　不久，元山向公司请假，回老家办婚事。这次婚事办得十分热闹，高兴得元山母亲合不拢嘴，连声说："看到俊儿娶了这么漂亮的媳妇，我死的时候也会带着笑容。"

　　元山结婚后，樱井姑娘成为元山太太，和元山一起从偏僻的乡下来到东京生活。东京花花绿绿的大世界，让元山太太大开眼界，非常高兴。在婚后的一段时间，两人的关系很好。不久，元山太太怀孕了，生下一个儿子，再不久，又生下一个女儿。元山本来希望自己的儿子和女儿将来能够继承自己的反战和平事业，但现实让元山失望了。

元山儿子是一个规规矩矩的男人，只想找个好工作，有个铁饭碗，安安稳稳地过一辈子。后来元山儿子也跟父亲一样，也进了日本的"国铁"工作，成为国铁旅行社的一名职员。旅行社的职员不需要什么特别的技能，什么人都干得了，不过工作环境干净舒适，加上元山儿子是一个安分守己的人，老老实实干活，从来不惹是生非。元山见自己的儿子成为这样的人，也无可奈何，只是叹气而已。

元山女儿一度受父亲的影响，很关心政治，甚至有时还主动参加元山他们的政治集会。元山女儿高中毕业后，居然憧憬共产主义，提出要到苏联去留学。要知道，那时候日本沉溺在一片崇拜美国的气氛中，学生们拼命学英语，一心想去美国留学。

可是元山女儿在那样的情况下，居然提出去苏联留学，当然把元山高兴坏了，心想："看来女儿可以当我的接班人了。"元山高高兴兴地拿出钱来，送女儿去苏联莫斯科大学留学，后来女儿以很优秀的成绩毕业于莫斯科大学。

可是元山女儿在莫斯科认识了一位日本留学生，两人一见钟情，订下婚姻大事。不过这位留学生到莫斯科大学来留学，并不是因为有什么伟大的共产主义理想，而是因为工作的需要。原来这位留学生的父亲在一个商社工作，负责做苏联的贸易，所以他就让自己的儿子去苏联留学，学好俄语，以后回来到商社工作，接他的班，专门从事跟苏联的贸易。

元山女儿在莫斯科大学毕业后，马上回国结婚了。只可惜元山女儿，还是没有跳出日本女人"嫁夫随夫"的思想，结婚后马上传染上丈夫的商人思想，只想到赚钱啦，家庭啦，生个小宝宝啦，把元山的革命理想统统抛诸脑后。元山看到女儿的变化，有点焦急地劝她说："你不要把自己只关在小家庭里，要多看看社会这个大家庭。"

元山女儿却反驳道："我就是看您丢下我们不管，整天去管不着边际的国家大事，把母亲冷落在家里寂寞难熬。我为什么要丢下自己的孩子不管，整天去管别人的事情？"

元山痛心地说："正是为了孩子的将来，我们才需要去管社会的事情。难道你愿意看到孩子们将来生活在一个战火纷飞的悲惨世界吗？我们管社会的事情，就是为了孩子们将来能生活在一个和平安详的社会里。"

可是这时候的元山女儿，已经听不进元山的话了。元山只能叹气说："他们这一代人没有经历过战争的苦难，以为'和平'是从天上掉下来的，不知道'和平'是需要捍卫才能保住的。"

这里再回到元山本人的事。前面提到，最初元山太太和元山的感情很好，可是随着时间的变化，元山太太对元山逐渐不满起来。因为元山的社会活动多，一天到晚出去活动，在家的时间不多，让她感到孤单。所以元山太太多次劝元山，少参加些社会活动，多关心一点家里的事，当然元山是听不进去的。相反，元山也多次劝太太，多关心一点社会的事情，跟他一起去参加一些社会活动。可是元山太太是个典型的家庭型女人，对政治一点儿兴趣也没有，所以她也听不进元山的话。于是两人的思想越离越远，感情也就越来越淡。

尽管元山太太对元山有诸多不满，但元山在"国铁"工作时，因为工资高，可以让太太享受比较好的生活，所以太太还可以忍受。然而当元山被"国铁"开除后，太太的怨言就多了起来。好在那时元山还是日本共产党的红人，太太以为元山将来或许能够成为国会议员，自己说不定可以当个光荣的国会议员夫人，也就没有太多地发作，还是继续忍下去。

但是当元山被日本共产党开除党籍后，当国会议员的可能性变为零，这时元山太太就忍耐不住了，放话说："你作为一个男人，落到这么一个地步，我都替你害臊。好在你还有工会给你发的工资，日子还可以过下去。今后你要吸取教训，不要再去参加什么社会活动了，好好待在家里，陪我过日子吧。"

元山却听不进太太的话，坚持说："我参加社会活动有什么错？我当然要继续去参加社会活动。作为一个人，特别是作为从侵略战场生还回来的人，我是有社会责任的。"

太太冷笑说："你一天到晚去参加社会活动，我还以为你能混出个什么名堂，结果怎么样？你丢了工作不说，你们党也不要你了。你已经沦为什么都不是的人了，如果你还要继续参加社会活动，你的下场会更惨。"

元山被太太这句话激怒了，愤然说道："不管下场怎么样，我是不会待在家里逃避现实的，社会活动我是铁定要去参加的。"

太太脸上的冷笑消失了，用淡淡的口吻说："怪不得人家说你不可救药，果然是这样。既然如此，那我们就离婚吧。"

元山也感到自己无法跟太太继续生活下去了，于是同意离婚。元山的财产虽说不多，但因为之前火车司机的工资高，也积蓄了一点小小的资产，在东京买了一套公寓，还在老家买了一些土地，准备老后回家养老。元山离婚时，把东京的公寓和老家的土地都给了太太，其他财产也分给太太一半^①。这样一来，元山又从零开始了。好在"国铁"在开除元山的时候，按照规定给了元山一笔解雇退职金，元山就用这笔钱在东京重新买了一套不大的公寓，继续在东京从事他的反战运动。

托尔斯泰在他的《安娜·卡列尼娜》中，有一句著名的卷首语说："幸福的家庭都是相同的，不幸的家庭则各有各的不幸。"

元山过去的小家庭，本该是一个温馨和谐的家庭，怎么会变得"妻离子散"呢？问题出在哪里呢？其实很简单，这个世界上有两种人：一种人是为"大志"而生，另一种人是为"小志"而生。

志，有"小志"和"大志"之分。一般人持有"小志"，做好每一天的家庭团圆，整理好每一天的锅碗瓢盆，满足于早晨的咖啡、傍晚的一杯小酌，用日本著名作家村上春树的话，这就叫作"小确幸"。

村上春树是中国80后、90后很多女生的偶像，其爱情小说在中国的销售量不知不觉超过了很多外国名著，村上春树也由此获得一个头衔叫"百分之百的小资恋爱小说家"。什么是"小确幸"？用村上春树自己的语言来说，是"把洗涤过的洁净内裤，卷折好然后整齐地放在抽屉中，就是一种微小而真确的幸福。这就是小确幸"。

"小确幸"说穿了就是"以自我为中心"的思想，全部从自己出发，为了自己的一点点微不足道的享受而喝彩。"小确幸"满

---

① 根据元山俊美生前口述。

足于生活中的小酥饼、小可乐、小恩小惠，不要有抱负，不要与政治沾边，只要关起门来孤芳自赏，对着镜子看看自己，为一杯冰镇啤酒，为一条新内裤，为一个整洁的小抽屉而感到幸福。如果按照"小确幸"价值观来看，元山真的是一个非常不幸的人，人生才过半，就妻离子散了。

不过，世界上还有另一种追逐"大志"的人。所谓"大志"，就是超越小我的范畴，为整个国家民族的幸福而奋斗，甚至为全人类的幸福而献身。当然，一个人在为"大志"而奋斗的时候，不可避免地要牺牲掉一些"小志"，失去一些"小确幸"，本来这个世界上就没有两全其美的事情。

每个国家都有一种叫政治家的人。政治家的工作，应该是为"大志"的，比如引导人民不再走战争之路，公平处理社会各阶层的利益关系等。可是大部分政治家一旦获得了"议员""长官"的头衔后，偏偏就不再为"大志"而奋斗，而是转而去钻营自己的"小志"了。

只有很少一部分人，能够始终坚持为"大志"而奋斗，不怕牺牲一切，为自己的理想而献身。元山就属于这很少一部分人，元山的故事，就是属于这很少一部分人的故事。如果你认为元山的故事是精彩的，那么我想，你心中也一定有一团"大志"在涌动。

虽然元山在天命之年，失去了人生三宝：工作的安定、组织的归宿、家庭的温馨，但是，元山没有踌躇，依然坚定不移地走自己反战的道路。他的一生就如他多年以后为自己写下的墓志铭那样："道たづね、道とたたかい、道に生く。"（探索道路，开辟道路，生命就是寻找道路。）

中部

我的东瀛故事

第八章 东瀛留学的岁月

第一节 冥冥之缘，我在东京遇到他

我是怎么遇到元山的？这段故事在《三代东瀛物语》中有详细交代。这里不再赘述。

不管怎么说，我在东京命运般地遇到元山，从此元山的故事中，就包括了我；我的故事中，也包括了元山，这就叫"命运共同体"吧。

我1983年来到东京，在早稻田大学语学研究院留学。这段时间内，元山作为我的保证人，给了我各种各样的忠告，特别是他帮我办起了一个业余中文学习班，我教中文班有了收入，解决了早稻田大学的学费问题。

1986年，我修完早稻田大学语学研究院的课程，下一步该怎么办呢？那时候我对元山为之奋斗的"革命思想"还不是那么理解，对元山搞的反战运动也没有什么共鸣。那时我只是想我自己的爱好。

我最初到早稻田大学语学研究院，这并不是我的选择，而是我母亲在日本的老师帮我选择的，其实我并不喜欢在这个学院学的日本古典文学等课程。不过，我特别喜欢早稻田大学的校歌，特别是最后三句，是所有日本的大学校歌无法媲美的。直到现在，不论在哪个场景，一听到这三句，我就会热泪盈眶，而其实这三句只是重复三个字"早稻田、早稻田、早稻田"而已，那种声援语境和助威语调，已经超越歌本身，成为一种青春的符号。在著名的早稻田大学与庆应大学棒球比赛中，学生们与其说是期待胜利，还不如说是期待能够在胜利后高歌这首令人振奋的校歌，每每唱到最后的"早稻田、早稻田、早稻田"时，整个会场出现如痴如醉的场面，真是令人难以忘怀！

那时我最想学的是时装，我梦想成为一个服装设计师，从小我就对时装有浓厚的兴趣。我父亲是日本的老海归，1950年带着我的母亲从日本回到中国。母亲携带的几口大箱子里装满了漂亮的衣服，可是因为那时中国的国情，母亲一直不敢穿这些漂亮衣服，让我可惜得不得了。那时我悄悄地想：长大后我要自己做出这样漂亮的衣服，穿这样漂亮的衣服。

20世纪80年代是日本经济发展的最高潮，那时日本人大把地花钱，到世界各地"买买买"，类似于中国人现在的"爆买"。那时，日本人的强大购买力使东京一时间成为世界时装的中心地，东京也被称为"国际时尚之都"。我在学习之余，一有空就从住宿的西早稻田路步行到新宿的伊势丹百货公司，但我只是去看时装，没有钱买，不过那也是一种享受。

1986年是世界时装的鼎盛之年，巴黎、纽约、米兰、东京经常有时装发布会，日本服装设计师已经在世界刮起一阵东瀛风。那时日本最著名的服装设计师主要有三位：三宅一生、山本耀司和小筱淳子。这三位日本设计师的出现，震撼了古老传统的巴黎时装舞台。有意思的是，向来被称为保守喜旧的日本人，在服装设计上因为保持独特的东方理念，反而在巴黎时装界形成一道亮丽的风景线。

日本这三位设计巨头都是毕业于东京文化服装学院，于是我就想到，我也要去东京文化服装学院学习，我也要成为一名服装设计师。我把这个想法告诉了元山，因为当时他是我在日本的"身份保证人"，我去哪里上学，必须要征得保证人的同意。

元山对我学服装设计的想法有些不以为然，说："我觉得学服装设计，不一定那么适合你的才能。因为你有讲话的天才，我听你讲中文课，感觉你很有逻辑思维和胆识。你有这样的才能，应该去学更加开阔的知识，学服装设计太狭窄了一些。"

我当时对元山的意见也是不以为然，说："你太夸奖我了，我怎么可能有那么大的才能呢。我妈妈老是说我比较笨，不过很认真、勤快。所以我看，我还是学服装设计这样狭窄的东西比较合适。"

元山见我一定想要学服装设计，也没有再反对，只是说："那也好。那就预祝你成为下一代的小筱大师了。"

一想到可以成为服装设计师，我就兴奋不已，准备去报考东京文化服装学院。东京文化服装学院是以严格著名的学校，不像个别私立学校那样讨好学生，只要进来就给毕业，东京文化服装学院每年有不少学生受不了沉重的学业负担而退学。因为毕业生的素质高，所以文化服装学院的毕业生在20世纪80年代几乎都能够如愿地找到工作，甚至一些大商社还来抢毕业生。

不过东京文化服装学院也有一个众所周知的特点，就是学费昂贵。有熟人告诉我："你三年学习要付给文化服装学院390万日元的学费（按现在的汇率来算，差不多20万元人民币），你能付得起这么昂贵的学费吗？"

昂贵的学费，真的把我吓住了。因为我每个周末教中文班的收入，根本不够交纳这么昂贵的学费。我想来想去，最后还是决定，放弃学服装吧。

我有点不好意思地告诉我的保证人元山，说："我以前把事情想得太简单，文化服装学院的学费太贵，我只好不上了。"

元山听后，却反过来鼓励我说："一个人既然做出了一个决定，就不要轻易放弃。你不是梦想成为服装设计师吗？你不要遇到一点困难，就把这个梦想放弃了。虽然文化服装学院的学费贵，但是你只要肯努力，还是可以挣到这个学费的。当然，目前你教中文班的收入，确实不够交学费，但你可以白天上课，晚上去打工，勤工俭学，朝着你的梦想努力。这也可以锻炼你的毅力，尽全力去克服人生道路上的困难。"

我没想到元山居然鼓励我克服困难，坚持去东京文化服装学院。得到元山的鼓励后，我下定决心："再大的困难我也一定要克服，绝不放弃我的梦想。"

于是我鼓足干劲，报考了东京文化服装学院。我白天在东京文化服装学院学习，晚上去日本料理店打工端盘子，周末教中文班。这样一天下来非常辛苦，但感到生活非常充实。

进入文化服装学院后，我进入了一个从来没有经历过的崭新世界，一切从零开始，学习我从来没有学过的东西。我甚至乐观地感觉到，世界在向我招手，我就要进入服装设计师的行列了。那时我万万没想到，日本当时那么沸腾的景象，原来是一场泡沫。就在我刚刚毕业的时候，日本的泡沫经济破碎了。

日本泡沫经济的破碎，也打碎了我服装设计师的梦想。因为服装业是影响最大的领域之一，人们没有余钱去买服装了，服装业一下子萧条下来。服装公司不再招收服装设计师了，而且不少现职的服装设计师也不得不改行去搞别的。我辛辛苦苦学了三年的服装设计，此时也失去了用武之地，也不得不改行，这些是后话了，这里先说我在文化服装学院的学习情况。

第二节　好运初降，荣获论文比赛大奖

回想在东京文化服装学校的学习，最难忘的是每星期两次的作文课，因为当时我最头痛的就是现写现交的日语作文课。

为了培养学生的文字表达能力和思维逻辑，老师在课堂上出一个主题，让我们学生马上写出一篇作文。同班的日本少男少女们挥笔如有神，不到下课铃响，就一个接一个地交稿了，每次都是我最后一个交作文。而且，我一个月中总有一次无法按时交出，等得老师不耐烦，甩手走了。作文课的老师，大多是现任时装杂志的编辑，甚至在职作家，都是学校请来的专家教授。这些老师都是按时间拿钱的，"一寸光阴一寸金"，当然不会为了我这一个人无限地等下去。

有一天，来了一位资深的杂志编辑长斋藤英二给我们上作文课。斋藤老师看我涨红了脸，左手边放着厚厚的中日辞典，右手边放着一个大号橡皮擦。斋藤老师大概是同情吧，就走到我的桌旁，说："今天你可以不必交作文了，下课后我跟你说写作方式。"

我如释重负，眼泪差点流下来。等到下课后，斋藤老师对我说："写作文的方式，你要记住'三点'。第一点，你不必想着你是在写作文，只当是你在写东西和我聊天；第二点，你找具体的事写，从细节写起。比如说，你和男生去吃拉面，吃剩的汤他替你喝掉，这让你明白是一个爱的暗示；第三点，你要选对你有所刺激、有所感动的事情写，只有自己先感动才可能感动别人。也就是说，写作文的要点是：从自己开始，从细节开始，以自己为中心。"

那天，我免交了作文，但是把斋藤老师说的这三点认真地记在笔记本上，并琢磨了好些时间。这三点对我来说是非常新鲜的，因为它与我至今为止在中国的小学、中学、大学里所学到的作文写作方式完全不一样，最主要是价值观不同。

我小时候写作文，不能突出"我"字，写"我"只能用在自我批评上。作文的主题是向英雄、模范学习，要紧跟形势。所以那时写作文，大家都抄《人民日报》，千篇一律的形容词满天飞，好词好句一大堆，却没有什么具体的内容。我至今不记得自己小时候写过什么作文，大概就是因为没有具体的内容吧。

下一个星期的作文课，还是斋藤老师讲课，他在课堂上给我们出了一个主题："写一件本周你印象最深的事"。

我想起斋藤老师给我点拨的三个要点，构思了一会儿，然后刷刷地写起来，居然在下课铃响前交出了作文。我的作文题为《抱拥》，其实只是写我在昨晚打工时，与工头吵架后又和解的事，写了一个事情的经过。《抱拥》的大意是：我打工的工作场所发生一个差错，不知道是谁犯的错，工头也没调查，一下子就点了我的名，这激起我的民族自尊心，我愤怒地大声说："不要把错事往我这个唯一的留学生身上推。"我这个大喊，把大家都吓了一跳。工头见我不满，就一个人一个人地细查，最后查出是一个日本打工学生的错。于是工头当着大家拥抱了我，她还对我说："对不起！"这时我又委屈又感动地流下了眼泪。

我写的《抱拥》这篇作文，正好是老师要求的800字，两张稿纸。再过一星期，斋藤老师把作文卷发还给我们。我看到我的作文卷上，用红字改了三个用错的助词，但竟然批了一个大红"A"，还写了评语："写出属于你一个人的故事，很好！"

斋藤老师下课后，又特地对我说："你写得很好，就按照这个样子写下去。"

从那一天起，我写作文好像开了窍，这都应该归功于斋藤老师给我的指点，鼓励我写出只属于我一个人的小故事。从那以后，我变得喜欢用日语写东西了，给我母亲的家信，也开始用日语写。在我的书包里，经常装有一叠随时可以写上文字、随时可以寄出的贴好邮票的明信片。一有空，就给母亲、给朋友、给日本同学写明信片，又写了"作文"，又交了朋友。

日本人是一个特别注重"具体"的民族，所以日本人特别爱写具体的小故事，这种文体在日本叫"随笔"。我在日本上作文课的收获，就是学了写"具体"。

1988年初夏，我偶然在文化服装学院学校教务处的门口，看到一张海报，上面写着日本外交部举办一个全国大学生国际关系论文征文比赛。我虽说对政治不是那么感兴趣，但每次周末我教中文学习班时元山总会参加，在学习班结束后，元山也总是要跟我谈一些政治问题，逐渐地我也对政治有了一些兴趣。

这个周末的中文学习班结束后，我跟元山不经意地说到这张征文比赛的海报，元山听后眼睛一亮，说："这可是个机会，你最好去参加这个论文比赛。你最近不是很喜欢用日语写作文吗？正好去试试。"

我有些胆怯地说："我平时写的作文，都是按照老师说的，写自己'具体'的事情。作文和论文那可是不一样的。"

元山继续鼓励我说："论文和作文其实是一样的，论文也是要'具体'的，空洞讲大道理的论文，那是不会有人看的。你平时不是经常讲一些你自己对日本的看法吗？这些看法就是'具体'嘛。你把你自己的这些'具体'看法写出来，这样就是'论文'了。"

我还是信心不足地说："把自己的'具体'看法写出来就是'论文'，这也太简单了吧？"

元山还是鼓励我说："其实所谓'论文'，就是阐述你的看法、观点，而且你的这些看法和观点也是越'具体'越好。有些人的论文没有具体的东西，都是一些故弄玄虚的概念，这种论文是论文中的'败类'，除了吓唬一下不懂专业的外行，没有任何正面的意义。当然，还是有不少人被这种'败类论文'吓住了，以为他们的'论文'是什么深不可测的东西。"

我听了笑起来，说："你说的就是我啦，我就是被'败类论文'吓住了。"

元山没有笑，正色说："这次是论文比赛，这种'败类论文'肯定不会有市场的，只有踏踏实实谈'具体'的论文，才有可能获奖。你作为一个拥有中日两个故乡的人，也具有两种不同的语言思维方式，你的看法和视点跟一般的日本人不一样，你的论文让日本人看了，会有耳目一新的感觉。我想，你的论文一定能获奖的。"

我都还没有写论文，元山就打一个好分数给我，虽然我知道这是鼓励，但是也难免对自己稍微增加一点自信，仿佛在我的血管注入一股新鲜血液，跃跃欲试起来。

这次论文比赛的题目是《国际社会中日本的作用》，于是我按照作文老师讲的"具体"原则，以自己熟悉的中日服装界等为例，用很具体的事实，谈了我对日本在国际社会中应该起到的作用的看法。

我写好论文后，拿去给元山看。元山看后说："没想到你写得比我想象的还要好。日本人最喜欢这种'具体问题、具体分析'的论文。如果我是评委，我肯定给你投票。"

然后元山又给我提了一点小意见，他说："你的论文通篇讲日本的好话，这样看了虽然令人舒服，但没有达到这个比赛所希望要达到的目的。这个比赛实际上是希望大学生对日本有一些建设性的批评和建议，所以你应该再加上一些对日本的批评。"

我听了有点诧异，不过也觉得元山的说法很有道理。我平时的确也有一些对日本不满的看法，于是我按照元山的意见修改，加上一些批评后就准备投稿了。因为那时个人电脑还没有普及，当然也没有打印机，人们投稿还是用几千年来的老办法，也就是手工抄写。我把写好的论文，用楷体字工工整整地抄写在方格稿纸上，然后按照海报上的地址，用挂号信把稿子寄给了日本外交部。

之后，我一度忘了这件事，因为热情归热情，其实我并没有想到我真的能获奖。一天，我在信箱里忽然发现一个牛皮纸的高级信封，拿出来一看，上面赫然印着"日本外交部"的字样，这让我又高兴又害怕，不知道里面会是什么样的结果。

我按捺住自己微微颤抖的手，打开信封一看，里面有一张纸，通知我到外交部参加颁奖仪式，说是比赛结果当场揭晓。我心中暗暗涌动一股幻想："莫非我真的能获奖？！"

当天我怀着忐忑不安的心情，准时到会场。有意思的是，日本宣布获奖名次，是从最低等级奖项开始宣布的。当宣布到一等奖时，我已经断定我没戏了，因为剩下的最优秀奖是日本外务大臣奖，怎么可能会轮到我呢？可是万万没想到，在最后宣布的最优秀奖，即外务大臣奖时，透过麦克风，我分明听到自己的名字，顿时脑壳好像触电，轰然一下，毛发都像要竖起来。这时我才明白，我的论文真的获奖了，而且是最高的外务大臣奖。

当时我高兴得想喊出声来，可是又不好意思，只是在心中大喊几

元山里子（李小婵）的论文获外务大臣奖在日本报纸上的报道

声："我获奖啦！我获奖啦！我获奖啦！"

散会后，我赶紧跑到公共电话前，给元山俊美打电话，把这个好消息告诉元山，没想到元山听后并没有太意外，只是高兴地连说三声："太好了，太好了，太好了！"元山稍微停了片刻又说："你的论文本来就应该获奖的。如果没有获奖，倒是奇怪了。"

我的论文不仅获得了日本外务大臣奖，而且还得到了10万日元的奖金和一张往返日本冲绳岛飞机票。不仅如此，我还被日本NHK电视台请去，参加了一次大学生电视讨论会，并且报纸上也刊登了我获奖的消息，甚至还有记者到学校采访我，又是拍照又是讲话，那可是我第一次看到自己的名字登在报纸上啊，那种兴奋感和成就感是终生难忘的，至今记忆犹新。而这时候，我做梦也没想到，这个外务大臣奖，在我毕业就职时起了意想不到的作用。

第三节　偶遇贵人，幸获私立奖学金

前面也提到过，因为文化服装学院的学费昂贵，当时我是一边打工挣钱一边学习，非常辛苦。虽说我那时还年轻，咬牙能挺住，但时间长了，总是感到身体有所透支，早晨去学校挤在电车里，好几次感到虚脱头晕，晚上从秋叶原打工回来，坐在电车上往往睡着，坐过头，甚至坐到终点站。有一次太晚了，坐到终点站以后，没有电车了，只好坐出租车回家。众所周知，日本的出租车是全世界最贵的，把我当天打工赚的钱全赔上还不够，还倒贴了1000日元，使我

元山里子（前排中）在东京秋叶原万世屋端盘子打工

可惜了一个星期。在这样的生活压力下，就想到去申请奖学金。

我在元山的鼓励下，获得日本外交部全国大学生国际问题论文比赛最优秀外务大臣奖，这个成功大大鼓励了我，于是我鼓起勇气去申请高额的奖学金。

这里顺便说说日本20世纪80年代的奖学金情况。日本大学针对日本人的奖学金，大多数必须在毕业后分期偿还，这其实是学生贷款，算不上真正的奖学金。日本的大学针对外国留学生的奖学金，当然就不能指望留学生回国后再偿还，所以都是无偿的。日本的大学针对外国留学生的奖学金有两种：一种是日本政府颁发的，称为"国费奖学金"；另一种是日本民间团体或个人颁发的，称为"自费奖学金"。

日本政府的"国费奖学金"额度很高，每月有17万日元，还有住房补贴、旅行补贴等，加起来有20多万日元，而且不用缴纳任何所得税，比日本刚刚毕业的大学生工资还要多，可以说是非常奢侈的奖学金。但这个"国费奖学金"却是不对一般人开放的。申请奖学金的人，不需要任何考试或测验，唯一需要的就是"关系"。你得有一个日本大学的教授推荐，而且这个教授要与日本政府的相关机构有各种各样的关系。

显然，日本政府的这种"国费奖学金"并不是为了奖励那些品学兼优的学生。那它是用来干什么的呢？用日本相关人士的话来说，就是"日本政府设立国费奖学金的目的，是为了在外国培养'亲日派'"。

在20世纪80年代，日本政府是世界上最有钱的，但日本在外交上却是美国的附庸。于是日本政府就把日本的外交寄托在下一代人身上，试图先在外国的年轻人中间培养亲日派。也就是说，日本政府试图花钱收买人心，试图用丰厚的奖学金"收买"外国留学生的人心，等这些留学生回国后，年长后掌权了，就会跟日本建立起亲密的关系。

在20世纪80年代，日本发给"国费奖学金"最多的，是中国留学生，据说70%以上的"国费奖学金"都给了中国人。日本政府以为这些享受过"国费奖学金"的中国留学生回国后就能在中国形成一股亲日派的势力。

但日本政府的如意算盘完全打错了，日本虽然拿出那么多钱来"拉拢"中国留学生，但几十年来，并没有在中国形成任何意义上的亲日派，可谓"赔了夫人又折兵"。

据我个人的不全面观察，拿日本政府奖学金的"国费留学生"，一般有两个特点：第一是日语差，第二是人际关系差。"国费留学生"的日语差，是因为"国费留学生"不需要考核学校的考试成绩，也不需要打工挣钱，所以没有学好日语的压力和环境，日语水平自然比较差一些。

"国费留学生"的人际关系差，有两个原因。第一个原因，是他们不需要打工挣钱，没有处好人际关系的压力。自费留学生打工挣钱时，如果跟工作场所的领导及同事搞不好关系，就没法继续工作下去，就挣不到钱，所以打工挣钱也是锻炼怎样处理好人际关系的实战场所。"国费留学生"的奖学金来自日本政府，人际关系好不好都不会影响拿奖学金，所以他们不需要处好人际关系的技巧，当然人际关系就比较差一些。

"国费留学生"人际关系差的第二个原因，是他们跟周围的日本同学关系疏远。日本学生经济上一般都不富裕，除了学费要家里帮忙之外，零花钱都要靠自己去打工挣钱。而"国费留学生"拿着高额奖学金，住着高级的留学生会馆，甚至有人还买了汽车，开着汽车去上学。在日本同学看来，这些"国费留学生"是贵族学生，跟他们不是一个层次的人，自然就对他们敬而远之。加之，不少"国费留学生"有一种高人一等、沾沾自喜的态度，这就更让日本同学疏远他们了。

因此，在"国费留学生"看来，周围的日本人对他们态度冷漠，况且他们的学习成绩也都平平，态度却高高在上，所以在日本留学期间没有交到一个日本朋友，这样"国费留学生"也就自然不会喜欢日本。我所认识的几位拿日本政府"国费奖学金"的中国留学生，回国时都在破口大骂日本，大概就是因为感到自己在日本被冷落。

日本民间团体或者个人设立的"自费奖学金"，倒是真正旨在奖励品学兼优的留学生。申请"自费奖学金"不需要靠什么关系，主要是靠个人的实力。像我这样在日本没有"关系"的人，当然只能去申请"自费奖学金"了。

日本民间团体或者个人设立的"自费奖学金"可谓五花八门，

各种各样。单单在我们文化服装学院可以申请的，就有很多种。当然，在日本并不是有钱就可以设立"自费奖学金"，而是要申请、经国家批准的，因为这关系到一个"减税"的问题。如果某个富翁设立一个"自费奖学金"，他的所得税就会减少很多，甚至有可能自己不用花钱，用国家的所得税做奖学金。

比如一个富翁每年本应缴纳5000万日元所得税，结果这个富翁拿出5000万日元，设立一个"自费奖学金"，那么他就可以减税5000万日元。如果该富翁不设立奖学金，他的这5000万日元要作为所得税上交国家，自己什么好处也没有。而富翁拿出5000万日元设立奖学金，就不用缴纳5000万日元的所得税了，尽管他在经济上没有得到直接的好处，但却获得了"慈善"的好名声。这可以说是用国家的所得税来做好事、获得名誉。

正因为如此，日本对个人设立"自费奖学金"，审查是很严格的。如果在社会上没有很好的名声名望，单单是有钱，也很难被批准设立"自费奖学金"。能够成立自费奖学金学会的，本身就是一种耀眼的头衔，不论在银行信用还是在社会的地位，都被刮目相看。

我在文化服装学院看了各种"自费奖学金"的海报，认真对比，最后选择了一个名叫"国际协和奖学金"的自费奖学金。设立"国际协和奖学金"的人名叫金田品二，他是一位世家名医，医术非常高明，开有自己的医院。金田品二自二战前开始，就定期到监狱免费给犯人治病，几十年来始终如一，受到社会各界的好评。正因为如此，金田品二设立"自费奖学金"才得到日本政府的批准。

国际协和奖学金设立者金田品二夫妇

金田品二用自己的私财，专门援助自费留学生，以品德学业兼优为条件。

我瞄准"国际协和奖学金"，第一个原因是因为它的资助额比较高，每月资助12万日元。如果每月可以拿到12万日元的奖学金，再加上我每周一次中文班的教课钱，那么我就不必晚上再去日本料理店打工挣钱了；第二个原因是我看到海报上金田品二的照片，一见如故，觉得这个人非常慈祥可亲。我想起元山对我说，面临几个犹豫不决的选择时，就采用第一感，因为第一感并不是茫然的感觉，而是一个人长年学习中无意识的积累，是一个人智慧下意识的爆发，于是我就决定申请他的奖学金了。

申请"国际协和奖学金"，第一步是先提交书面的申请书。我认真地写了一份书面申请书，然后又向元山请教。

元山看了说："你的申请书，主要强调你目前又要学习，又要生活，经济困难需要钱。当然事实上也是这样。但你没有好好想过，其实有钱人设立奖学金的目的，并不是单单为了帮助穷人，更重要是为了培养杰出人才。"

我承认说："我是这样想的。我只是想，有钱人设立奖学金的目的是要帮助经济困难的学生，没想过是为了培养杰出的人才。"

元山说："我看你在申请书中，没有提到你每周教中文班，有一些固定的经济收入。大概你想，如果你写你没有一元钱的固定收入，对方就会'可怜'你经济困难，就会给你发奖学金。你大概怕对方知道你教中文有一些固定的收入，就会把奖学金发给比你经济更困难的人。我的猜测没错吧？"

我惊奇元山对我内心的想法了如指掌，连连点头说："你真是把我的心思看透了，我就是这么想的。我怕他们知道我的经济不是到了山穷水尽的地步，就会把奖学金发给那些经济更困难的人。"

元山说："那些设立奖学金的人，都是见过世面的人，他们不仅仅救济穷人。他们设立奖学金的初衷，是通过自己的奖学金，能够培养出几个杰出的人物。所以，他们评价奖学金的申请者最重要的一点，是看这个申请人有没有成为杰出人物的潜力。他们要把奖学金给予那些具有成为杰出人物潜力的人。"

我终于有点明白元山的说法。元山继续说："如果你在申请书中，写上你自己办了一个中文班，每周教一次课，可以拿到固定的讲课费，这件事本身就证明了你的能力，证明你具有开辟新天地的能力。这个能力是有潜力成为杰出人物的重要迹象，所以你应该在申请书中特别重点写这件事。"

听了元山的话，我恍然大悟，赶紧回去重新写申请书，特别着重写上我自己办中文班的事情。

我把申请书递交上去不久，幸运地通过该奖学金的初选，进入第二轮复选，也就是面试。面试我们这些申请人的，就是"国际协和奖学金"的设立人金田品二。

　　我怀着忐忑不安的心情去参加面试，那天参加面试的有十几个人，有来自早稻田大学的，有来自上智大学的，还有一位是来自东京齿科女子学院的，可是获奖学金的名额只有两个，所以竞争也是非常激烈的。

　　不知为什么，那天我被安排在最后一个面试，这让我愈发紧张起来，心想："我最后一个面试，莫非我是这些人中最差的一个？最没有希望的一个？"

　　我坐在面试的房间外面，看着留学生一个一个进去，有人情绪低落地出来，有人却兴高采烈地出来。我一看见兴高采烈出来的留学生，心中就暗自失望，觉得自己没戏了。好不容易等到最后，轮到我最后一个登场了。我心中敲着小鼓，轻轻推开面试房间的门，一眼就看见坐在中央的金田品二先生，他和海报上登载的照片一模一样。

　　金田先生满头银发，看上去有70多岁的样子，一脸既慈祥又严峻的表情，身穿一件笔挺的深灰色西服，身体坐得笔直，红蓝交错的领带端端正正，让人见了不禁心中油然升起一股敬重。

　　金田先生坐在一张大桌子前，桌子对面摆着两张椅子，金田先生对我轻轻挥手，示意我坐下说话。我看见这两张椅子歪歪地挤在一起，就把这两张椅子摆放正了，然后也笔直地坐下来，聆听金田先生的话。

　　金田先生随着我摆正椅子微微点点头，先问我一些个人生活情况，然后把话题一转，问我："你为什么要来文化服装学院学习？"

　　我说："我妈妈是在台湾出生的日本人，战后被遣送回到日本，在东京遇到我的父亲。父亲是中国留学生，后来妈妈嫁给父亲，和父亲一起回到中国大陆。妈妈有一个大箱子，里面装着从日本带过去的精美漂亮的服装。因为那时中国还是藏青色的'人民服'一统天下，妈妈的这些日本衣服简直像是天外之物，让我无比羡慕，从小就燃起对服装的兴趣，所以我选择到文化服装学院来学习服装设计。"

金田先生对我的答复似乎饶有兴趣，微微点头，又问我："你学服装专业，将来有什么打算？"

我说："现在（指1988年）中国的服装，虽说比过去有很大改进，但比起日本的服装，还是逊色很多。我每每看到日本街上穿着打扮漂亮的日本姑娘，就想到什么时候中国的姑娘们也能穿上这么漂亮的衣服，打扮得这么漂亮。所以我想学好日本服装的先进技术和经验，把这些传到中国去，我很想让中国的姑娘们也可以打扮得和日本姑娘一样漂亮。"

金田先生听到我的回答，居然鼓了两下掌，满脸笑容地说："你说得很好，看来你还是一个很有远大志向的人呀。我虽然没什么远大的志向，但我喜欢那样的人，敬佩那样的人，我办这个奖学金，就是想要支持那些具有远大志向的人。"

我听到金田先生居然夸我有"远大志向"，真是又兴奋又惭愧，心里暗暗想："我哪里有什么远大志向呀。"

可是接下去金田先生没有继续夸我，而是话题一转说："一个人有远大的志向，当然非常好。但仅仅有远大的志向还是不够的，还要有实现远大志向的实际运作能力。没有实际的运作能力，再好的志向也只是一句空话。"

我听完金田先生的这句话，心中一沉，暗想："不好，莫非金田先生是在批评我说大话、说空话？这可糟了。"

可是金田先生接下来的话，又让我很意外，他说："我看你的申请书上说，你还自己办了一个中文讲习班，教日本人中文，还能拿到一定的讲课费。这个很不容易呀！即使是日本人，也都很不容易的，更何况你一个留学生，人生地不熟，能在东京自己办起中文讲习班，说明你还是很有实际运作能力的。"

金田先生的这些话，让我放心了，因为他认为我有"实际运作能力"了。我暗想："我办中文班，还是多亏了元山的鼎力相助。如果单单只是我一个人，也是办不起来的。"

金田会长又指着桌上的资料说："贵校的推荐材料上说，你刚刚荣获了日本外交部国际关系论文比赛大奖，有这么一回事吧？"

我赶紧说："是的，我很荣幸。"

金田先生说："你在申请书中，怎么没有宣传这件大事？看来你对推销自己还是很低调的。我喜欢这样的年轻人，谦虚是一种美德，不要随便夸大自己，希望你以后也坚持这个优点。不过，将来你走进社会，应该宣传自己的时候，还是要进行一些宣传的。"

我红着脸说："非常感谢您给我的人生指导。我以后一定会记住您的指导，保持谦虚，又适当地宣传自己。"

其实我最初在申请书中写上了获得外务大臣奖的事情，是元山建议删掉的。元山说："日本人喜欢谦虚。你获奖这件事，在学校的推荐材料上一定会有的，你不写他们也会知道的。你自己不写，反而衬托出你的谦虚，给他们一个好印象。"

现在的事实，果然证明元山的建议是对的，金田先生对我的

"谦虚"印象很好。

金田先生最后说："我很高兴遇到你。你既有远大的理想，又有实际运作的能力，还有谦虚的美德，一个人身上拥有这么多优点，很不容易呀。我希望你将来成为一个让我的奖学金感到自豪的人物。"

金田先生的这番话，几乎确信我可以领到奖学金了。我走出金田先生的办公室时，高兴得眼泪刷地滚了下来。我赶快跑到车站的电话亭，给元山打电话报告好消息。

元山听我讲完情况后，也非常高兴，他说："这次你赢得奖学金是理所当然，虽然用了一点技巧，但绝不是投机取巧，这还是你本人的胜利。我很同意金田先生对你的评价：'既有远大的理想，又有实际运作的能力，还有谦虚的美德'。其实我也是这么想的，我也希望你将来成为一个让我感到自豪的人物。"

元山说完后高兴得在电话那头连声说："太好了，太好了。"我也在电话这头开心地连声说："谢谢您的指教和评价。"这是我第一次听到有人对我这么高的评价和赞誉，心都有点飞上天了。

奖学金的最后决定，还要等一个月以后。我度日如年地盼着奖学金颁布的日期，终于等到了这天，我一早赶快跑到学校教务科的告示板去看，只见新贴出的奖学金布告上，只有一个名字，那真真实实地就是我的名字，我也顾不了旁边陆续围拢过来的众多学生，激动得热泪盈眶。

这个奖学会每月无偿发给的12万日元奖学金，对我来说是一个翻天覆地的变化，可以避免我晚间长时间打工，可以把更多的时间和精力投入到繁重的学习中去。

这天晚上，我最后一次去日本秋叶原万世桥边上的日本料理店万世屋打工，这家日本料理店一直是学生们打工的首选，因为工资高，比我刚到日本时在超市打工的工资不止多一倍，每小时1200日元，还有和服穿，很多学生在排队等着打工。

我那天向店长报告我获得奖学金，明天就不来上班了。大家依依不舍地把我送到万世桥头，我挥泪告别了一起打工的日本大学生，他们给我留下很多美好的回忆，也留下吵架的烦恼和不打不成交的愉快。

回到宿舍，我急忙给家里写信，第一行就写："爸爸，妈妈：今天我太激动了，因为我再现爸爸当年的经历，获得奖学金啦。我的奖学金虽然没有爸爸当年燕京大学300大洋那么多，也够我在日本一个月的生活费了，我自己都感到有点骄傲呢。请您两位放心吧。"

不久，我收到爸爸妈妈的来信，爸爸在信中说："我早就想到你会有今天的。记得你小时候，有一次正在吃饭，一个小朋友在外面叫你，你马上把吃进嘴里的饭吐出来，跑去见小朋友。当时我就跟你妈妈讲：'你将来一定会了不起。'妈妈问：'为什么？'我说：'周公吐哺，天下归心呀。'"

当爸爸的总是难免对孩子的优点过于夸张。不过，我读着爸爸的信，心里很是美滋滋的。

第四节　婚纱走秀，告别学生时代的舞台

我领取奖学金以后，除了保留中文学习班"你好学校"周末教中文以外，可以全心全意地投入学习。以前没有时间参加的一些文化服装学院组织的课外活动，现在也开始积极地参加了。

在这些五花八门的课外活动中，给我留下深刻印象的，是经常观看在东京举行的世界各国名牌时装发布会。有一次，我还在法国时装大师圣罗兰的时装发布会上当义工，帮助走秀的模特儿穿衣服。圣罗兰是西方时装名牌大师中唯一率先于1985年在北京美术馆举办时装展的，当时中国的时装界还不是那么发达，但前来参观的人数也达到90多万。

能够在这样国际时装大师的后台工作，对我们学服装的学生来说是千载难逢的机会。我们进后台时，要检查随身携带物品，不许带相机或者摄像头，也不许带口香糖，另外还不许带打火机和剪刀。不准带相机是防止偷拍漂亮的时装模特儿，或者偷拍尚未上市的新款时装；不准带口香糖是防止口香糖粘到贵重的服装上。虽说这些措施是为了防患于未然，但对于我们这些学生来说，却是觉得自己到了一个非常重要的地方工作。

在后台看到身价几百万美元的名模们，她们的辛苦也是一般人想象不到的。首先12厘米的高跟鞋，看上去就很危险，要轻松自如地走秀，而且必须走在一条直线上，不辛苦练习，是很冒险的一件事。每当看她们从舞台上回来，一旦走到幕后，就迫不及待地甩掉高跟鞋，真的不敢偷笑，同情还来不及呢。

大冷天模特们要穿透明的春夏衣服，鸡皮疙瘩竖起了，也无法

取暖。而且模特儿是不可以穿内衣的，因为那会影响服装的效果，无法上镜。可是女人不穿内衣，是很容易感冒的，所以她们在舞台闭幕后，都迫不及待地从行李里取出防感冒的药，赶紧吃下。而且模特们为了保持身段，她们几乎一天都没有吃饭，真可谓华丽背后包含着辛酸啊。

谢幕时，圣罗兰大师在众模特儿簇拥下，腼腆地走向舞台，那一刻，后台的我们也情不自禁地用劲鼓掌。一台服装表演，不仅是艺术的高峰，也是全体工作人员的高度精神集中、全心全意工作的结晶。

我通过这些课外活动，对社会的认识也加深了，明白了一个道理：无论什么职业都不容易，再怎么华丽的背后，也隐藏着不平凡的努力。

日本的学校，不论小学、中学或大学，都非常重视学生的课外实习和相关活动，培养学生书本以外的社会适应能力，使学生在毕业前就对社会有一个直接的体验。对将来走入社会，学生都有非常好的思想准备，加快和增强了社会适应能力。

文化服装学院也不例外，我们这些学服装设计的学生，毕业时要举办一场毕业生自己设计的时装表演，而且是我们这些毕业生亲自充当时装模特，上舞台走秀。东京文化服装学院的毕业时装秀，在东京也算是一道亮丽的风景，每年都吸引很多时装界和媒体的关注，当天也有很多媒体来采风，毕业生们也争当走秀模特儿，于是学校就在自愿报名的基础上进行筛选。

我虽说身高有174厘米，也比较瘦，似乎是有点接近模特儿的身材条件，但真要上台去表演，那可是要刻苦练习的，要花很多业余时间。我看过时装名模在后台的练习，那可是个苦差事，脚皮都要磨烂，所以最初我并没有报名去当模特儿。

等到周末的中文学习班完了之后，我把学校组织服装表演的事情说给元山听。我话音未落，元山就说："这是你学生时代的一个重要记忆和锻炼，你一定要报名。"

受到元山的鼓励，我也鼓起勇气去报名了。这次毕业生中有多人报名当模特，考虑到模特要进行一些训练，人太多不好训练，所以学校最后只选出16人当模特。我大概是因为身高优势，而日本人普遍身材较矮，我就成了这些"模特"中个子最高的，而且还把我安排为最后出场的"新娘婚纱走秀"。这是因为毕业生的毕业作中有婚纱，而婚纱服装往往是放在最后，需要个子比较高的人才能撑得好看一些，起到压轴的效果。

文化服装学院为我们16个业余充数的毕业生模特，还真的请来老师对我们进行指导和培训，看来这个学校的高学费还是有道理的。这次请来的教练是来自新加坡的卢希哲，他在新加坡是模特儿训练学校的老师，非常有经验，从化妆到走路，从出场时间

元山里子在东京文化服装学院婚纱走秀

的控制到音乐的选择，教给了我们这些连平时走路都漫不经心的女孩子很多课堂上学不到的知识和技巧。

那天，我穿上被选出的最优秀毕业生设计的婚纱，扭动腰身走在舞台上，心中万分激动。这个激动心情，一半是因为我还没有结过婚，所以穿上这身婚纱，好像就是自己要去参加结婚仪式的感觉。这对那个年龄的女性来说，哪能不激动呢？当时我甚至暗暗地想："将来我结婚的时候，就穿这个式样的婚纱。"

但我那时万万没有想到，这是我人生第一次穿婚纱，也是最后一次穿婚纱。我后来结婚的时候，因为种种原因，并没有举行婚礼，当然也就没有穿婚纱了。所以这个穿婚纱的舞台走秀，真真地成了我的永远的青春纪念。这到底是偶然，还是命运的安排，那只有上帝知道了。

后来这身婚纱的设计者为了表示对我走秀成功的祝贺，她对我说："这款婚纱是按照你的尺寸做的，希望你以后可以在结婚时穿上它，就送给你。"

我非常高兴地接受了这份意外的礼物。可惜没有机会穿，现在还陈列在我的衣柜里呢。

第九章　东瀛职场的体验

第一节　留校工作，东瀛职场初体验

　　我于1990年毕业于东京文化服装学院。这年正是日本泡沫经济破碎之年，房地产价格狂跌不止，连服装业也遭到前所未有的打击。因为经济不景气，人们不必加班干活，也就没有加班费了。

　　对于日本公司的员工来说，加班费一般占到工资收入的五分之一以上，多的甚至占到三分之一以上。员工们不加班，拿不到加班费，也就大大影响收入。同时员工们的奖金也大幅度缩水，有些公司支持不住倒闭了，员工也跟着失业。

　　泡沫经济破碎后，日本人的收入大减，不得不减少开支。时装是属于那种可买可不买的日用品，况且，进入20世纪90年代，日本人的衣柜里已经挂满陈年衣物，所以首先人们花在时装上的钱大大减少，服装公司顿时收入大减，不得不大大减少新时装的设计。这个结果的另一面就是，服装公司不再招收新的时装设计师了。

　　为了找个响当当的名牌服装公司就业，我努力做好每个课题，在毕业时还获得了文化服装学院的"技术奖"。这个技术奖可不是那么容易得到的，每届毕业生也就是那么一至两名。可是没想到遇到泡沫经济破灭，这个"技术奖"也形同五光十色的肥皂泡，飘在半空中，只能作为自我欣赏，不能作为就职的铺垫条件。

我们这些学时装的人，因为日本泡沫经济的破裂，遭到了殃及池鱼之祸，找不到工作了。当然，我的时装设计师梦想也随着这个泡沫经济的破裂，梦碎了。

就在我们发愁找不到工作时，学校尽力为我们这些失去梦想的毕业生找改行的工作。比如高档时装店的推销员、百货公司的服装导购小姐，甚至服装工厂的验货员，也就是说，从卖方立场变买方立场，这下子可愁杀我了。就在我愁眉苦脸，骑虎难下之时，又一位贵人走近我身边，改变了我的命运。

这一天，文化服装学院副院长主动来找我，她开口第一句就问我："你在学校三年的课程中，有没有考取'日本服装专业教师执照'？"

我在"服装杂志编辑"的课程中，已经考取了这个执照，所以就马上回答说："托您的福，我已经有这个执照了。"

副院长很高兴的样子，说："果然，我想你这么努力的人一定会有的。那你愿意不愿意留校工作？"

这个时候，"留校工作"这四个字，就像贝多芬的《命运》交响曲开始的四个音符，宛如耳边惊雷一炸，仿佛命运敲门的声音，把我的情绪立刻提高起来。我半信半疑地答："留、留校？真的吗？！"

我当时的梦想当然是成为服装设计师，可是在泡沫经济破裂的残酷现实面前，我知道现在要想找到时装设计的工作几乎是不可能的。现在这种情况下，留校工作当老师应该是最好的选择了。于是我二话不说，给副院长深深鞠了一个躬，说："我没想到有这么好的工作机会，真是太感谢您的关照了。"

副院长赶紧把我扶起，告诉我原因说："你知道，我们学校里聘请了好几个法国教员，这是因为法国的时装还是比日本先进一些。而你是我们学校80年历史中，聘请的第一个中国教员。当然聘请你也是有原因的，因为我们学校不论日本学生或外国留学生，至今为止只有你一个人获得外务大臣奖，而且你在NHK电视台进行过电视讨论出演时，你的名牌上写着'文化服装学院'学生。NHK的节目在全日本播送，你让学校获得一个极好的免费广告。学校方面非常高兴，所以聘请你留校工作。"

我听了悄悄暗想："天啊！我自己都不知道我为学校做了广告。"当然，学校这样的厚意，令我非常感动，也感谢元山在背后对我的鼓励和教导。

留校工作真是出乎意料的事情，让我喜出望外，我赶紧打电话把这个好消息告诉爸爸妈妈，这是我来日本以后第一次打电话回家。这在当今中国留学生看来，应该是不可想象的事情。

我一直写信而没有给家里打电话的原因有两个：第一个原因是我父母不希望我给他们打国际电话，因为那时我家里还没有电话机，国际电话只能打到爸爸单位的电话，要爸爸到单位去接我的电话。可是爸爸妈妈被曾经的政治运动吓怕了，有一种政治上的顾虑，害怕以后再来什么政治运动，我从国外给他们打电话，会有"里通外国"的嫌疑，他们就说不清楚了；第二个原因是我一直处于勤工俭学阶段，那时的国际电话费很贵，打国际电话这种奢侈的行为与我无缘。

不过到20世纪90年代的时候，我父母在鼓浪屿的家里已经安装了电话机，所以我可以直接把电话打到家里了。妈妈接到我的电话，先是吓一跳，还以为我出了什么事。等到妈妈知道我留校工作的好消息后，高兴得连连用日语说："太好了，太好了！"

过了20年以后，妈妈又对我谈起她当时接到我电话的心情。妈妈说："你当年第一次打国际电话告诉我们你留校工作时，我顿时觉得对你的内疚心情得到了安慰。当年因为我的反对，你放弃和德国男朋友一起去德国，留在日本。现在你在日本有一个好结果，妈妈就感到宽心啦！"

这是妈妈第一次面对面地对我讲起我放弃去德国的事。我这时才知道，善良的妈妈多少年来一直把这件事都挂在心头。爸爸本来就是在大学教书的，他当然最希望我也在学校教书，接他的班，所以爸爸得知我留校工作，也是非常高兴。

我留校工作后，教什么课呢？正当我害怕自己的水平不高、教不好课时，副院长的一番话完全打消了我的顾虑。

副院长说："现在中国改革开放，发展日新月异，我们服装业特别看好中国，很多商家去中国投资建厂，急需懂中文的人才。所以现在，我们学校也决定要开一门中文课，想请你在担任我校助教的同时，担当起开发中文课程。只是我们不知道，你有没有教中文的经验。"

一个人运气好的时候，就是节节高啊！元山帮我创办了中文学习班"你好学校"，我教中文已经好几年了，当然有教中文的经验，而且可以说是经验比较"丰富"的。于是我就把自己教中文学习班的事情告诉了副院长，并且当场就把中文教材的编撰也揽下来。

副院长非常高兴地说："看来我们还真选对人了啊。那么学校里的中文课就由你负责教了。不过除了中文课之外，你还要当我的助教，兼任班主任，辅助教服装设计的业务课。"

在文化服装学院教中文课时，我把在"你好学校"教中文的经验搬过来用。我把以前自己精心编的中文教材，加上一些服装用语和国际贸易术语，重新拿出来翻印，把日本的童谣翻译成中文，教学生唱。练习单词造句时，让学生同时5个人上台写在黑板上，然后由他们自己朗读，我再简单点评。

文化服装学院的学生们，特别喜欢我翻译的日本童谣《故乡》。我还记得翻译的文字，现在重新看也确实可爱，且琅琅上口：

我追赶小白兔，在那山上；我钓起小鱼，在那河旁；梦想中的故乡啊，我那难忘的故乡……

到了学期末，我在文化服装学院教的中文课得到学生们的好评，学生的成绩也比法语班和英语班要好。以后报名来学中文课的学生人数每个学期都在增加，后来变成两个班级，一个班50名，两个班就是100名。

期末考试时，我还给每位学生写评语，对他们在课堂造句的情况做点评，他们都非常高兴。在毕业时，我让他们写几句建议和感想，以便为下一学期的教学参考。那些学生们写的建议和感想，我一直珍藏着，它是我与日本学生一个难忘的交流。

几年以后，我在一次上海国际服装展览会上，碰到我的日本学生，他高兴地告诉我，因为选择了我的中文课程，因为这个特长，他在服装商社工作时被公司重用，担任了中国服装业务主管，现在他活跃在上海。

可是，很多事情在还没有做之前，以为很好，真正做起来之后，又觉得不那么好了。我在文化服装学院留校工作后，那个欢天喜地的兴奋，不久就消失得无影无踪。

我开始工作后才知道，在文化服装学院当教师收入并不像我想的那么多。我的起步工资是一个月18万日元，扣去年金保险、医疗保险、所得税、居民税和教师工会会费，七扣八减，拿到手里的只剩12万日元。加上我当老师的身份，又不能住在便宜的女生宿舍里，而东京一般的公寓至少一个月要8万日元的租金。这样扣去住房费，我每月只剩4万日元的生活费。

现在，我要把吃饭、穿衣、社交等各种费用全部包括进这4万日元，实在是太拮据了。另外，在服装学校当老师，每天要见学生，都要穿比较体面的衣服，不能像留学生那样穿得太随便太廉价。日本学校老师们每天都穿不同的衣服，害得我也要装备好几身衣服，经常换着穿。这样一来，我不得不把吃饭的钱压缩到最低。当时文化服装学院有一个福利，就是加班到晚上八点的老师可以领取第二天的午饭饭票，在学生食堂吃免费的午饭。为了节约，我只好每天加班蹭饭吃，心中凄惨地想起那句俗话："天下没有免费的午餐啊。"我甚至比留学生的时候还要贫穷了。

当时文化服装学院的教师大多数都是女性，那么这些女教师又怎么生活呢？我发现这里的老师有两个特点：第一是大家闺秀多，第二是终身不嫁的独身女性多。她们刚工作时虽然工资少，但都能得到自己父母的帮助和补贴，特别是很多女教师可以住在父母家里，甚至她们的衣裳可以跟姐妹合穿，这样就可以把最大的支出住房费和服装费节约出来了。

我在日本举目无亲，住房什么的全要靠自己解决，服装也要靠自己解决，所以我拿这样的工资过得非常辛苦。自己勉强生活还可以，要想再拿出一点钱来孝敬父母，那就完全不可能了。为此，我在文化服装学院工作了一年多就想辞职了。

我把想法告诉父母，父亲很不高兴，他写信跟我说："有钱并不一定充实，没钱并不一定空虚，1950年我在日本的时候，有车，有司机，可以算是有钱的。但是，我每天陪那些富豪出入奢华的交际场，谈吐都是围绕着金钱展开，一点儿也接触不到人的思想、人的学问，更接触不到人的灵魂。那种纸醉金迷的生活，背后只不过是一片心灵空虚，并没有得到什么人生的意义。我现在虽然比那时穷多了，但我搞学问，再怎么说还是心灵充实的，而且世上只有学问是不会背叛人的。今天的百万富翁，明天有可能变成身无分文的赤贫；今天的大学教授，明天无论如何不可能变成一字不识的文盲。所以爸爸希望你坚持在学校工作下去，况且，这是学校对你的信任呀。"

母亲也说："学校主动让你留校，解决了你的工作问题，这么大的恩，你可不能说辞职就辞职。你至少要为学校服务两年，报答了学校的关照后，才能考虑辞职的问题。"

父亲的现身说法和母亲的日本式教诲令我感动，于是我又继续在文化服装学院工作下去。到了第二年，我的工资每月升了1万日元，虽说比以前稍好，但依然无法脱贫。不过，我还是尊奉父母之言，坚持下去。

第二节　是否跳槽，在困难的选择之间

我在文化服装学院工作的第二年，带学生去观摩世界时装协会在东京举办的春夏流行时装发布会。以前当学生的时候，我是到后台帮助模特儿穿衣服的，现在当老师了，自然受到老师的待遇，在前台会场上有一个好座位，可以清楚地观摩时装模特们的表演。会后，我还作为文化服装学院的代表，参加了东京时装协会主办的鸡尾酒会。

在鸡尾酒会上，我旁边坐着的一位商人打扮的日本人，与我攀谈起来。交谈中，他惊奇地发现我是中国人，突然像发现新大陆一样，对我说："这位老师，你知道吗？现在日本的服装界正缺精通服装业务的会中文的人才呢。"

我正是因为这个原因，被文化服装学院副院长留校的呀，所以我说："这位先生，我们文化服装学院正在培养这样的学生啊，我现在就担任教学生中文课程，愿意多多听您的指教。"

那人说："现在中国对外开放了，那里的人工费非常便宜，税

收政策也很优惠，所以很多服装公司都争先恐后地去中国这块新大陆开辟新天地。服装界要去中国发展，自然就需要懂服装业务，懂中国话，懂日语又了解当地情况的人才。"

说着那人递给我一张名片，我看他的名片上写的名字叫福泽谦三，公司名叫四叶株式会社，有一个四片叶子组成的徽标。福泽谦三说："我们公司是做女装的，当然也不能错过中国这班车，现在公司正准备把主力转移到中国去开辟新天地。我们最近刚刚在中国开了一家工厂，马上就要投产了。"

福泽谦三在名片上的头衔是"专务"，因为文化服装学院没有"专务"这个职务，当时我还不太懂日本公司头衔的意义，以为"专务"是管总务的。后来才知道，日本公司里所谓的"专务"，是营业部门的总负责人。

福泽专务接着说："现在我们非常需要既懂中文，又懂服装，当然也懂日文的人才。我看您很适合这个角色，所以我在这里向你提一个建议，您愿意不愿意来我们公司工作？我保证工资待遇一定会比你现在的好，工作也会让你满意的。"

我听到这个建议，自然是心中一动。我现在每天都为钱不够花而困扰，所以很想接受这个工资高的新职业。可是转眼又想起爸爸的教诲——当老师是最好的职业，人不能单单为了挣钱。这样一想，我又犹豫起来。

福泽专务见我有所顾虑的样子，对我说："你不必现在马上就回答我，你可以考虑考虑，也可以先来我们公司看看后再决定。"

我高兴地向福泽专务道谢，说："谢谢您的建议，请容我考虑一下。不管结果如何，我都会给您打电话致谢。"

　　我得到这个意外的机会，自然首先找元山俊美商量。虽说我有了正式工作之后，法律上已经不再需要"保证人"了，可是我和元山这些年建立起来的师徒关系，使我一直把他看成是我在日本的老师，有什么事首先都想到去找他商量。

　　元山听了我的话，想了想说："我觉得你可以接受这个建议，辞去文化服装学院的教师，去那个公司工作。"

　　我有点顾虑地说："可是我爸爸教导我说，教书是一个高尚的职业，人活着不能只为了钱。"

　　元山说："令尊说的当然有道理，不过不管什么道理，都有一定局限性。你在学校当老师，当然是一个非常体面优雅的'高尚'工作。可是这个'高尚'的背后，却是经济生活的极度匮乏。以你在学校教书的工资，如果没有什么外援，在东京这样的大都市生活，那是太辛苦了。你也多次跟我说过，你现在的经济状况比以前当留学生的时候还要拮据。"

　　我很高兴元山理解我的现状。元山接着说："经济拮据不仅仅造成生活上的苦闷，同样也造成人生发展的障碍。你为了省钱，就不得不浪费很多时间。在很多情况下，时间是可以用钱买到的。比如说，你为了得到一顿免费的午餐，就在学校加班熬到晚上8点钟，你每天工作11个小时，这是违背世界8小时工作制的常识，而且浪费那么多的时间呀。如果你有比较高的工资，你就可以把这些时间用在学习上，用在社会交往上，你的知识就会增加，你的视野就会开阔，你就会成长，就会有利于你今后人生的发展。"

　　我感到元山的话很有道理，可是爸爸说的也有道理呀。元山继续说："你不是在国际协和奖学金的面试时说，你梦想学好日本服装的先进技术和经验，把这些传到中国去，让中国姑娘也可以打扮得和日本姑娘一样漂亮吗？依我看，与你在学校教书相比，这个公司应该就是实现你的梦想的一个地方，或者说更接近实现你的梦想的地方。"

元山的一席话终于使我下了决心，辞职去公司工作。不过爸爸一直反对我辞去学校工作，所以我还得想办法说服爸爸。好在那个公司也没说让我立即做出决定，我还有时间慢慢说服爸爸。

当天晚上我就给家里写了一封长信。先就我的"梦想"写了一大段，后面再写上元山给我分析的那些话，最后才提到我准备辞职跳槽的事。信寄出两个星期后，收到家里回信，我心情忐忑不安地拆开信，爸爸在信里是这么写的：

我当时反对你离开学校去商业公司，是反对你单纯为了多挣钱而辞职跳槽。现在你有一个美好的梦想，你为了实现这个美好的梦想而辞职跳槽，爸爸不但不会反对，还要为你祝贺呢。你从小就有大大小小的各种梦想，你妈妈早就对我说过："你好像有很多的梦想。"我说："是啊，我喜欢有梦想的孩子，这样的孩子才会不断地进步，不断地扩大自己的可能性。"现在看到你能有机会实践自己的梦想了，我从心里为你高兴啊。我祝愿你，将来有一天真的能够实现自己的梦想。

读了爸爸的信，我真想站起来举臂高呼"爸爸万岁"！世界上最了解我的，还是亲爱的爸爸呀。

母亲在信的下面写了一句日语："辞职前要提前报告文化服装学院，不要给学校添麻烦啊。"母亲这种日本式的处世方法，也令我感动。

第二天我就打电话给福泽专务，说我想去他们公司看看。福泽专务在电话里非常自信地对我说："我想你一定会对我们公司感兴趣的，也一定会满意的。"

我怀着跃跃欲试的心情赶到四叶株式会社，福泽专务亲自接待了我，他先领我参观了一遍公司，然后跟我谈工作内容。福泽专务对我说："如果你到我们的公司工作，我们将派你到中国工厂去，一年中有半年在中国，半年在日本。你在中国的工作有两方面：第一方面是对中国员工进行技术培训，比如教他们看图纸，做好衣领、衣袖等高难部分，还有整形包装的技术，等等；第二方面是产品的质量监督，培训出一批中国的品质监督员。"

这些工作比我想象的还要接近我的专业，我特别高兴能把在日本学到的服装技术，手把手地教给中国员工们，这样中国的服装技术就会很快提高起来。所以我非常高兴地接受这些工作任务。

最后的工资谈判，福泽专务告诉我："公司考虑给你的工资条件，是月薪25万日元，另外每年再加相当于5个月工资数额的奖金。派你到中国常驻出差期间，一天将补贴4000日元，你觉得怎么样？"

这个工资条件马上让我又有一个惊喜，因为基本月薪25万日元，再加上每年5个月的奖金，相当于每月工资35万多日元，比文化服装学院的17万日元月薪高出一倍还多，居然到中国出差还有这么高的补贴，真是太满意了。于是我马上同意了工资条件，决定到这里来工作。

不过，我还是向福泽专务说："因为我在文化服装学院的工作，还担任学生的第一外语课程，是关系到学生学分的工作，无法说辞职就辞职，能不能等到这个学期结束后，我再来工作？"

福泽专务也通情达理地说："那也是，学校要对学生负责，你这样做是对的。好吧，还有三个月这个学期就结束了，我们等你。"

我回去后，马上向文化服装学院提前说了我想辞职的事，以防辞职后影响学生课程。三个月后，学校开了一个欢送辞职教师的送别会，与我同时辞职的教师还有14人，她们大概也是因为学校的工资待遇不是那么高。当然，学校很快就可以招到新教师，想留校、有条件留校的毕业生多着呢，并不在乎我们这些人的辞职。

副院长在与我握手告别时，说了一句好像是开玩笑的狠话："以后我不想看到你了。"

我忙赔不是，说我不会忘记她的知遇之恩。副院长笑笑说："你有自己的归宿，也很好。我其实很希望你能成为日本与中国的一个桥梁。你好好加油干吧！"

之后，我真的没有再见过副院长，不过我一直没有忘记她的知遇之恩。

1992年4月1日，我正式到四叶服装株式会社报到上班。这一天是日本新年度的开始，福泽专务也提拔为社长，原来的社长隐退下去，为挂名的会长。此后我就开始在日本公司工作的全新生活。

从1992年到1994年，是我在日本最无忧无虑的黄金年代。那时虽然日本正处于泡沫经济破裂后的萧条，但四叶服装公司因为把主力移到中国，利用中国那时非常便宜的劳动力，赚取很高的利润，成为日本萧条经济中一朵盛开的小花。

当时四叶服装公司因为利润很高，花钱也就大手大脚，公司里每星期一搞一次小宴会，周末又来一次大宴会，仿佛公司有永远花不完的钱。我凭着文化服装学院的专业和精通中文这两个专长，得到福泽社长的重用，往返于上海、青岛和东京。

一年之后，我被派到青岛工厂担任生产主管。在青岛的这段时间里，我每天住在五星级的海天大酒店，每天乘出租车上下班，这是因为福泽社长为了我的安全起见，规定我要住五星级酒店，乘出租车上下班。那时青岛的出租车还不是那么普及，出租车的数量很有限，以至于我很快就跟那几位出租车司机都认识了。不论我讲多么地道的中文，出租车司机都不相信或不愿意相信我是中国人，客气地称呼我为"海天小姐"。这是因为我住在海天大酒店，而当年"小姐"这个称呼，是专门针对外国人用的。

不过好景不长，我这个没有经过大的挫折、一直有贵人相助的走运灰姑娘，终于栽跟头了。我中了一个日本人的诡计，被迫离开公司，在顺利人生旅途中栽了一个大跟头。

第三节   掉进陷阱，初尝日本的整人阴谋

1994年初秋一个秋高气爽的日子，我奉公司之命，担当营业部

黑田部长的助手，一起陪同大客户金山公司的社长去上海视察我们四叶株式会社在中国的服装工厂。金山社长对我们工厂的设备和品质管理都很满意，只是对包装车间的检针机提出几点更高的要求。最后，金山社长一口答应要把他们公司的主要业务放在我们公司的上海工厂做。

临别时，金山社长为了感谢我们公司的连日盛情款待，在上海著名的高层旋转餐厅举行答谢宴会。旋转餐厅里有中国乐队奏乐，当时演奏的都是中国音乐，金山社长小声对我说："能不能请乐队奏几首日本曲子？"

于是我就找到餐厅的领班交涉，领班答应乐队可以演奏金山社长点播的曲子。金山社长大为高兴，一下点了三首日本名曲《樱花》《北国之春》和《荒城之月》。

正巧餐厅里附近的几桌客人都是西方人，他们似乎听惯了中国乐曲，突然被悠扬的《樱花》、激情的《北国之春》及充满古典感伤旋律的《荒城之月》所触动，竟自发地组成啦啦队，鼓动金山社长再点几首日本曲子。金山社长红酒下肚后正情绪高昂，很高兴地又点了《知床旅情》，这首结合了东方乡愁与西方浪漫的曲子，让西方人听了大为兴奋，围着金山社长大声叫好。金山社长受宠若惊，用日语大声地欢呼："万岁！"

西方人也不知道"万岁"是什么意思，就学着发音，对着金山社长齐声喊："万岁！万岁！"当时金山社长那个高兴劲，真是有万喜无极之势。

金山社长回到东京后，就与我们公司签了一个10万件服装的大订单，这是一组非常具有圣诞节气氛的流行女装，所以一定要在圣诞节前的两个星期之前交货。

金山社长在这次上海之行中，对我有了很好的印象，特别是我在旋转餐厅的翻译与周旋，令他很高兴。所以金山社长甚至向我们公司的福泽社长建议，让我来负责这个订单。

按照我们公司的惯例，这样大的订单，一定要部长级别的领导来担当。福泽社长听了金山社长的建议，立即任命我为"代理部长"，基本工资也提升到34万日元月薪，代替黑田部长来负责这个订单。其实，我知道所谓的"代理部长"，充其量也就是做给大客户金山社长看而已，我是不以为然的。

可是这个世界很多事情是本人不在意，别人却很在意。这个消息在公司传开后，我成为引人注目的人物，因为像我这样三十出头就当"代理部长"的，在我们公司还是第一个，而且是女性，而黑田部长已经50岁了。甚至还有小道消息传出来，说我不久就会取代黑田部长当营业部长。这样一来，黑田部长见了我，脸上的表情也有点跟以前不一样，有点不自然的感觉，我当时也没往深处想。

那时我还年轻，不知道出风头的危险性。自己能够担当这么大的订单管理，心中美滋滋的，跃跃欲试赶赴中国工厂去负责这个大订单的生产任务。

那年流行兔毛装饰，这组圣诞节的流行女装每款都用了兔毛边的领子，胸前还有两个可爱的兔毛小圆球。也因为那年流行兔毛装饰，所以兔毛一下紧俏起来，不容易搞到货。当时我在中国工厂正在为搞兔毛发愁的时候，忽然有一个名叫八木的日本人主动找到我们工厂来。

八木说他是日本K公司在中国工厂的主管，他们公司买多了一批兔毛，想处理掉，问我们要不要。

我正为搞不到兔毛发愁，马上就跟八木谈条件。越谈我越惊喜，不仅八木提出的兔毛价格很公道，而且他们可以转让给我们这批兔毛的数量恰恰与我们公司需要的兔毛数量相等，我简直有点不敢相信居然有"天上掉馅饼"的好事情，赶快就与八木商定，我们要这批兔毛。

当时，我甚至相信我的运气到来了，老天助我，为了兔毛，我"踏破铁鞋无觅处，得来全不费工夫"啊。

这个合同书是八木起草的，我看看没什么大问题，就把它传真给在东京的黑田部长，请他签字。可是黑田部长这几天偏偏生病在家休息，他特地打电话对我说："对不起，我最近身体不好，不能上班。你既然是代理部长，就有签合同的权力，你把合同签下来就行。"

我想赶紧签下合同，怕动作慢了八木会变卦跟别人签约。既然黑田部长身体不好发话让我代签合同，我就代表公司签下了这个合同。

按照合同规定，K公司要在圣诞节前一个半月交货，这样我们就可以在圣诞节前把女装做出来。可是我催来催去，K公司总是迟迟不交货，到了交货期限，我不得不找到K公司，说："你们再不交货的话，我们就要以违约为由，向你们提出索赔。"

这时那个很热情的八木，突然一变脸，拿出合同书指着下面一行小字说："合同上已经写明了，迟交10天不算违约，请您再等10

天吧。"

我惊讶地拿起合同书细看，果然合同书正文以外，最下面有一条线，线下面一行字体很小的注释写着："万一遇到特别情况无法按时交货之时，卖方延期交货在10天之内，不算违约。"说实在的，这个位置，一般都是印地址的，我疏忽了没有特别去读。

我悔恨交加，当时怎么就没有注意到这行小字呢？如果是普通的订单，延期10天交货，我们还能容忍，可这次是圣诞节的订单，错过了圣诞节，我们这批衣服就没有意义了。我赶紧向八木百般解释，甚至百般恳求，可他却冷冷地对我说："我们目前实在无法交货，请您再等10天，那时我们一定交货。"

我急得身上冒冷汗，赶紧打电话向黑田部长汇报。黑田部长用幸灾乐祸的口气说："这个合同是你签的，我没法负责，找我也没用，你直接去找社长谈吧。"

我赶紧给福泽社长打电话汇报，福泽社长一听也急了，当场在电话里训斥我说："你怎么这么糊涂，居然签下这样的合同？嗐，也算我不会用人，把这么重要的订单交给你。"说完福泽社长就把电话挂断了。

我是第一次听到福泽社长用这么严厉的口气训斥我，当然我也不埋怨福泽社长，因为这确实是我的疏忽造成的。公司是一个追求利益的地方，在利益面前是不能讲情面的。

我反省自己：为什么会出这么大的疏忽呢？第一是急着要搞到兔毛，心里一急，就疏忽了。第二，也是更重要的，就是我过分相信日本人了。至今为止，我在日本遇到的基本上都是好人，没有被欺骗的经历，就产生一种错觉，认为日本人都是好人，就放心地跟日本人签了合同，没有细看小字的注释部分。

我再后悔，也想不出办法来。这时再去向其他厂家购买兔毛的话，时间上也来不及了。就在这时，我们公司的副社长打来电话，让我立即回东京，中国工厂的事情由黑田部长来接替我。我明白这是自己被撤职了，公司不再重用我了，我只好快快地打起行李回东京。

到了东京后，我到公司就直接去找福泽社长，想向他解释原因。可是福泽社长却说他很忙，没时间见我。公司的同僚们，虽说有少数人同情我，但大部分人都是以幸灾乐祸的眼神看着我，也许是我前一段时间太得宠了，引来众人对我有看法吧。

听说黑田部长到了中国后，很快就与K公司交涉成功，拿到了兔毛。但此时已经延误了很多时间，工厂不得不加班加点赶工，最后还得用昂贵的空运，把货物紧急运到东京，才勉强赶上了在圣诞节前交货。

我们公司为此多支付了很多工人的加班费和空运费，造成很大的损失，本来是一笔可以赚大钱的生意，徒然变成一桩亏本生意，当然这都是我造成的，我为自己的过失痛心不已。

此后，公司不再给我安排工作了。我每天去公司上班，什么事情也没有，只好在办公桌前呆呆地坐着。我知道，这是日本公司要"赶人走"的惯用方式，让你在公司里待不下去，自己提出辞职。

当时我的确也感到无脸面在公司待下去了，就提出了辞职，福泽社长也没有挽留我。从此我成了失业者，在日本的快乐时光，仅仅两年就画上了句号。

我从公司辞职后，意外地听到了惊人的内幕消息。原来那次我的过失，是黑田部长一手导演的诡计。那个K公司的八木主管是黑田部长中学时代的老同学。黑田部长看出我轻信日本人，就请八木跟我签一个有猫腻的合同，然后压住货迟迟不交，把我逼走。等黑田部长来接替我之后，八木就立即交货给黑田部长，凸现出黑田部长能干而我不能干的印象，让我在公司里待不下去，不得不辞职。

当我听到这个消息时，气得把牙齿都快要咬碎了，万没想到世界上还有这么卑鄙的人。我到此时为止在日本的生活经验，接触到的日本人，都是诚实老实的人，加上我母亲一贯赞扬日本人如何不给别人添麻烦，如何慈祥，我也就对日本人百分之百地相信了，万万没想到日本人也会用这样阴险的手法害人。

这件事我一直到今天都没有告诉父母，因为我不想让他们为我的失败操心，更不愿意让他们为我遭到日本人的诡计打击而难过，当然还不想让母亲对她日思夜想的故乡日本灰心丧气。

我得知这个惊人的内幕消息后，还是去请教元山俊美。这次元山说的话，一改他以往"正气凛然"的风格，小心翼翼地开导我说："日本自古以来有一条家训，在公司里工作，有一条底线不能超越，那就是不能抢人家的饭碗。虽然说你不是故意坐直升机蹿升到代理部长，甚至是上级这样任命你的，可是在事实上，你答应做'代理部长'，就等于威胁到黑田部长的饭碗。如果你那时早点跟我商量，我会劝你不要当那个代理部长，不要热情洋溢地去承担那个大订单。"

听元山的这些话，我心里凉了半截，这些年来对日本人积累起来的好感也冷去了半分。

元山继续说："你想想看，你才到公司多久？就在公司里成了大红人，大有取代黑田部长的势头。营业部长的位子只有一个，有你就没他，有他就没你，他不把你挤走的话，他那个部长的位子就保不住。他搞小动作把你挤走，也是为了自保，不一定就是特别的恶意，所以你就原谅他吧。"

我心中的一团恶气正在燃烧，哪能那么容易就原谅黑田呢？

元山又说："你父亲不是经常教导你一句中国的古训'枪打出头鸟'吗？中国是这样，日本也是这样，你以后要记住这个教训。做人一定要低调，千万不要随便当'出头鸟'，那是一件危险的事呀。依我看，黑田部长也不算是坏人，他把你排挤出公司，也是为了保住自己的饭碗，他有家室，有未成年的孩子，他不能眼看自己的饭碗将被一个小毛孩，而且是女孩子抢去啊。"

元山这番话，终于让我心头的怒火平息了一点。我只好叹气说："大概是我这些年太走运了，也该栽个跟头吧。"

这时元山却安慰我说："这也不算什么大不了的事。你在日本栽的这个跟头，不过是失去一份工作，算不上特别大的损失。况且你还年轻，还可以从零开始。最重要的是，你本来就是从零开始，失去的并不多。我看你的才华，将来一定会找到更好的用武之地。"

元山俊美这席语重心长的话，老实说，我最初是很不能接受的，但后来再冷静地细细琢磨，觉得这是另一种人生的智慧。元山这席话，居然把我那怒气冲冲、咬牙切齿的心给熨平了。不可思议的是，那天我早上起床时，发现自己的嘴巴右边内壁出了一个血泡；等听完元山的这席话后，我又惊奇地发现，那个可怕的血泡神不知鬼不觉地消失了。

回家以后，我想起曾经读日本文豪谷崎润一郎的《春琴抄》中一个情节时，百思不得其解，现在突然能够理解了，那不正是元山所说的日本自古以来"不能抢人家的饭碗"的价值观吗？

《春琴抄》这个情节是这样的，富家千金小姐春琴姑娘眼睛瞎了以后，"从此舍弃舞艺，潜心于古筝和三味线，发奋练习，有志于丝竹之道耳"，她在学琴时也表现出独一无二的天赋，为此，春琴姑娘的古筝和三味线琴师傅春松检校对春琴姑娘没有特地倾心教授，春松检校师傅对其他学生说："春琴这孩子在技艺上很有天赋，领会得又快又准确，即使我不去管她，她也能达到所要求的水平。如若认认真真地加以指点，她将会脱颖而出，令人生畏。这就可能使你们这些专职学艺者感到棘手了。我是想：'何必如此教诲一个养尊处优的富人家姑娘，应当竭力使禀性迟钝者得以自立……'"

这个事件由于元山的开导，我很快就开窍了，明白了在社会上"做人"的道理。后来我常常想："对于一件事，每个人都有不同的立场。在自己得到利益的时候，往往就是别人失去利益的时候。从整体上来看，自己失去利益，别人得到利益，有人失有人得，整个世界还是公平的。"我这样一想，自己也就能从令人心碎的愤恨中淡泊出来。

这次，我给元山俊美定位了一个"心理医师"的位置。

第四节　再次寻职，体会饭碗来之不易

1994年冬天，我从四叶株式会社辞职出来后，不得不想今后的对策。

对策之一是再回文化服装学院工作，不过这个想法马上就被自己推翻了。第一个原因是文化服装学院的工资也实在太低，这里拿了月薪34万日元的生活，再回到月薪不到20万日元的教师生活，在感情上也不容易接受。但更重要的原因，是自己不好意思回去。中国不是有一句古话"好马不吃回头草"吗？我的自尊心也让我无颜以对那位文化服装学院的副院长，她对我愤嗔爱怜地说："不想再看到你了。"

对策之二就是再找另外一家公司去工作。不过此时日本的泡沫经济已经崩溃，经济萧条十分严重，失业率节节攀升，日本人找工作都很难，我这个举目无亲的外国人要想找工作那就更难了。不过我还是抱着一线希望，去附近的职业介绍所挂上一个名字，即挂名求职。

日本每个市、区都有政府办的"职业介绍所"，帮助失业者找工作。当然那只是帮助失业者介绍工作，并不能保证一定能找到。我准备了一份详细的履历表，几乎每天都去职业介绍所打探，看看那里有没有合适我的工作机会。

还算我运气好，那时候日本服装界刚进入中国时间不长，非常需要既懂服装、又懂中文的人才。不久，我在职业介绍所看到一则招工启事，上面明确说：急募一名员工，要求既懂服装又懂中文，还要求有实际的工作经验。

这真是太适合我了。我急忙拿着印有这则招工启事的小海报，请职业介绍所的职员帮我联系。在日本职业介绍所，找工作要通过职业介绍所的职员与招工单位联系，自己直接与招工单位联系是不行的。

职业介绍所的小姐很快接通对方的电话，并把我的履历书也传真给对方。很快对方就回电话，让我明天去他们公司面试。职业介绍所的小姐把这个好消息告诉我，笑着说："那边这么快就叫你去面试，一定是很有希望的。"

我心里也很高兴，不过这只是面试，还不是最后的录用，所以还不能高兴得太早。

从职业介绍所回来的路上，我路过一家书店，就急忙进去，找到一本《招工面试指南》的书，仔细看起来。本来我是应该把这本书买回去看的，但现在我没有收入，能节省的钱就要节省，所以我就省下这份钱，站在书店里看书。

招工面试这件事，我还没有经历过。我前两次的工作，都是对方主动"请"我去工作的，基本不需要什么面试。这次却是我"求"对方给我工作，所处的身份完全不同，所以我要认真对待这次面试。

《招工面试指南》说：第一条是衣装打扮，不能太华丽，也不能太寒碜，要适中，并且还给出了适中服装的典型照片。日本文化是讲究中庸哲学的，一个人的衣装打扮不高不低、不好不坏，给人的印象最好。

第二条是待人接物的态度，不要太锋芒高调，也不要太谦虚低调，也要适中。年轻人总是容易犯锋芒毕露的毛病，我这次被迫辞职就是因为这个栽了跟头。所以我暗暗警告自己，面试的时候一定要谦虚，把自己描述成一个埋头苦干的人，听从上级指示的老实人，不要炫耀自己的能力。

第三条是谈判的艺术，与公司方面谈判工作条件，一定要心平气和地笑脸相谈，即使对方提出对自己不利的条件，也万万不可与对方争执，要后退一步，换一个角度或者说法，重新进行争取，这叫作"以退为进"。我暗暗告诫自己，不管对方提出什么苛刻的条件，都要学爸爸不生气，不要用中国人常用的"据理力争"方式，试试用日本式的"以退为进"谈判方式。

第二天，我按照《招工面试指南》的指点，穿一身适中的衣装，深灰色的套装，里面穿一件浅咖啡色衬衫，化了淡淡的妆，提前五分钟进入招工公司的大门。

这家招工的公司名叫筑波物产株式会社，主要经营服装业务。一位小姐带我进入公司的会议室，也就是我的"面试会场"。坐在我对面的面试人有三位，看了他们的名片，我才知道主试我的居然是该公司的社长加藤先生。

三位面试我的人见到我，既没有显出惊讶的表情，也没有显出失望的表情，我想我的衣装大概是符合适中标准了。

加藤社长先问我一些个人问题和工作经历，我本着不露锋芒的精神，认真说了自己的工作经历，尽量少突出自己，把成绩归功于别人。果然我说完后，加藤社长脸上的表情似乎颇为满意。

加藤社长又问了我一些更具体的工作经历，忽然口气一转，说："据你这么说，你以前工作公司的社长，对你还很不错，那你为什么要辞职？"

我不想隐瞒，也不会隐瞒，就如实地说："因为我的不慎，做糟了一个大订单，给公司造成很大损失。我感到很不好意思再继续干下去了，就辞了职。"

接着我把上次签约时没注意看细节，被别人钻了空子，吃了大亏的事情，详细解释了一遍。加藤社长听完后似乎接受了我的说法，说："人都是会犯错误的嘛。只要你接受那个教训，不再犯同样的错误就好。'吃一堑长一智'嘛。"

接着加藤社长又把话题一转，问："你如果来敝社工作的话，在工资待遇上有什么要求？"

我知道这是关键的"谈待遇"的时候来了，我按照准备好的话说："我希望能够不少于我以前的工资待遇，每月34万日元，奖金另算。"

加藤社长听了微微皱起眉头，说："这个工资太高了一点……根据你的条件，按照我们公司的惯例，可以考虑给你月薪27万元，奖金另算，怎么样？"

我一听月薪要少7万日元，自然是很不情愿。但我又想起《招工面试指南》上"以退为进"的原则，就撑着笑脸说："我知道，新到一个公司，不能要求太高。如果让我在公司本部做固定的工作，这个工资我没有什么不满意的。不过，如果是让我经常出差海外，经常去中国的话……"

加藤社长被我诱导到我的话题上，说："是啊，我们是准备让你经常去中国出差，也许还会让你常驻那里一段时间。"

我赶紧趁这个机会说："经常出差的话，生活费的开销就会大不少。首先是经常出差生活不规律，人在生活不规律的时候抵抗力就会下降，甚至会生病，为了提高抵抗力，就得多买一些比较贵的营养好的东西吃，这样的开支就会增大不少……"

加藤社长似乎被我说动了，点头说："你的话也有道理。那么，我们就破例，给你月薪30万元，怎么样？"

我听说工资一下增加了3万元，心中暗暗高兴，不过还想继续争取，就又说："社长给我月工资30万元的待遇，我真是太高兴。不过呢，经常出差的话，除了生活不规律要增加营养品以外，其他很多地方也都要增加开支呀。最简单的例子，经常出差每天营业的话，都要换一身像样得体的衣服，女人像样一些的衣服也都不便宜。我要是穿上不得体的便宜衣服去见客人，不也有损于公司的形象嘛。"

加藤社长听了哈哈大笑，说："你可真会说话。不过我们公司搞营业的，还真需要你这样会说话的人。好吧，那么我们就再破一次例，就按照你的要求，给你月薪34万日元。"

我听了赶紧起身，给加藤社长深深鞠躬，然后说："太感谢社长了，感谢您对我的特别关照。"

那时候我做梦也没有想到，就是这个"争取"到的好待遇，后来却又毁了我的安定生活，但同时又造就了我的另一个人生挑战。

我从筑波物产株式会社出来，高兴得像飞在空中的小鸟一样，没想到自己的运气这么好，这么快就找到了工作，而且待遇还不低于以前的公司。

　　我第一个动作，也是给元山打电话。元山用不出意外的理所当然语调说："我就说过嘛，丢个工作不算什么。以你的才能，重新找个工作应该不困难的。"

　　第二天我就去筑波物产公司上班了。这家公司的工作性质和以前的四叶服装公司差不多，只是去中国工作的时间更多了。我有了上次的教训，这次我在公司的工作，以爸爸低调做人的为人处世哲学，有意识地按照元山说的"不要抢人家饭碗"来行事。果然，我再没有遇到嫉恨我的人，公司里的上上下下都对我很友好，我也感到很快乐，我似乎又回到了过去的那段快乐时光。

第十章　寻求心灵的归宿

第一节　女大当嫁，他的秘密和我的烦恼

　　我很快找到新的工作之后，一时间沾沾自喜，赶紧写信给家里报喜。可是家里除了为我有新工作高兴之外，又在为我的另一件事情担忧，这就是我的婚姻问题。

　　妈妈来信催促我说："你一个人在日本能够在生活上和工作上自强自立，我们都为你高兴。可我们还是觉得你的生活不够完全，你还需要一个人生的伴侣。虽说现在跟我们那个旧时代不一样了，女人不一定非要嫁人不可，但没有伴侣的人生，终究不是一件好事，所以希望你赶快考虑婚姻大事。"

　　妈妈又来信说："当年我反对你和德国青年格尔罗谈恋爱，其中一个原因是，那时你才二十几岁，还有年龄的资本，还不是那么急。年龄对于女人来说，真是非常重要的资本啊。现在你已经三十多岁了，年龄资本已经不多了，所以你要赶快行动起来，一定不能再拖了。"

　　妈妈再来信说："当年你姐姐也是不着急自己的婚姻大事，但她不急，我急呀。我四处找人为她物色合适的对象，就是你爸爸那样的老学究也被我动员起来，帮你姐姐物色，终于给你姐姐物色到一位合适的人物，一位厦门大学的博士研究生。姐姐现在已经结婚生孩子了，生活十分幸福。可惜你远在日本，我不能直接帮你的忙，我只能在心中为你祝福，祝你早日找到美满的生活伴侣。"

妈妈这么三番五次来信催促，本来不急的我也被煽动得有点急起来。再说，来日本以后，打工、读书、找工作，我一直处于马不停蹄的状态，与其说没有感到寂寞，还不如说没有时间感到寂寞，等到我第二次就职后稍微安定下来，才意识到，我身边居然没有一个朋友可以随便聊天或者出去玩，日本公司的人们，工作以外，也都"老死不相往来"，他们更如中国古语"君子之交淡如水"，不求火热，但求持久平和。我多次在加班回到家时，面对冰冷漆黑的公寓，会油然升起寂寞之感，渴望有一盏灯亮着等我，更渴望有一个人和我分享空着肚子吃饭时那种喜悦与温馨。所以母亲那一番语重心长的话语，不能不引起我的共鸣。人说母女心心相印，也许就是这样的吧。可是找对象比找工作难得多，特别是女人，有人帮忙介绍最好，自己主动去找，那还真有点不好意思。这么一想，我无忧无虑的心情也就没了，感到忧愁起来。我这个人不是那种深藏不露的人，所以，心中的忧虑不知不觉就挂到了脸上。

这个周末，是我教中文"你好学校"的学生聚会的日子。自从我在文化服装学院当老师以后，因为工作非常忙，不得已只好解散了"你好学校"。不过在每个月最后一个星期六，"你好学校"的学生会到元山家附近的咖啡屋聚会一次，我们一边聊天一边说中文，不要把中文忘了。

元山每次都参加这个聚会，这次他看到我脸色有点忧郁，就问我："你是不是有什么不高兴的事？"

我在这么多人面前，当然不能说个人的隐私，只好勉强一笑说："也没有什么事。"

元山见我笑得勉强，就更觉得我有什么事了。等到中文聚会完了之后，元山对我说："你等等再走，我跟你说几句话。"

我还以为元山有什么话要说，我就跟他到了另外一家咖啡店。我们两人坐下后，元山问我说："你一定有什么心事吧？我看得出来。现在没别的人了，你能不能告诉我？"

尽管在法律上，元山已经不是我的保证人了，可是我心里一直把元山当成是我的保护人。我见元山这么关心我，也就把家里来信催我赶紧考虑结婚的事告诉了元山。

元山听后，只是机械地点头说："对，对。"之后他就一句也没有了。

我还以为元山会像以往那样，给我出什么主意，没想到等了半晌，元山只是默默地喝咖啡，还是不说话。

元山不说话，我也不好催问他，我们就这么沉默地坐着。这时我发现元山的脸色越来越不好看，似乎是身体不舒服，好像很难受的样子。我赶紧问："我看你脸色很不好，是不是身体不舒服啊？"

元山喃喃地说："不舒服？好像是有点不舒服。"

我一听元山承认"不舒服"，吓了一跳，忙问："你哪里不舒服？身体有问题吗？"

元山苦笑一下说："也许吧。我也不太清楚。"

我一听更急了，就说："那你赶快回去休息吧。明天最好去医院看看，检查一下身体。"

元山点头说："那也好，我就早点回去了。"

说完元山就站起身，没精打采地走了，甚至连跟我说一句"再见"都没有。

元山这种异常的表现是从来没有过的。难道元山真的得了什么病，又不愿意告诉我？我心里胡思乱想，一晚上没有睡好觉。

第二天，我心里还是一直挂念元山的事，也没心思好好工作，只是机械地做着事情。在喝茶时，我一走神把手指伸到茶杯里，热腾腾的茶水烫得我一甩手，把茶杯甩了出去。那甩出去的茶杯不偏不倚，又落到我们科长的脚上，烫得科长怪叫一声。

幸好，杯中的茶水不是很烫，我和科长都没有烫伤。我急忙给科长道歉赔不是，科长还算宽宏大量，说："算了，算了。我看你今天有点神情恍惚，是不是遇到什么事了？"

没想到连科长也看出我"神情恍惚"，吓得我精神一振，赶紧集中精力工作，之后再没有出差错。

下班后，我惦记着元山，准备去他家看看他的情况。我来到公共电话机旁，刚准备给元山打电话，可是转念一想，还是不给他打电话为好。如果我给元山打电话，说我准备过去看望他，那么元山肯定会说："我不要紧，你不要来了。"

如果元山说出"你不要来了"，我还要坚持去元山家看他的话，事情反而不好办了。这样一想，我就决定不给元山打电话了，直接去他家看他，来个先斩后奏。我在车站附近买了一盒高级点心，作为探望他的慰问品，就直奔元山家。

我按响元山公寓的门铃，门开了，开门的却是一个我不认识的年轻男人。这个男人个子颇高，戴副眼镜，好像知识分子的样子。

我吓了一跳，以为是自己因为"神情恍惚"敲错门了，赶紧道歉说："对不起我敲错门了。"

那男人见我张皇失措的样子，就笑了笑说："没关系。"说完他就把门关上了。

这时我静下心来，仔细再看门牌号码："没错呀！这就是元山家呀。这是怎么回事？难道是元山出事了？"

我赶紧又按响门铃，出来开门的还是刚才那个年轻男人。我赶紧问："请问，元山俊美先生在家吗？"

那人连连点头说："在家，在家。他正在和别人争论在兴头上，所以我就替他出来开门。你是找元山先生吗？"

我点头说："是啊。"

那人用异样的眼神看我一眼，然后说："请进。"

我走进屋，只见元山屋里还有四个人，这些人我都不认识，元山正与其中一个人激烈地争论着什么。我进屋时，那些人注意力都在争论问题上，没注意到我进来。这时那个领我进来的年轻男人高声说："来客人了！"

这下屋里的人停止争论，都把头扭过来。他们看到我一个年轻女人，手里还拿着高级点心来找元山，似乎有点意外。他们用异样的眼光看看我，又看看元山，没有一个人说话，仿佛在揣测这忘年交里的故事，揣测着我是从哪里冒出来的。

我被这些人的异样眼光看来看去，不禁一下子脸红起来，不知道该说什么。元山看到我进来，也是吃了一惊。元山见我脸红起来，也不知怎么回事，也跟着脸红起来。在我看来，元山俊美这种老战士脸红有点滑稽，忍不住笑起来。我一笑，大家也跟着笑，有点各笑各的。

这时其中一个年龄比较大的人，忽然恍然大悟似的说："元山呀，你有这么好的事情，怎么也不告诉我们一声？"

元山好像明白了那人的意思，连忙摆手说："安藤，你不要乱讲。没有的事。"

另一个年龄比较大的人也附和地说："有没有，我们不是都在看着嘛。"

元山又对那人说："米原，你怎么也跟着乱说起来？你看什么嘛。"

那个被称为米原的人，笑着说："该看的事情，当然要看的。"

米原的话，说得屋里的人一阵哄堂大笑，搞得我更不好意思了。我大致明白了这些人的意思，因为我一个年轻女人，拿着点心晚上来找元山，他们就以为我和元山是那种关系了。

当时我心里生气，想马上出门就走，可是转念一想，这样太不给元山面子了，只好忍住气站在那里。我垂下两眼看着地，不去看那些人的异样目光。

这时，那个被称为安藤的人大声说："我们知趣一点，赶快走吧。"

那些人又是一声哄笑，说："走，走！"

元山一听他们要走，急忙站起身来，拦住他们说："你们别走啊。我给你们介绍一下。"

众人一听元山要介绍我，果然不走了。元山指着我说："这位她是……"元山一时间想不出合适的词来说明我的身份。

就在这尴尬的时候，我忽然说话了。我这个人是到了紧张的时刻，反倒不慌了，反而比平时更沉着冷静。这时，我脸也不红了，正色说："元山先生是我的经济担保人。"于是我就把我从中国来日本留学，元山当我的经济担保人的事情，大致说了一遍。

众人听了我的话，异样的神情消退下去一些。那个被称为安藤的人，问我："你现在还在学校留学念书吗？"

我说："我已经毕业了，现在一家商社工作。"

安藤又疑问说："你既然已经有了工作，就不再需要经济担保人了呀。"

我沉着地说："我现在是不需要经济担保人了，不过我也不能忘记元山先生曾经给我的关照，要知恩报恩呀。"

众人见我侃侃而谈，反而有点赞赏地点头起来。我也为自己沉着镇定地给元山打了圆场而暗暗高兴。

这时元山也开始给我介绍他的朋友，元山指着那两位年纪比较大的人说："这两位是我在中国战场上的老战友，他叫安藤，他叫米原。"

元山又介绍了另外两个人，最后介绍给我开门的那个年轻人，说："这位是我们反战团体新加入进来的同志，他姓鬼头，名叫信夫。"

我一听这个人居然姓"鬼头",忍不住"扑哧"一声笑出声来了。中国人说日本人是"鬼子",没想到日本人自己居然也有姓"鬼头"的。按照中国的理解,"鬼头"不就是"鬼子们的头头"吗?实在是太可笑了。

元山见我笑了,赶紧解释说:"你可不能小看'鬼头'这个姓,它可是一个贵族的姓,而且是日本天皇亲自赐的姓呢。"

后来我查了一下资料,才知道"鬼头"这个姓真是来历不小的。1000多年前,日本天皇亲自下赐一名勇敢的将军姓"鬼头",名叫"鬼头吉兵卫"。日本的"鬼"字,并不是一个贬义词,有点像中国的"魔"字,比如我们说"魔术""魔法"等,"魔"字在这里并非贬义。在日本"鬼头"的意思是非常厉害的人物。

而且在日语中,也有"鬼子"这个词,它的本意是一个孩子长得既不像父亲,也不像母亲,就被称为"鬼子",也就是鬼生的孩子。不过"鬼子"并不是贬义词,只是作为开玩笑的话,不是用来骂人的。当然,现在的日本人也都知道,中国话里面说的"鬼子"和日语里的"鬼子"意思完全不一样。

元山介绍完他的这些反战同志后,这些人还是很"知趣",都告辞走了。这时元山却叫住那个名叫鬼头的年轻人,说:"鬼头君,你别走,这位小姐要和你说几句话。"

我听了一惊,心想:"我没想要跟那个鬼头说话呀。"

那个叫鬼头的年轻人也愣了一下,大概心情和我一样吧。

众人走后,元山对我详细介绍鬼头的个人背景,他说鬼头是爱知县人，父亲是大学教授，他本人现在东京的一所大学当非常勤教师。鬼头谦虚地说："我听了元山老师的演讲后，十分震撼。我非常敬佩元山老师高远的思想境界，所以常来听老师的教导，向老师学习。"

元山又对鬼头详细介绍我的情况，说到我写的论文曾得日本外务大臣奖，鬼头特别站起身来，对我说："你很了不起。"我想，他又没看过我的论文，这大概是属于礼貌性质的，未必是发自内心的称赞，所以我也没对他产生特别的好感。

元山热情地给我们两人相互介绍之后，说："你们两人岁数差不多，应该有较多共同的语言。今后你们两人多来往来往，多多相互交流。"

元山这么说，我们两人只好相互点头，都说："好，好。"

最后，元山对鬼头说："天不早了，你送这位小姐回家。你一定要把她送到家门口哟。"

其实日本的治安很好，我晚上回家根本不用人护送。但元山既然这么说了，我也不好谢绝，于是鬼头就送我回家。

回家前，我问元山说："你的身体没问题吧？我看你今天的气色很好。"

元山笑着说："没问题，已经完全没问题了。你放心吧。"

在回家的路上，我和鬼头两个人都有点尴尬。我想活跃一下气氛，主动挑起话题跟他说，可是鬼头这个人好像特别寡言少语，我说完一句话，他就点头说"对"或者"是"，之后就再没更多的话了，这样我们就更尴尬了。从元山家到我住的地方，其实并不算远，也就是半个多小时的地铁，但我们都觉得好长好长一段路。我们两人走到我住的公寓附近，我对他说："鬼头先生，我到家了。非常感谢您送我。"

鬼头向我微微鞠一个躬，郑重地说："请您走好，多多保重。"

我也赶忙给鬼头微微鞠躬道谢，然后我就加快脚步，赶紧走进我住的公寓的大门。我走进房间后，才长长吁了一口气，刚才和鬼头一起走的那段路真是太憋闷了。

第二天晚上我下班回来后，元山给我打来电话。元山问我："那个鬼头怎么样？"

我一时间没搞清元山的意思，就说："很好啊。"因为我不能随便说人家的坏话，只能说他"很好"。

没想到元山一听，却高兴地说："太好了，太好了。你满意我给你物色的这个人就好。你们多谈谈，有可能就尽快考虑结婚吧。"

我这才明白，这个鬼头原来是元山要帮我介绍的对象。我赶紧解释说："我没有这个意思。鬼头先生很好，不过我觉得我和他不合适。"

元山忙问："为什么？"

我也不好说鬼头这个人很沉闷，就推托说："'鬼头'这个名字，中国人听上去不太舒服。如果我真的和鬼头结婚了，别人称我'鬼头夫人'，那我回中国都不好意思见人了。"

元山见我这么说，就说："这个鬼头不行，那我就再给你物色其他合适的人吧。"

我听后，又急忙推托说："不用，不用！这件事我自己能解决，不用麻烦您了。"

元山却说："你那天不是说，你被家里催着结婚，感到很忧虑吗？你在日本举目无亲的，这件事得有人帮你介绍才行。我帮别人介绍对象还是第一次，不内行，不过我可以托其他人帮忙的，你放心好了。"

说到这里，元山在电话里哈哈大笑起来，不过他的笑声听上去很别扭。

这时我却笑不起来，我真的不希望元山帮我介绍对象，我也不知道为什么，我只是在电话里不断地说："这件事不用麻烦您，真的不用麻烦您。"

这天晚上，我失眠了。元山这么关心我，帮我介绍对象，这固然让我感动。可是我总觉得，我不能让元山帮我介绍对象，我下意识地觉得，这样会对他造成某种"伤害"。

之后的一段时间，元山虽说不时和我电话联系，但我明显感觉到，他对我的态度明显疏远了。不过他每次都在电话里说，正在帮我物色合适的人，而我每次都拒绝了他的这个好意。

第二节　心灵归宿，原来爱就在眼前

转眼间，又到了月底的周末，这是我教中文"你好学校"的学生聚会的日子。这个聚会，元山每次都会提前来，可是这次，等到聚会开始也不见元山的身影。我最初还以为元山有事，会迟一点来，可是这时我接到元山打来的电话，他在电话里说："对不起，今天我有个反战聚会活动，没时间去你那里了。"

我一听，就明白元山这是找借口故意不来。我只好说："您忙您的事吧，我这里不要紧。"

元山在电话里，用有点惋惜的口吻说："是啊，我知道你不要紧。你已经完全可以独立了，我的作用也该结束了。"

我听元山说出这话，感到有点不对，但在众人面前，我也不好再说什么。

我把元山今天不来参加聚会的事，告诉"你好学校"的学生们，大家都感到很奇怪。因为元山一直是最积极的一个人，怎么会不来了？

这天的聚会结束后，我一个人慢慢地回家，心中感到前所未有的空虚。这些年来，我孤身一个人在日本，虽说有一个血缘上的亲表哥，可是表哥基本上对我"敬而远之"，不但不关照我，就是我法律上的经济担保人，他也不愿意当，甚至至今没有请过我去他家一次。而元山虽说与我无亲无故，但他不仅当了我的经济担保人，更是尽力培养我的生活能力。有一句格言"授人以鱼，不如授人以渔"，元山不是给我鱼，而是教我钓鱼的智慧。我在日本这些年来的成长经历，背后都有元山培养的印记。

我那天晚上在床上翻来覆去睡不着，回想起元山说"我的作用该结束了"，不由感到心里一阵难过。为什么元山会说"我的作用该结束了"这句话呢？我还是希望他继续帮助支持我呀。莫非是元山有了什么变故？或者出了什么问题？我想不出其中的原因，但有一点我是明显感觉到的，这就是自从我跟元山说了家里催我考虑婚姻大事之后，元山对我就明显疏远起来。

第二天是星期天，我没有按时起床，这时电话铃忽然响了，我赶紧爬起来跑去拿起话筒，对方是一个陌生男人的声音，他说："是李桑①吗？我是安藤。那天在元山家里，我们见过面的。"

我想起那天在元山家里的确见过这个安藤。当时元山给我介绍说，他是元山的老战友。我奇怪地问安藤："您有什么事吗？"

安藤说："元山病了。"

我听了大吃一惊，忙问："他病了？什么病？现在情况怎么样？"

安藤却不紧不慢地说："你想不想过来看他？"

我脱口而出说："当然啦，我马上就过去看他。他在哪里？"

安藤听后似乎很高兴，说："他在我家，我告诉你我家的地址。"于是安藤详细告诉我他家的地址，并告诉我坐哪条地铁线，在哪个车站下车。

我急忙简单梳洗一下，急急出门，按照安藤说的地址找到安藤家。

安藤家在东京品川区的一个公寓，我按响安藤家的门铃，安藤出来请我进屋。我进屋一看，屋里还有上次见过面的那个元山的老战友米原，但并没有看到元山。

---

① 桑，日语"さん"的音译，先生、女士、小姐之意。

我又着急又奇怪地问："您不是说元山在这里吗？他去医院了吗？"

安藤笑着请我坐下，说："元山没有去医院，其实他的身体并没有病，只是心里有'病'。所以我们请你来，就是要告诉你元山心里的'病'。"

我被安藤这番的话说得莫名其妙。这时安藤却不说了，他推推身边的米原，对米原说："你比我会说话，你来说吧。"

于是米原两眼直视着我，一字一句地说："你知道吗？元山非常喜欢你，最近为了你找对象的事情，犯了心病。他以为自己年龄大你太多，不敢选择当你的伴侣，而勉强地试图当你的父亲。其实他一直爱你的啊！"

米原这些直截了当的话，让我五雷轰顶一般，我一点心理准备也没有。我也清楚，元山很喜欢我，其实我也很喜欢元山，只是我一直认为，元山对我的那种喜欢，是一种慈爱的关心，我对他的喜欢，也是一种对老师的尊敬和对关照我的感激。

接下去，米原就直截了当地跟我说了我所不知道的事情。下面就是米原所说的事情经过。

昨天，安藤和米原在一个反战聚会上遇到了元山。傍晚聚会结束后，元山请他们两人喝咖啡聊天。元山问安藤和米原说："你们还记得上次见过的那个李桑吧？我想帮她介绍对象，你们有没有认识合适的年轻人？"

安藤和米原感到很意外，说："你可是从来没有帮别人介绍过对象的。是那个李桑请你帮她介绍对象吗？"

元山摇头说："也不是。她并没有请我帮忙，是我主动想要帮她这个忙。"

安藤和米原更奇怪了。安藤说："这就怪了。女人这么隐私的个人事情，人家没有请你帮忙，你为什么要主动去帮忙呢？"

米原也说："人家的婚姻大事，也没有让你管，你为什么要急着帮她找对象呢？这里面肯定有问题。"

元山对安藤和米原的问题回答不上来，脸红起来。安藤和米原笑道："在老战友面前，你一定要说实话。是不是你喜欢上她啦？"

元山只得点头承认，说："我是喜欢上她了。这些年来，我和她在一起就感到特别愉快，我希望这样的日子永远继续下去。可是前些日子她对我说，她家里催促她赶快考虑婚姻大事。"

安藤问："她这个年龄，家里催促她考虑婚姻大事是很正常的。但是，她为什么要告诉你这件事呢？她是想要请你帮她介绍对象吗？"

元山摇头说："我也不知道她为什么要告诉我这件事。不过她也没有请我帮忙。而且我主动提出帮她介绍，她都拒绝了。"

米原继续问："既然她没有请你帮忙，还拒绝了你主动帮忙，为什么你还非得掺和人家这件事呢？"

元山脸色变得悲伤起来，说："我也不知道为什么，我总是对她放心不下呀。那天她对我说她家催促她结婚的时候，我就想，以后她结婚了，我和她在一起的愉快日子就再也不会有了。那时我的心猛然抽搐起来，我这是第一次感到心疼是怎么回事。那真是非常疼，疼得我脸色都变了。那天她也看出我脸色变了，我只好对她说，我身体有点不舒服，先回家休息了。"

听元山这么说，安藤和米原都感叹道："看来你不是一般地爱她，这是爱得要死了呀。要不然你的心也不会那么痛。"

元山点头承认说："其实我早就开始爱她了，只是到那时我才发觉，她在我心中是那么的重要，也才发现如果她离开我，我将会有多大的心灵痛苦。"

米原见此，就说："既然你这么爱她，那你为什么不向她求爱呢？"

听到米原的话，元山一下子忍不住眼泪流了下来，沉痛地说："我年龄比她大那么多，又没有钱，哪有资格向她求爱呀？"

元山这句话让安藤和米原也为之伤感。然而，安藤转念一想，又说："不过，我看李桑那天来看你，她对你的感情可是不一般呀。既然她那么关心你，说不定她也爱你呢？"

米原也说："是啊，我也看出来，她对你的感情不一般。我想，那天她告诉你她正在为婚姻之事忧虑，这是不是告诉你，她还没有心上人？或者是给你暗示，让你对她求爱吗？"

元山还是摇头说："她的性格我知道，她说告诉我这些，绝不是什么暗示。"

安藤也说："不管她是不是暗示，你要主动向她说明你爱她。即使被她拒绝，也没什么了不起的嘛。"

元山仍然说："我没资格向她求爱呀。你想，我又没有钱，年龄又大，她怎么会喜欢上我呢？"

安藤正色说："元山，你这就不对了。虽说世界上的女人，大部分是爱钱的，但也有少部分女人，她们爱的是'英雄'。历史上有太多美女爱英雄的故事，怎么一贯明察秋毫的你，等到自己的事情就糊涂了？就说你熟悉的日共总书记宫本显治吧，他的亡妻百合子可是大财主家出身，但百合子偏偏爱上正在坐牢的穷小子宫本显治。这可不是小说编的故事，是真人真事啊。"

元山急忙摆手说："你说到哪里去了，人家宫本显治的确是英雄，我哪能跟人家比呢。"

这时安藤和米原都说："在我们眼中，你不比宫本显治差，你也是了不起的大英雄。"

安藤和米原的话，让元山转悲为喜，笑出声来。元山笑着说："你们要笑话我，也不必用这样的方式嘛。"

米原正色说："我们不是笑话你。你身上是有一股英雄的气概呀。我要是女人，我也会爱上你的。"

元山仍然摇头不语。这时，安藤出个主意，说："我看李桑不像是平凡的女人，她一定会爱上你这个英雄的。我们可试验一下，明天我给李桑打电话，就说你病了。如果李桑听说你病了，只是表示问候，不来看你，那么这件事也就算了；可是如果李桑马上来看你，就是说明这件事是有希望的。"

米原也说："对！这个办法好。元山，你估计李桑听说你病了，她会马上来看你吗？"

元山想了想说："我想她会的。"

安藤大笑说："既然她会来，你还犹豫什么？机会不可错过呀。"

元山还是不同意，说："本来今天晚上我要去参加一个她教中文的聚会，可是我最后决定不去了。因为我越见到她，心里就越难受，还不如不见。"

米原也笑着说："你一方面说不见她，一方面又要为她介绍对象，这就说明你心里放不下她嘛。既然你那么爱她，那么放不下她，就更要争取一下，向她大胆求爱吧。否则你一辈子这个心痛病都好不了的。"

米原的话，让元山犹豫起来。安藤接着跟元山打气说："你要是不好意思自己说，我们替你说，怎么样？"

元山很不安地说："我的余生不多了，难道我配得上这个年轻女人这样一个纯洁的灵魂吗？我们传统的习俗会不会答应我这样幸福的黄昏恋？"

安藤马上答："元山，你不是一直在破坏我们的传统习俗吗？连对天皇那样至高无上的传统偶像，你都可以打破嘛。再说我们也不是要你单向通行嘛，还要征求她的意愿啊。"

元山终于同意了，喃喃地说："这样也好。"

于是安藤就策划出这次行动，先把我"引导"到安藤家里来说话，因为在外面的咖啡店里说，周围的杂人多，怕我会不好意思。

米原把上述我不知道的背景告诉我后，安藤又对我说："我们把该说的话都说了，请你回去慢慢想想，认真考虑一下。元山这个人，我们都认为他是英雄，是值得女人去爱的。"

最后，安藤告诉我说："元山不好意思当面跟你讲这些话，所以我们替他说。今天傍晚，元山将在你们经常喝咖啡的那个咖啡店等你，请你给他一个回答，不管是好结果还是坏结果。"

我从安藤家出来的时候，已经是中午了。我走在路上，头脑有点发晕。这也多亏安藤他们告诉我，否则我永远不会知道元山对我是这样的感情。我的确感到元山对我的感情是特别深厚的，但一直以为这是他向中国赎罪的一种具体表现。我回到家后，认真回想自己的过去，我发现自从与德国青年格尔罗相爱之后，确实还没有爱过别的男人。我问自己："这是为什么呢？"

我给自己找答案。第一个问题是，东方人会像西方人那样强烈表达爱情吗？

西方人会作诗"生命诚可贵，爱情价更高"，可是东方人就不会写这样的诗。当然，东方人不是没有爱情，而是爱的方式很含蓄。特别是日本男人，对女人不会那么主动地追求。所以我在经历了西方男人格尔罗的热烈爱情之后，就误认为东方男人也会那么热烈地追求我，我就在等着那样的热烈追求，结果当然是等不到的。

第二个问题是，既然东方人对爱情是含蓄的，我身边有没有人含蓄地对我表示过爱情呢？

我想来想去，好像有几个人曾经对我表示过好感，但我对这几个人并没有特别的感觉。也可以说，我并不爱他们。我认真地回想，其中一个日本设计师曾经对我相当不错，应该是爱我的。可是我觉得那个人只关心挣钱，只关心自己的小生活，是一个平凡的人。其实我自己也是一个非常平凡的人，可是我又不喜欢平凡的人，而偏偏喜欢那种有英雄气概的不平凡的人。

难道我就是安藤说的那种不爱金钱爱英雄的女人吗？我扪心自问，金钱我还是爱的，但是英雄，我对他们很崇敬。这种崇敬再上一个台阶，就是爱情了。男人的心情我不知道，反正女人就是这样，会把崇敬上升为爱情。

第三个问题是，我爱元山吗？

　　元山是典型的东方人，他对爱情是那样的含蓄，他是用那样含蓄的方式十年如一日注视着我，在小心的掩饰中不难为我，以至于我没有察觉到。如果我以前有与东方人谈恋爱的经验，或许可以及早察觉元山的爱情。可是我的初恋对象偏偏是个西方人，他让我的爱情观发生了偏差，让我误以为元山如果爱我的话，就会像格尔罗那样热烈地向我求爱。

　　我爱元山吗？我想来想去，我身边遇到的男人，包括我爱过的德国青年格尔罗，没有一个人像元山那样有为之献身的理想，有金钱之外的追求。在我的心中，元山的确是一位超过凡人的英雄。

　　我至今为止所遇到的男人，没有一个让我崇敬的。如果我找一个跟我年龄相仿的男人，赶紧结婚生孩子，建立一个小家庭，过幸福而平凡的小日子，这是完全可能的。但我又问自己：人的生命只有一次，我的一生愿意这么平凡地度过吗？

　　第四个问题是，我跟元山会幸福吗？

　　我继续想，如果把我对元山的崇敬，上升为对他的爱情，那会怎么样？我和元山结婚，会给我带来幸福吗？

　　我想来想去，我最后坚信，我和元山的婚姻，其实才是最适合我的。

　　因为我已经不知不觉地把元山作为真正男人的标准，我已经不知不觉地在把别的男人与元山比较，我的世界观已经改变，以至于我已经无法爱上那些平凡的男人了。

　　最后，我想通了，在我的潜意识中，其实早就把对元山的崇敬变成对他的爱情了，只是自己还没有认识到。

回到家，在温柔的静谧中，我忘了世界，只是把安藤和米原告诉我的故事不断地翻出来回味，很奇怪，并没有那种美妙的幻想回荡在脑海里，也没有那种年轻女性钟情的朦胧诗意，而是一种沉着的抒情诗般的涌现，犹如一棵描写幼树长成的抒情诗，那长出的最后的果实，竟然宛如生疏又熟知的在我心底久已孕育的、想象的果实。

傍晚前，我好好梳妆打扮了一番，满脸笑意地走进那个我和元山常去的咖啡店。

元山早就在那里等我了，他见我打扮得漂漂亮亮地来见他，也是意外地惊喜，高兴得合不拢嘴。我注意到，他头上那顶黑色贝雷帽，变成了亮丽温暖的咖啡色，他往常坚定不移的哲学式的神色已经无影无踪，宛如一个满心喜悦又将信将疑的大孩子。

我们两人坐下后，四目相对，两人都在笑，可是不知道为什么，我们都不好意思先开口。我们两人就那么默默地坐着，相互看着对方，好像已经知道对方想要说的话了。

最后，还是元山先开口了，他红着脸，有点底气不足地说："我年龄比你大很多，经济上也不行，我没有爱你的资格吧……"

第一次看到元山这样害羞的表情，我笑了，笑着对他说："不，你有资格。任何人都有追求幸福的资格。"

元山他那已经不年轻的眼里，突然散射出热炽的光芒，轻轻地颤声问："我有吗？我真的有追求幸福的资格吗？"

这种男人的求爱，他不是用豪言壮语，也不是山盟海誓，而是用姿态、眼神和一种日本人惯用的疑问句来表达。我知道这种疑问句是日本人在询问的时候设下的一个不深不浅的台阶，让拒绝者和

元山里子与元山俊美

被拒绝者都能够体面地走下台阶，是日本文化中的一种美。我竟被这美丽婉约的一句话感动得热泪盈眶。这个迄今从未预感的事情，就这样在10年漫长的发酵中突然膨胀，我被这膨胀的爱包围了。

我认真地点了点头。之后，我们两人又再次陷入沉默，只是相互笑着，对看着，心中的万语千言，都用爱的目光送到对方的心中，这时是真正的"此时无声胜有声"。

我与元山相识已经整整十年了，莫非这十年的岁月，就是为了这一刻而存在？这一刻，来得这么突然，又这么自然。犹如十年的漂泊，在这一刻，我找到了心灵的归宿。

曾经苦苦寻求的爱，不知道爱在哪里，蓦然回首，原来，爱，就在眼前。

第三节　无人祝福，仅属自己的美丽回忆

第二天，我们两人在激情过去之后，开始考虑现实的问题。第一个问题，当然是我家里的问题。

西方人的婚姻是不必征求父母同意的，当年德国青年格尔罗就对我征求家里同意婚姻的事百思不得其解。可是日本人不一样，元山很理解我要征求家里同意的重要性。

元山说："这样大的事情，还是要得到令尊和令堂的首肯。"

我也稍带揶揄地说："你的孩子们，也许会反对呢。"

元山摆手说："我这边好办。我的两个孩子都大了，各自有他们的家庭，他们也反对不了我的事。再说，我也不和他们一起生活，所以用不着担心他们。只是我怕令尊和令堂会不同意。"

我说："这件事我来想办法，我会说服他们的。"

我这么说是安慰元山，其实我也没有把握。昨天晚上我回家后，马上给父母写了一封信，说明这件事。但第二天想了想，还是没有把信寄出去。因为几年前妈妈强烈反对我与德国恋人结婚，这次如果他们又反对怎么办？我想来想去，决定暂时不跟父母说，我们先结婚，等以后再慢慢跟他们说。

因为我和元山结婚是跨国婚姻，需要中国政府出具未婚证明书。于是我就利用假期回家，悄悄一个人去当地的公安局开了一张未婚证明书。这次回国我都没敢见父亲，自己一个人住在酒店，悄悄去公安局开了证明。

现在想起来，就是几年前，这个大逆不道的举动在我身上发生是不可想象的。我是从哪里来的这种"叛逆"精神？从哪里来的这

种与父亲安分守己的教导背道而驰的"勇气"？那很明显，这就是
受到元山的影响。

　　我从中国回来后，为了安慰元山而"骗"他说："我终于说服
父母了。"

　　我拿出那张结婚登记不可缺少的未婚证明书，元山也就相信
了，他对着西边中国的方向，合掌说："令尊令堂这么慈祥，真是
太感谢了。"

　　我们拿着那张未婚证明书到元山户口所在的区役所做了结婚
登记。就这样，我结婚没有婚礼，没有新婚旅行，甚至没有结婚戒
指，也没有任何人祝福。

　　不过让我做梦也想不到的是，我们办完结婚手续回来后，元山
又给我一张盖有他的印章的离婚申请书。元山郑重地对我说："因
为我们年龄差距的关系，不管你什么时候觉得不合适，随时都可以
离开我，我不想让你为难。"

　　我感到心头一热，说："你放心，我既然嫁给你，就不会离开
你的。我会好好照顾你，就像这十年来你关照我一样。"

　　生命深处，总有一扇属于自己的绝美窗户。打开时，里面虽然
没有玫瑰，没有香槟，没有蕾丝，也没有钻石，但是有一份仅属于
自己的美丽回忆。

第十一章 人生的转折点

第一节　狼狈失业，被老板一脚踢出公司

就在我的婚姻生活顺风起帆时，日本经济却每况愈下，受到内外夹攻的沉重打击。日本国内的泡沫经济彻底破灭，而国外的日元汇率波动激烈。1995年的时候，日元暴涨，1美元兑换79日元；到了1996年，日元突然又暴跌，变成1美元兑换144日元。

这种日元汇率的激烈波动，对于我所在的筑波物产公司这样从事进口的公司，更是灾难性的。因为进口服装都是按照美元付账的，同样1万美元的订单，在1995年公司只要付79万日元；而到了1996年，公司却要付144万日元，可是在日本国内卖到店铺的零售单价，却是不能变的，这也是在中国生产服装的一个风险。

筑波物产公司并不是资本雄厚的大公司，现在遇到经济不景气与日元激烈波动的双重灾难，就感到捉襟见肘了。不过我那时还以为我们公司能躲过这一关，至少我不会丢掉工作，可以保持稳定的生活。然而就在我们的小家庭刚刚起步，美好生活仿佛在向我招手的时候，厄运又悄悄降临了。

1996年4月25日，这是发工资的日子，加藤社长忽然来到我的办公桌前，对我说："你现在有时间吗？我想请你去喝杯茶，聊聊天。"

社长请我喝茶聊天，这是从来没有过的，莫非又要重用我了？我怀着激动的心情，跟加藤社长走出公司，来到附近一家小茶馆。加藤社长让我坐下，喝了几口茶，随便说几句客套话，然后看了看我那一脸高兴的样子，眉宇间忽闪着变换的表情。这是什么表情呢？我当时丝毫没有读懂，事后想起来，真正是那四个字："哭笑不得"的表情啊。

我那时心中的确又高兴又兴奋，因为被社长亲自请喝茶，多大的面子呀。可是加藤社长却心事重重地皱起眉头，说："你大概也知道我们公司的一些财务情况吧，今年非常不好啊。虽说最后的财务结果还没有出来，但可以肯定，赤字一定不会小。"

我也知道公司今年的经济状况不好，但没想到公司会出现赤字。我突然看到加藤社长的额头乌云密布，心中不由得一沉，心想："难道他要告诉我什么不好的消息？"

果然，加藤社长声音低沉地说："公司到了这个份上，不得不采取一些非常措施，这也是不得已啊。这些措施中的一个，就是要裁员。"

听到裁员，我心中一惊，感到有点不妙。

加藤社长接着说："你虽然没有当过公司的老板，不过我想以你的才能，将来很可能会当公司老板的。所以我问你一句，你想过没有，要成功地经营和管理一家公司，最重要的是什么？"

我猜不出加藤社长这句话的含义，只好按照自己的想法说："是诚信吧？"

加藤社长点头说："你这话只说对了一半。公司对外面，也就是对客户，最重要的当然是'诚信'；可是公司对内部，也就是对自己的员工，最重要的是'公平'。只有让员工感到公平，他们才会对公司满意，才会全心全意地为公司做事。'公平'是公司内部搞好团结的基础，如果当老板的对待员工不公平，就会引起公司内讧，有内讧的公司那是最危险的。"

我连连赞成说："是啊，公司内部的'公平'非常重要。不过，这个'公平'怎么一个搞法呢？"

加藤社长又点头说："你果然是聪明人，提到了问题的关键。这个'公平'怎么一个搞法？其实世界各国都是不一样的。比如美国人公平的标准和日本人公平的标准，那就完全不一样。你一定听说过，美国推崇'能力主义'，而日本推崇'年功主义'。你知道所谓'能力主义'和'年功主义'的区别吗？"

我摇头说："我不知道。"

加藤社长说："我也很讨厌说什么'主义'，越说让人越糊涂。这里我还是用具体的事例来说吧。比如，公司在不得已的时候，要解雇几个员工。那么首先解雇什么样的人，才能让大家感到老板做事'公平'呢？"

我没有想过这样的问题，觉得很有必要认真听一听。

加藤社长接着说："美国的标准是'能力主义'，也就是首先解雇那个工作能力最差的人。从公司的经营角度来看，解雇掉工作能力最差的那个员工，确实是最有利的。"

我从小就被教育告知：资本家都是冷血无情的，都是"认钱不认人"的。工作能力最差的员工是最没有用的，肯定被冷血的资本家第一个"踢出去"。所以我对加藤社长说的这些话并没有感到意外。

加藤社长继续说："我很清楚，你是一个非常能干的人。我们公司里至少有一半人，不，应该说是三分之二的人，都不如你能干。特别是像你这样既懂中文又是服装科班出身、懂服装的人，除了你就没有第二个，我作为社长，今天还想告诉你，我们公司的客户都很信任你，所以从公司业务的角度来看，你也是非常重要的角色。如果我们是一家美国的公司，你肯定不会被裁员，而是裁掉那个最不能干的员工。"

我听加藤社长这么说，有点摸不着他到底想干什么，但有一点我已经确定，这个事情大概不会对我有利。

果然，加藤社长把话题一转，说："但是，我们是日本的公司，就必须遵循日本的标准'年功主义'。在日本人看来，一个人在公司里工作的年份越长，对公司的贡献就越大；相反，在公司里工作的年份越短，对公司的贡献就越小。如果公司不得已非要裁员的话，就应该先裁对公司贡献最小的员工，这样才公平。你说对不对？"

我茫然地点点头，心中暗想："我是这个公司里最新的员工，其他人都比我资格老，工作年份比我长，那么我就应该是加藤社长所说的，对公司贡献最小的员工了。"

想到这里，轮到我的额头布满乌云，猜想加藤社长下面就要说裁我了，顿时神经绷得很紧。

不出我所料，果然加藤社长说："你是最新来公司的员工，当然就是对公司贡献最小的员工，而且你的工资又比其他年轻人都高，所以……"

这时我甚至开始后悔当初争取到的高工资，现在公司要裁员"甩包袱"，当然工资高的要先被裁掉。

加藤社长终于挑明了，说："从日本的'公平'原则出发，如果我们公司裁员的话，应该首先从你开始。你说我说得有道理吗？"

我忽然感到脑门一阵剧痛，痛得好像脑袋要裂开一般，我从来没有感到头这么痛过，痛得我都张不开嘴。

加藤社长见我不说话，就自己接着说："从'能干'的角度出发，我应该留下你而裁掉比你不能干的人，但对于我们这样几十个员工的公司来说，'公平'比你的'能干'更重要。我从公司的大局出发，不得不牺牲你，请你一定原谅我的做法。"

我的头越来越痛，已经无法专心听加藤社长在讲什么了，只是隐约听到他继续给我讲大道理："公平不仅对于一个公司是最重要的，对一个国家，对一个社会来说，也是最最重要的。一个不公平的社会，肯定无法拧成一股劲……"

我作为公司"安定团结"的牺牲品，作为公司的第一号裁员对象，被"开刀"了。公司也够狠，让我当天马上走人，我想这是因为公司不愿意多发一天工资。

管财务的女职员叫我去她的桌子前，麻利地交给我一个小纸袋，小声地说："公司按劳动法的规定，解雇时多给你一个月的工资。这信封里就是你的工资。"

女职员又递给了我一张解雇证明书，证明我是被公司解雇的，而不是自己辞职的。这个解雇证明书还是有用的，因为日本法律规定：如果一个人是被公司解雇的，就可以拿到比较高的失业保险金，而如果这个人是自己主动辞职的，失业保险金就比较低。

我拿着装有一个月工资的小信封和一张解雇证明书，神情恍惚地走出公司。平时对我很好的一位上海同事和一位东北同事都没有来送我，日本同事也没有来送我，只有一位从台湾来的同事吕桑，在人们冷淡的目光中把我送到公司楼下。

在离开时，我非常感谢吕桑，他给我冰冷的心注入一股暖流。当然我也不埋怨大陆来的两位同事，因为他们不了解实际情况，很可能以为我是因为犯了什么错误而被公司解雇的，所以他们不敢跟我这样有"错误"的人亲近，怕这样会惹老板不高兴吧。毕竟，一个人在关键时刻，"站错队"是最不应该的，我非常理解他们。

第二节　难于启齿，只得一个人唱独角戏

我与筑波公司唯一送我的同事吕桑在楼下告别以后，一个人慢慢地走在回家的路上。这条路已经走过无数次，所以即使在头脑一片空白的状态下，脚也不会走错，不知不觉来到车站。这时我突然意识到，离下班时间还有两个小时，我突然提前回去，元山肯定会吓一跳。

这样一想，我的脚自然而然地停在车站旁边的咖啡屋前。我茫然走进咖啡屋，要了一杯黑咖啡，也就是无糖无奶的纯咖啡。我呷了一口，真奇怪，咖啡居然不苦。原来，我的嘴巴因为高度精神紧张和烦恼而非常苦，所以连黑咖啡的苦味都感觉不出来了。我开始

对自己说："深呼吸,静下心,想对策。"

我考虑的第一件事,是要不要告诉元山我失业的事。我们刚刚结婚不久,两人从各自独立的生活走到一起,还不是那么习惯。首先是经济上的考虑,当时我的月薪是34万日元,另外还有加班费、出差补贴和一年两次的奖金,而元山只有每月35万日元的退休金,我的收入比元山高一些。

可是现在我失业了,如果元山把每月35万日元的退休金全部用于我们两人的生活,日子也可以过下去。但问题是,元山的收入不高,开支却很大。

元山同时参加了四个反战团体,它们是:由红色将军远藤三郎为首的"日本原军人之会";以参加过侵华战争士兵为主的"不战士兵之会";"揭露731部队罪行之会"和"维护宪法第九条联合会"。元山参加的这些反战团体,除了要缴纳会费之外,参加这些团体的各种活动时,都要自己出钱支付会议费、交通费、赞助费等。

在日本虽说有各种各样的民间团体,但参加这些民间团体都是要自己出钱的。一般一个人参加一个民间团体,经济上还可以应付,元山一下子参加了四个民间团体,又都是其中的骨干,总是带头捐钱维持团体运营,这样子在经济上就捉襟见肘了。我和元山结婚前,元山每月只给自己留5万日元的生活费,再加上每个月必须支付的房产税、公寓管理费、国民健康保险金、水电费等,每个月也要差不多支出5万日元,合起来10万日元,其他钱元山都用于参加这些民间团体的反战活动了。

我和元山结婚时,在经济问题上我们商量好,我的工资收入用于我们两人的吃穿旅行等生活费，元山的退休金除了缴纳房产税、公寓管理费、国民健康保险金、水电费之外，剩下的钱都由他自由支配，其实这些钱元山都花到他的反战活动上了。我现在突然失业了，没有收入了，那么元山就不得不把他退休金的一部分挪过来充当我们的生活费，这样元山就不可能再参加那么多的社会活动了。

对于一般人来说，少参加一些社会活动，似乎也没有什么关系，只要小家庭的小日子过好就行。可是我深知，元山不是那样的人，他是有理想、有追求的、有使命感的人。元山生活的意义，就是去追求和实践他的理想，他是宁可牺牲小家庭，也不会放弃追求理想的。当年元山前任太太跟他离婚，也就是因为元山不愿意放弃自己的理想，不愿意专注在小家庭里过自己的小日子。

如果我没有跟元山结婚，我的失业还不会影响到元山。现在我和他结婚后，我要是失业待在家里，就要靠元山的退休金养活我。这样，元山就不得不面临两个选择：要不然放弃自己的理想，和我一起过小家庭的小日子；要不然坚持自己的理想，那么他就不能养活我，最后的结果说不定就是离婚了。

我前前后后仔细想过之后，最后的结论是：我绝不能失业，必须要赶快找个工作，我必须要在经济上支撑起这个家庭。这样做，不仅能保持我们的现有生活状况，而且也能让元山继续专注于追求他的理想。我非常敬佩那种有理想、立志追求自己理想的人，这也是我选择与元山结婚的根本所在。所以我要尽可能以自己的力量，保持结婚的初衷，继续支持和帮助元山追求他的理想。

想到这里，我为自己的策划油然升起一股豪迈气概，甚至还有一种悲壮感。这种"豪迈气概"我以前是不曾有过的，大概是受到元山的影响吧。

我把今后的策划想好之后，心情也平静下来。我决定不把这件事告诉元山，自己悄悄地去找工作。我在咖啡屋里继续坐到平时的下班时间，然后就一如既往地坐上电车回家。回家后，我尽量装出一切如常的样子，元山也没有发现我有什么异常。只是第二天早上起床时，我发现自己的右眼底起了一个小脓包。

小脓包算得了什么，我今天要找到新的工作啊！于是我跟平常一样，一早就从家里出发，坐电车"上班"去了。当然我坐的电车不是平时上班的路线，而是直奔新宿区的职业介绍所。新宿区职业介绍所是东京规模最大的职业介绍所，我希望再次出现很快找到工作的奇迹。

可是第一天奇迹并没有再现。不过，我还是相信自己，继续假装去上班，第二天还是直奔新宿区职业介绍所，但奇迹仍然没有发生；第三天、第四天、第五天……整整一个星期，我不仅去新宿区职业介绍所，还跑遍了东京的所有职业介绍所，可是什么奇迹也没有发生。

我这次没有再现奇迹，主要是三个原因：第一个原因是日本公司已经大量进入中国了，既懂中文又懂专业的职位基本都已满员了；第二个原因是年龄原因。日本招收正式员工，一般都有一个35岁以下的年龄限制，几乎每份招工启事上都用小字在下面标明"限年龄35岁以下"。上次我找工作时，还没有超过35岁，所以没有特别注意这点。这次我已经超过35岁了，这才发现，几乎看不到招收35岁以上员工的公司。

　　第三个原因，那就更致命了，这就是日本公司一般不招收已婚女性当正式员工。日本人认为，已婚女性照料丈夫和孩子是首要任务，所以不适合当正式员工。这是因为正式员工经常要加班，不能按时回家，而且正式员工要出差，更是好几天不能回家。如果已婚的女性当正式员工，她不能按时回家，好几天出差不在家，就无法照顾丈夫和孩子。

　　职业介绍所的一位女工作人员，见我这么积极来找工作，就把实情告诉我。她说："你不要抱太大的希望。你的弱项，主要是已婚的女性。日本有一个说不清的传统，他们认为已婚女性的主要工作就是搞好家庭，靠丈夫在外工作赚钱，太太不应该出来工作。所以像你这样已婚的女性，找正式工作几乎是不可能的。你看我吧，我现在做的这个工作也是临时工。我其实也是想找个正式工作，但是找不到呀。"

　　这里插一个小插曲。20年后的2016年，日本的安倍政权提出一个新口号"让女性辉煌"。这个口号的实质，就是想让已婚的女性出来工作，鼓励企业雇用已婚的女性当正式员工。于是在日本各地开始大办托儿所，帮助已婚女性解决育儿和工作两难问题。甚至现在日本一些企业里，男人也可以用"育儿"为理由请假，帮助妻子照料孩子。

　　再回到20年前的1996年，连职业介绍所的女工作人员都找不到正式工作，那我还会有希望吗？

　　我从职业介绍所里出来，毫无目的地快快走在东京街头，走着走着，两条腿自然而然地往家的方向走，新宿职业介绍所离我家走路差不多50分钟，快到家时，看看手表还有一个小时才是通常到家的时间，就在家附近的小公园板凳上坐下，百般无聊，这时脑海里忽然想起爸爸在我第一次想辞掉文化服装学院的教师工作时，写信对我的教导。爸爸说："世上只有学问是不会背叛人的。今天的百万富翁，明天有可能变成身无分文的赤贫，今天的大学教授，明天无论如何不可能变成一字不识的文盲，所以爸爸希望你坚持在学校工作下去。"

我不得不对天长叹："不听老人言，吃亏在眼前啊。爸爸一生的经历，证明了他的价值观是经得起时代、国境、人种的考验的，我是后悔也来不及了。"

想到这里，一行泪水悄悄在我的脸颊上流下。我从手提包里掏出手帕，刚要擦脸上的泪水，突然一个非常熟悉的声音在我身后响起："你怎么会在这里？"

我转身一看，居然是元山在我身后，顿时把我惊得目瞪口呆，说不出话来。

元山见我不说话，脸上还有泪痕，愈发奇怪地问："你这是怎么啦？怎么还有眼泪？莫非是受什么委屈了？"

我一听"委屈"这个词，一下子什么"豪迈气概"、什么"悲壮感"都不翼而飞了，剩下的是一肚子委屈和空虚感。我再也按捺不住了，眼泪像断了线的珠子，从脸上一串一串地滑落下来。

元山见我这样，若有所思地说："我就觉得你这几天好像有什么心事瞒着我。你眼睛上的小脓包好几天都挂在那里，你也不去看医生，我就想大概是出了什么事。"

回到家后，我把被公司解雇又找不到工作的事情，一五一十地跟元山说了。元山听完，倒是轻松地一笑，说："我还以为你遇到了什么大麻烦，原来是丢了工作。这算不了什么嘛。"

我不满地说："你倒是说得轻松。这算不了什么？那么我们今后的生活怎么办？实在不行，我只能去超市包菜，当临时工挣点钱了。"

想到我又要"重操旧业"，像当留学生的时候那样去超市里包装蔬菜，挣每小时几百日元的打工费，泪水又哗哗地流了下来。

这时元山收起笑容，郑重地对我说："这是上帝给你的机会！你现在还有一条路，那就是走自己创业的道路。"

"创业"这个词，就好像是冥冥之中的引路灯，一下子把我的心照亮了。我忽然像发现新大陆似的，对自己的前途产生出另外一种全新的希望和期待。虽说我的眼泪还挂在腮帮上，嘴角已经不由自主地往上翘，露出惊喜的笑容，眼睛催促着元山继续讲下去。

第三节　一念之差，失业灾难变天赐良机

元山听了我这个星期的"悲惨故事"，不但没有和我一起"悲催"，反而乐观地说："这是上帝给你创业的机会！"

元山的话让我眼睛一亮：这莫非就是传说中的"坏事变好事"？

元山说："以你的才能，不仅去超市包菜是太委屈了，在公司里当个小员工也是委屈你了。其实我早就看出来，你有创业办公司的才能；而且我也早就想过，如果你自己创业办公司，应该会成功的。"

"创业"这个词，我从来没有想过。一来是没有自信，二来在

日本我并没有什么人脉资源，要生活下去都不容易，哪里还敢想到创业呢？

我充满疑虑地对元山说："这可是正经事，你可不能随便乱夸我。你认真地说，我真的有创业办公司的才能吗？"

元山正色说："办公司这种事，可不是开玩笑的，我哪能随便说呢？我说你有办公司的才能，这不是随便说的，这是我长年观察的结果。从你在留学生的时候能够成功地办起中文学习班，我就发现你有创业的才能。后来我越观察越感到，你确实有创业者的素质。创业者需要什么样的素质呢？主要是两点：第一点是胆子大，敢挑战自己没有干过的新事物；第二点是谦虚爱学习，能虚心听取别人的忠告，不断改变自己。"

我也承认说："我爸爸妈妈就常说我胆子大，敢闯。当年他们放心我一个人到日本来闯，就是看我'胆子大'。至于说我'能虚心听取别人的忠告'，这也是事实。不过我觉得这有点过奖了，因为谁都会听取别人的忠告，这也不算什么素质。"

元山摇头说："不是这样。我这一辈子也遇到了很多人，但能虚心听取别人忠告的，那可真是凤毛麟角呀。大部分人都自我感觉良好，无法听取别人的忠告，所以他们无法改变自己。据我的观察，大部分人到了成年以后，就不会再变了。我认识不少人，他们在20岁成年的时候，为人处世的作风就定型了；到40岁再看他们，他们还是20岁时的那个为人处世作风，一点都没有变；到60岁再看他们，依然是20岁时的那个为人处世作风，一切都不变。"

听到这里我心中暗想："这个说法好像有点道理。"

元山又说："你来日本不过十几年，不仅是为人处世的作风变了，可以说已经完全变成另外一个人了。你这样的人可以自己改变自己，具有适应环境的灵活性，这就是创业办公司所必需的素质。"

我听元山这么夸自己，还是不太相信地说："听你这么说，好像你对创业办公司很精通的样子。既然如此，你为什么不自己创业办公司呢？"

元山听我说这样的话，叹气说："其实我是想自己创业办公司的，可惜我没有合适创业的专业，没法子创业啊。"

说到这里，元山有点惋惜地说："我的专业是开火车，虽说当年这个专业红得不得了，但火车这个专业自己创业肯定不行，个人哪里有那么多的资本呀。"

我还是有点不以为然地说："那你也可以改行，办一个其他方面的公司呀。"

元山摇头说："当然，改行开个小饭店、开个小卖铺之类的倒是简单，但这种'纯粹为了赚钱'的事，我是不感兴趣的。"

我知道元山是一个有志干大事业的人，当然不会去做小饭店、小卖铺之类的小买卖。

元山接着说："像你学的服装这个专业，是一个可以自己创业的绝佳专业。第一点，服装公司不需要大本钱就可以创业的；第二点，你在学校专门学过服装专业，懂得布料、工艺等服装知识，也了解款式、流行等服装潮流；第三点，你在两家服装公司实际工作了好几年，知道服装公司的运作方式；第四点，现在全世界服装的中心已经到了中国，你这个拥有中日两个故乡的人，比日本人有更多的优势；第五点，你在服装公司工作的这些年，在日本和中国的服装界认识了不少人，有一定人际关系的网络……"

我的心完全被元山说动了。我见他暂时停了下来，就急着问："那第六点呢？"

元山想了想说："第六点……我还没有想出来。反正你肯定有很多优势，这是用不着怀疑的。"

我又认真地想了一番，感到元山说得确实有道理，我貌似有可能独立创业办公司。我这些年先在文化服装学院学习服装专业，当过助教，巩固了服装知识，后来又在公司搞服装业务，管理中国的服装工厂，对服装从理论到业务，甚至对服装的外贸都已十分熟悉。我可以自己开办一个公司，从日本拿到服装订单，到中国去生产，然后再进口到日本，做无库存的批发制造商，我以前工作过的四叶服装公司和筑波物产公司，都是这样的经营方式。况且，我既熟悉日本的客户情况，又熟悉中国的工厂情况，有可能比他们做得更好。

我最后下定决心，对元山说："就像你说的，这是上帝给我的机会，我决定自己创业办公司了。"

元山大笑起来，连声说："好！好！你果然是敢闯敢干的人。"

说干就干，第二天元山就陪我去东京法务局新宿出张所，询问成立公司的手续。在日本个人成立一个公司，手续上并不难，只有一点把我们难住了，这就是成立公司需要最少1000万日元的注册资金①。

---

① 这是日本1996年的情况，后来日本修改了公司成立法，现在只要1日元的注册资金就可以了。

　　其实这个所谓的注册资金，只是在办公司成立手续的时候用一下，只要你当天能凑出来1000万日元，开一个法人账户，存进这个账户就可以。第二天以后这1000万日元怎么用，完全是个人的自由。所以哪怕你借来1000万日元用一天，就可以成立公司了。但不管怎么说，我和元山都不是有钱人，哪能一下子凑出这么多钱呢？

　　这次，一贯乐观的元山也皱起了眉头。我更是泄气地说："看来上帝没让我创业呀。我还是只能去超市包菜了。"

　　元山给我打气说："你别泄气，这1000万日元，我想办法去借。"

　　我还是泄气地说："你的那些朋友，都不是有钱人，谁能有1000万日元借给你呀。"

　　元山想想说："没关系。虽说我的朋友们都不是有钱人，没人可以一下子拿出1000万日元来，但我们可以积少成多嘛。每个人借一点，人多了就能凑出来这笔钱。"

　　当天，元山就去各处找人借钱了。晚上，元山兴冲冲地回来告诉我："已经借到500万日元了，明天我再出去找一些朋友，一定能借到这笔钱。"第二天元山又出去了一天，果然借到了1000万日元。看来，元山的人缘很好，有这么多人愿意借钱给他。元山对我说："我们已经凑够钱了，明天就去办公司的注册手续。公司注册好之后，我们马上把注册资金从账户上取出来，还给朋友们。"

　　我们第二天赶紧去东京法务局新宿出张所，办理公司的注册手续。关于公司的名字，我和元山商量，最初想给公司起名叫"你好公司"，因为当年我办的中文学习班就叫"你好学校"。可是一查，"你好公司"这个名字已经有人登记使用了，我们不能再用这个名字，只好换一个。我们两人商量后，又给公司起了一个名字"为你公司"。这个名字还没有人登记使用，所以我成立的这个公司就起名叫"为你公司"。

可是在公司注册的时候，又出了一点小错误。一些表格是元山帮我填的，其中有一项填写公司的英文名字，要用到"为你"这两个字的汉语拼音。元山以为跟我学了这么多年中文，汉语拼音应该没有问题，而且"为你"这两个字是最常见的汉字，他就没有跟我确认，把"为你"的汉语拼音填写成"WEINE"。

等到公司注册的手续都办好之后，我们回到家细看材料，才发现元山把"为你"的汉语拼音写错了。"为你"的正确拼写是"WEINI"，而元山错写成了"WEINE"。

元山发现自己的错误，不好意思地挠头说："糟了，糟了，我们明天赶紧去改。"

第二天，我们又赶到新宿出张所，提出修改公司的名称。可是办事员告诉我们，一旦公司注册了名称，就不能改了。如果一定要改名，那就要重新办公司的改名手续，这又要花一笔手续费。

我和元山商量，干脆不改了，将错就错，反正公司名字不是办好公司的关键，于是我的这个公司就叫"WEINE"公司了。不过，这个"WEINE"的字面，其实很有服装品牌的味道。

后来中国厂商又给我提意见，说"为你公司"的名称太"土"，要我改一个洋气一些的名称。那时候中国人还不那么有自信，比较崇洋，所以我听取他们的意愿，在中国又把公司名称改为汉字"威尼公司"，看上去比较洋气。不过这些是20年前的事情了，现在中国人已经比较自信，不会在意公司名字的"土"和"洋"。

公司刚刚成立时，只有我和元山两个人，也可以说是个夫妻公司吧。但即使是两个人的公司，法律上也必须要有一个董事长。本来我想让元山当公司的董事长，但元山坚决不干，他说："这是你自己成立的公司，我怎么能当董事长呢？而且我又不懂业务，我只是挂个名，公司的一切事情都要你自己去办。"

于是我就成了公司的董事长，元山则是公司的董事，我们这个"夫妻"公司正式开张了。不过元山也像他说的那样，果然不管公司的事，还是照旧去做他的各种社会活动，公司实际上是我一个人在运作。

元山后来说："我不管公司的事，也是逼着你一个人把公司承担起来。因为我年龄大了，不知道哪天就会去见上帝。如果我死后你一个人不能独立运作公司，那么办这个公司也就没有意义了。既然这个公司是为你开办的，你就要有信心一个人把公司运作起来。"

就这样，命运把我推向创业的道路。人生真的不可思议，一个转念，厄运居然变成了天赐良机啊。这个转折改变了我的人生，虽然一路风风雨雨，但是踏踏实实，一步一个脚印，使我走出了自己的生活，走出了自己的路。

第一节　再遇贵人，我的第一个集装箱订单

　　我1996年在日本成立服装公司，也可以说是赶上日本服装界翻天覆地的转型时代。此时日本的泡沫经济已破灭，高调和烧钱的时装已成为昨天的事情，接下来是一场低价格时装的转型革命。在日本服装界，挑起低价格时装革命的，是著名的优衣库公司，它在那时刚刚开始崭露头角。

　　在泡沫经济破灭前，日本流行高调和烧钱的时装，这种时装的生产特点是"小批量、多品种、高价格"。那时候的日本人追求跟别人不一样的时装，物以稀为贵，所以价格也就必然贵。在日本泡沫经济破碎之前，日本人似乎不缺钱，高价格的衣服照样卖得很好。可是当泡沫经济破碎，日本人开始缺钱之后，时装也不得不跟着转型，走低价格的路线。

　　要制作低价格的衣服，只有大批量生产，别无他法。这样一来，日本时装界的潮流就开始向"大批量、少品种、低价格"的方向转移。随着服装界的方向转型，服装的设计和生产方式也跟着发生了天翻地覆的变化。

第十二章　东瀛的创业之路

以前时装是"以设计师为中心"的路线，设计师不仅设计衣服的款式，同时还指定衣服的布料，纺织厂根据设计师指定的要求，专门纺织这种衣服特定的布料。这种"以设计师为中心"的路线，服装的制作成本必然很高。日本服装界开始走低价格路线后，改为"以布料为中心"的路线。首先是纺织厂大量纺织某种比较受欢迎的布料，依靠大量纺织来降低布料的成本，然后服装设计师再根据这种布料来设计衣服。

因为大量生产布料的成本低，所以"以布料为中心"路线生产的衣服成本也可以大幅度降低。但是很多公司都用同样的布料制作衣服，尽管款式有所不同，但总摆脱不了"大同小异"的感觉。现在不仅是日本服装界，全世界的时装界都转型为"以布料为中心"的路线，这样一来，虽说时装成本大为降低，但人们也很少能看到那种令人心动的时装。不过极少数顶级名牌，还是坚持高成本的"以设计师为中心"路线，所以现在只有顶级名牌才能看到动人心弦的时装。

我的公司才开张不久，就赶上日本时装界的转型，我也不得不跟上这个潮流。1996年8月的一天，我的同业又是同乡的郑小姐，打电话告诉我，她熟悉的中国厦门工厂正在纺织一批最新款式的布料摇粒绒，让我赶快去搞这种布料。郑小姐的父亲和我父亲一样，是厦门大学的教授，而郑小姐的母亲也是日本人，这也和我们家一样。

郑小姐他们家在1972年中日建交后，举家迁居到日本，所以郑小姐已经在日本服装界工作十几年了，对日本和中国的服装界都颇为熟悉，她知道我自己创办公司后，非常积极地帮助和支持我。

我得知郑小姐传来的消息，就赶紧跟我们家乡的厦门工厂联系。厦门工厂的叶总经理是一位在鼓浪屿出生的印尼华侨，他一听说我也是在鼓浪屿出生的，非常热情，马上用国际特快专递把5种颜色的摇粒绒布料样品给我寄来。

我拿到样品布料后，郑小姐又向我介绍说："山手线千驮谷车站旁边有一家服装公司，那里的社长是个女的，名叫洋子，我估计你们会合得来，你不妨去向她推销试试看。"

我记得第一次去见洋子社长，是在1996年9月9日。那天我从新宿乘地铁去千驮谷，当我跨进地铁车厢时，突然发现整个车厢全部的广告栏，都挂着优衣库公司的摇粒绒面料女夹克广告，一款24种颜色。虽然优衣库的这款女夹克在设计上没有什么特别新颖的手法，但赫然标着价格一律2980日元，还打了一个红色炸裂感叹号。

我当时就觉得好像脑袋挨了当头一棒，因为我今天就是拿着刚刚从厦门工厂寄来的摇粒绒面料，去跟洋子社长洽谈。我们公司不管怎么降低成本，2980日元一件的单价，我们是无论如何无法做到的。当时我心想："优衣库也太厉害了，我刚刚拿到布料，人家就已经把衣服做出来了。看来这次推销摇粒绒面料的冬装是没戏了，我这次只是去拜访一下洋子社长吧。"

我走进洋子社长的公司，一进门迎面就是一个半圆形的服装展示厅，像一面巨大的扇子，奇妙地将展示空间开阔地展现在来客的眼前。与其他服装公司的展示厅完全不一样，这里居然没有一个衣架，所有服饰全部都是穿在人形模特儿身上。每个人形模特儿身边都立着一个小柜，小柜上放着这个模特儿着装的各件衣服、帽子、手套的其他颜色配套。

半圆形服装展厅的正中央，放着一组椭圆形桌椅，这是一个开放的洽谈空间。洽谈空间的墙上有一排立体拉丁字母，写着"Belle Amie"，并且左右还有两个聚光灯照射着这排字母，放射着柔和的光线，既引人注目又恰到好处。

我在东京文化服装学院学习时，选修了两年法语，所以明白"Belle Amie"是法语"漂亮的女朋友"的意思。日本时装界都很崇拜法国，所以常常用法语的名字。我想：展厅里的这些人体模特儿，就是为了体现这家公司的服装设计主题"漂亮的女朋友"吧。

我一边欣赏这个别致的展示厅，一边高兴地想："看来这家公司是很有审美眼光的，它推出的时装一定会有人气。今后如果能够与这样审美品位好的服装公司合作，我的公司起步就可望可即了。只可惜，这次的摇粒绒面料时装让优衣库公司抢先一步，今天是不可能谈摇粒绒面料的时装了。"

正在我想入非非时，洋子社长出来了，她招呼我在那组椭圆形桌子旁坐下。我以前在商社工作时，与不少服装公司打过交道，那些社长总是装得很忙，故意让来客等一会儿，等客人喝完半杯咖啡后，才显得急急忙忙地出来洽谈。洋子社长不像那些装得很忙的社长，没有让我等，马上像一阵风一样抖擞而来。

洋子社长染着当时东京流行的浅栗色头发，剪成那种有着压眉的整齐刘海的日本娃娃发型，刘海下一双咄咄逼人的眼睛，有几分高傲地直视我那怯怯的眼睛。洋子社长身高160厘米，在日本女人中称得上是个子比较高的，她身上穿着一件葡萄紫色的缎面弹力棉衬衫，这在九月的东京似乎是薄了一些，可是她袖子还卷起了一截，袖口套俏皮地往上翘起，显得朝气勃勃；她下身穿一条下摆呈气球状的雪纺面料黑底砖红色抽象画花裙子，随着她的步履轻轻地摇曳，配着线条简洁的衬衫，横扫了46岁的任何痕迹，甚至堪称苗条妩媚。我不由得想："啊，原来'动'和'静'可以是这样演示出来的。"

洋子社长这个似乎不经意的服装造型，马上让我感到佩服。我知道世界上线条简洁的美装是最难的，这不仅需要独到的审美观，颜色和上下款式要搭配得当，还要有得天独厚的身材。眼前这位日本女社长在简洁得体中，又蕴藏着华丽雍容的打扮，令我一见就心中叫绝。

我们互递名片后，洋子社长看着我的名片，用赞赏的口气说："你的公司名字很好，让人一看马上知道你是从中国来的，不像别的中国人那么遮遮掩掩，起一个名字好像自己是土生土长的东京人。"

我高兴地回答洋子社长说："我与您比当然是比不来的。我只是突出我自己的强项，我可以用最快的速度从中国拿到最时兴的面料，设计日本人喜爱的服装。"

接着，我也反过来称赞洋子社长，说："我很喜欢您公司这个'漂亮的女朋友'的名字。刚才我一进展示厅，看到洋子社长公司的理念是'Belle Amie'，就是要让穿上您公司时装的女孩子，都成为'漂亮的女朋友'啊！"

洋子社长突然用一个西方人的动作，竟然一把拥抱了我一下，并用我不懂的法语说："哦，我终于找到一位知音了。"

我没有听懂洋子社长的那句法语，她又马上用日语解释了一下。我只好笑笑说："唉，其实我不多的法语词汇中，就碰巧知道这个'Belle Amie'，这是我在东京文化服装学院学第二外语法语课时记住的。"

洋子社长笑盈盈地说："哎呀，这就是你的才能呀！和我一起在法国留学的日本人中间，就有人从来不说一句法语呢。我太高兴你懂得我的这句法语的意思。"

洋子社长然后说起她在法国留学的事情，因为我们都有留学的经历，所以越说越投机。说了一阵题外话之后，洋子社长转入正题，问我说："刚才你说你的强项，是用最快的速度从中国拿到最时兴的面料。那么你今天一定带了中国的面料过来吧？"

我只得如实说："我今天是带来一款中国的冬季面料，只是不瞒洋子社长，我本来是想推荐摇粒绒面料给贵社，但我刚才在地铁车厢里，看到优衣库公司已经在做摇粒绒女夹克的广告了，一件才卖2980日元，这与我们公司的摇粒绒款式报价相差甚远。这么便宜的单价，我们公司是有困难的。"

洋子社长反而笑了说："哦，一来就要打退堂鼓了吗？我倒很喜欢你这样坦率的性格。我今天早晨看到《东京纤维新闻》的报道，也知道了优衣库公司的惊人价格，不过我们可以用另外的一个思维方式来思考问题。既然优衣库打出摇粒绒面料的时装，东京的消费者就会对摇粒绒面料的服装有一个认识，只要我们在款式设计上能够竞争过优衣库，即使价格比优衣库贵，人们也可以接受的。这样，我们反而是借用优衣库公司的宣传了。"

洋子社长的反向思维方式，让我拍案叫绝。于是我高兴地拿出带来的摇粒绒面料样品和设计图，一共拿了四款平面设计图，以及标有详细尺寸的式样书。果然，洋子社长很高兴，说："这个面料很好，你建议的款式也不错，多种款式可以满足各种消费者的要求。"

于是洋子社长马上就叫来他们公司的设计师，我们一起修改我带来的服装款式。我们搞了大半天，最后定下一个8个款式的系列摇粒绒女装。我马上把这些设计式样，用传真发给厦门工厂，请他们赶快做出样品。

很快，厦门工厂做出样品，用国际特快专递寄给我。我又赶紧把试制出来的样品拿给洋子社长看，洋子社长觉得很满意，居然跟我订下一个集装箱的摇粒绒女装。这是我的公司开张后第一个集装箱的订单，也是我新的人生起跑线。

后来，我的公司在东京逐步打开了局面，但洋子社长作为我公司的第一个客户，我与她一直保持着密切关系。洋子社长经常带我参加她的业界圈子的派对，帮我扩大了交际圈子，而且洋子社长还好几次在百忙之中，亲自去我们的中国厦门工厂指导业务，对提高品质管理和生产效率，提出过很好的意见，我一直非常感谢她，可以说洋子社长是我人生中的又一位贵人。与洋子社长公司的洽谈，一直是我自己来担当的。

然而天下没有不散的宴席，我与洋子社长的交往只持续了5年，就不得不分手了。

我与洋子社长最后一次洽谈，是在2001年的秋天。那天早上10点半，我来到洋子社长的椭圆形洽谈桌前坐下，可是一贯不让人等待的洋子社长却迟迟没有出现。我的咖啡已经见底了，她还没现身，我隐隐约约有一种不安的预感。这次洋子社长竟然足足让我等了一个小时，才匆匆来到我眼前，小声地说："对不起，让你久等了，我们一起去用午餐，怎么样？"

我当然同意洋子社长的建议，于是我就把随身带来的洽谈用的样品和面料，放在椭圆形桌子下，起身想出去吃饭之后回来再谈。可是洋子社长却说："你不妨把东西一起带着，我们在饭店谈谈。"

我感到有些蹊跷，吃饭的时候谈这种事可不方便呀。我拎着行李，心中疑惑地跟着洋子社长，一起到了附近的一家咖啡餐厅吃午餐。我们刚刚入座坐下，洋子社长就用简短的语言开门见山地说："今天我们的洽谈暂停吧。"

我听了一惊，心想："莫非洋子社长不想再与我做生意了？"

洋子社长似乎没有注意到我吃惊的表情，继续用低沉但清晰的语调说："我跟你透露一点我们公司的实情，现在我们公司遇到一个大麻烦。我们的一家主要客户，欠我们的货款没有如期付款，这大大影响到我们的资金周转。现在看来，那家客户很有可能会破产，如果他们破产的话，说不定会拖累到我们公司也连锁破产。"

我听到这个消息大吃一惊，我知道自从优衣库公司打响价格革命之后，日本服装界的公司破产了一大片，只是没想到这股破产风居然刮到了洋子社长这里。我想出一句既安慰洋子社长，也是安慰自己的话，说："不管遇到什么困难，洋子社长您肯定可以顶过去的。"

洋子社长则无奈地摇摇头说："现在这个时代，什么事情都有可能发生，我也未必就能幸免。虽说我还想再做最后的一搏，但凶多吉少呀。今天请你来这儿说话，是不想让我们公司的员工听到这些话，所以也请你替我保密。"

我在这突如其来的变故中，头脑一片空白，也不知道应该说什么，只是机械地点点头。洋子社长用关切的眼光望着我，低声说："我今天是有意不让你接这个订单。因为万一我们公司破产了，我就无法支付你这个订单的货款，那你就要和我一起蒙受重大损失了。"

洋子社长这句话不假，因为我曾经遇到两家客户破产，他们都没有支付欠我们公司的款，让我们公司蒙受了重大损失。因为日本的服装业界都是付支票的，而支票的银行兑换现金是90天至120天以后。洋子社长最后用鼓励的语气说："你也不容易，一个女人在东京这样努力，没有必要与我捆在一起冒险，今后你不要再和我们公司做生意了。至于我至今为止应该付给你们公司的货款，我会尽量设法付完。如果我能熬过难关重新站起来，我会再和你做生意的；万一我不幸破产了，我希望看到你和你的公司继续成长发展。"

洋子社长甚至没有把午餐吃完，就先付账走了。洋子社长临走时说："世事无常，不要难过，多保重！"没想到，这竟成了我与她做生意听到她的最后一句话。

我深深地感激洋子社长对我的特别关照，因为本来这次我们准备做一笔大订单，对于洋子社长来说，她不必马上付给我现金，可以等到三个月后才付。这笔大订单如果销售情况好的话，有可能挽回破产的厄运。但如果销售情况不好的话，不仅洋子社长要破产，我也会被牵连进去，甚至也会跟着一起破产。这是一个大赌博，是一场凶多吉少的冒险，洋子社长把危险留给自己，把安全留给我，怎能让我不感激她呢。

另外我也知道在日本服装界，洋子社长这样"损己利人"的行为真是太"损己利人"了，她为什么对我这么好呢？或许她是从同是女性的角度，同情我这个女人"不容易"吧。

那天我回到家，心情久久不能平静。我跟元山讲了这件事，元山用沉重的语气说："虽然我没有见过这位女社长，但我可以想象得出她的为人。在生意场，这种'损己利人'的事一般是不可能发生的，你不要指望今后还会遇到第二个这样的人。"

不管怎么说，洋子社长让我躲过了一场凶多吉少的冒险，挽救了我和我的公司。洋子社长"损己利人"的结局，还真的成为一场悲剧，洋子社长破产了。

我在生意场上最后一次见到洋子社长，是在商讨破产财产分配的债权者会议上，但当时的气氛，使我无法与她说一句话。洋子社长破产后，就隐姓埋名，不知所终了，我很长一段时间没有见过她，但我一直没有忘记她。

第二节　肺腑之言，理解泡沫经济的根源

洋子社长破产隐姓埋名，不知道去哪里了。直到6年后的2007年，我服装界的一个朋友告诉我，她遇到洋子社长。我赶紧询问洋子社长的消息，终于跟她联系上了。

我和洋子社长相约见面，是2007年1月8日星期一，日本的成人节。这天傍晚，我提前来到与洋子社长相约的新宿车站东口，等着洋子社长。在夕阳的余晖中，我终于见到阔别6年的洋子社长，她看起来比6年前瘦了一圈，发型也变了，但是脸上的表情依然是充满自信的微笑。

我赶过去，用了我们初次见面时洋子社长用的西方人的动作，一把拥抱住了洋子社长。我记得中国曾有一部流行一时的小说名叫《第二次握手》，我忽然想到我和洋子社长的第二次拥抱，以后一定要写成文字，记录下我人生中遇到的一位"好人"。

洋子社长第一句话就问我："你和你的公司都好吧？"

我有点动情地说："都是托您的关照，我和我的公司一切都好。"

洋子社长用放心的语气说："我就知道你不会有事的，要把我的那份也好好做下去啊。"

我与洋子社长来到车站前的一家有落地玻璃窗的咖啡厅一起喝咖啡。我和洋子社长看着窗外赶着去乘车的穿着漂亮和服的青年男女，今天正好是日本的成人节，满20岁的青年男女都穿上传统的和服来庆祝自己成人。洋子社长感慨地说："时间过得真快啊！当年我也这么穿着和服，去庆祝成人的。想起来真好像就是昨天的事情。"

我说："洋子社长穿和服的照片我还没见过呢，有机会一定秀一秀给我看哟。"

洋子社长一口答应说："我下次就带来给你看。不过，不是我20岁成人节的照片，而是我20年前的和服照片。"

　　我心里计算着说："20年前就是1987年。那时候正是日本泡沫经济鼎盛之时，莫非那是洋子社长的人生舞台中，值得纪念的日子穿和服照的相？"

　　洋子社长会心地笑着说："你还真是会刨根问底呀。不瞒你说，那是我在巴黎举行小规模服装秀舞台上，谢幕时穿的'振袖和服'。就像窗外那些参加成人节的女孩子，她们穿的都是'振袖和服'。"

　　作为日本的传统礼仪，"振袖和服"是日本未婚女性穿的第一礼服，袖子长度约126厘米，华丽、典雅且非日常，所以也称节日和服，结婚后的女性就不可以再穿"振袖和服"了。

　　洋子社长接着说："从理论上讲，只要是没有结过婚的女人，不管多少岁，在重大节庆日子都可以穿'振袖和服'。只是一般独身女人都比较低调，年龄大了以后，大多数人一辈子也不会再穿'振袖和服'了。那天，是我第一次也是我最后一次穿'振袖和服'。也许那时候自己太高调了，所以注定要从自己的巅峰跌落下来。"

　　我赶紧抢着说："泡沫经济也不是您一个人的事情，是全日本的事情呀！"

　　洋子社长认真地说："不，那不能把责任都推给社会。我自己最知道，我是有责任的。"

　　洋子社长习惯地从手提包里摸出香烟，用修得很漂亮、涂着淡雅浅咖啡色指甲油的手指优雅地点上烟，吸了两口烟。在日本时装界，女性吸烟是非常普遍的，甚至是一种时尚。那些女设计师都是大烟枪，一天抽一包烟不算多。洋子社长大概也是在这样的环境中，形成了吸烟的习惯。

洋子社长继续说："那次服装发布会后，日本的银行至少有三家自动找上门，愿意为我们公司提供贷款。你想想，那些男人对着我这个独身女人，一开口就说可以融资一亿日元，那会是个怎么样的心情呀？"

我不得不说："可惜我没机会体会那样的心情。"

洋子社长笑着摆手说："那也没什么。泡沫经济的时候，日本人被泡沫的假象冲昏了头脑，忘记了日本战败后靠'技术立国'，才打造出一个世界第二的经济强国。那时我们反而忽视技术了，开始学美国大兴'理财运营'。过去社会上最吃香的人，是工程师、技术员、设计师等，可是后来工程师、设计师变得不吃香了，而理财专家、MBA那些人，变成最吃香的佼佼者。"

我开始创业的时候，日本的泡沫经济已经破碎了，所以没有缘分见识理财专家，还真的插不上话，只有用眼神催促洋子社长继续说下去。

洋子社长接着说："那时日本大公司都聘请银行里的理财专家，来参与自己公司的运营。我在办银行融资时，也抵挡不住银行的劝诱，聘用了一个银行刚刚退休的部长，到我们公司来担任理财专家。"

说到这里，洋子社长忧伤地吸了一口香烟，悠悠吐出，继续说："你知道那些所谓的'理财专家'，对公司专业是一窍不通的，他们最拿手的把戏，就是把公司多年积累的钱财作为投资的资本，拿去投资股票、证券、房地产，玩起买空卖空的游戏。虽说日本大多数人还是信奉一步一个脚印地创造财富，可是那种买空卖空的风气是非常可怕的，就像传染病，一不小心，鬼迷心窍地沾上一点边，就一发不可收拾。那时候日本全国上下到处莺歌燕舞，到处兴建别墅、度假村、超高级公寓。很多公司不再搞技术研发了，而是把资金拿去搞买空卖空的投机生意。因为把资金投资研发，要经过几年、10年甚至20年，才能看到投资的成果；而买空卖空的投机，就是所谓一个炒作，一夜之间可以有成果。有几个人能抵挡住这样一夜之间暴富的诱惑呢？"

我点头承认说："如果是我的话，也是抵挡不住这种诱惑的。"

洋子社长摇头说："是啊，人都是有缺点的，最大的缺点就是贪心，我就是失足在贪心上。那时我乘着从巴黎归来的傲劲，自己以设计为本的理念，被理财专家的'投机'取代了，结果买回了一大堆股票、证券、高尔夫会员券、炒房产等，我们公司的大部分资金都投入到理财专家购买的'投机产品'上。这样一来，我们公司的周转资金就大大减少，经受不住一点资金困难。正因为如此，我们公司才会在那个突如其来的意外事件中，支撑不住而破产了。"

洋子社长看看自己精心护理、化妆过的漂亮指尖，意味深长地继续说："真正属于自己的东西，是要靠自己的双手去创造的。可是那时候的我却鬼迷心窍，在'理财专家'的指点下，泡沫经济顶峰时，买下东京昂贵地段'新宿御园前'的豪华公寓，以一亿两千万日元买下，所谓'保升值'投资。可是没想到，泡沫经济破裂，等我遇到那场资金周转问题时，想把这个'保升值'公寓卖掉，充当资金周转时，死活卖不出去，房地产直线下降，充其量只能卖四千万，根本无济于事啊。"

洋子社长深深叹一口气，仿佛对自己的过去有点悔恨。她接着说："六年前事发时，我约你出来到咖啡餐厅的时候，我还不甘心作罢，想做最后的挣扎，把希望寄托在银行身上。可银行却是一个'救富不救穷'的机构，它恰恰在你最富有的时候，想方设法要借钱给你；而等你真的需要钱的时候，它偏偏一元钱也不会借给你了。"

说到这里，洋子社长突然像想起来什么，对我说："我顾着说自己的事情了，你今天约我见面，是不是有什么事情？"

我回答说："是啊，我是想对您说出我藏了六年没能够说出的一句话，这就是'谢谢您！'"

洋子社长听了有点诧异地问："是吗？"

我说："是啊！六年前，您的公司遇到了客户不能按期支付货款的灾难时，您还担心牵涉到我们公司，特地把攸关到您公司性命的信息透露给我，让我没有接您公司的订单。您真是舍己为人，把危险留给自己，把安全给了我。"

洋子社长似乎有点明白我要说的话了。我继续说："我后来还听说，很多公司在破产之前，大幅度发订单，把代价压得很低抛出去，然后把这些营业额转移到三姑六婆的名下，而后宣布破产。破产后，我们这些供应商手里拿到的支票已经兑换不了现金，只是一张废纸了。等到破产理财律师登门来访时，公司和个人的账簿上都已经空空如也。但洋子社长您是天生的完美人格，您宁可自己独担风险，也不将危险转移给我，这是多么难能可贵的人格啊。事后，我一直想对您说这句话，偏偏就找不到您了。所以今天，我特地来要对您说我一句藏了六年没能够说出的话：'谢谢您救了我和我们的公司！'"

洋子社长眼圈有一点红，我知道，那是欣慰，一种艰难以后的欣慰。这时的她显得很美，真是名副其实的"Belle Amie"！

洋子社长与我分手时，最后认真地告诫我说："请你一定要记住我的教训。千万不要去搞股票，搞投机，要脚踏实地创造财富，一步一个脚印地走自己的路。"

我终生牢记洋子社长的告诫，一生不玩股票，不搞投机，脚踏实地走自己的路。

第三节　创业心得，总结生意场的经验教训

回顾公司走过的路，就像昨天的事情一样。最初我的公司开张时，我问元山："我们第一步应该怎么走呢？"

元山想了想说："我也不知道。公司怎么运作，要靠你自己来想办法。只是遇到什么问题，遇到什么困难，一定要跟我商量，不要像这次被辞职，一个人如同闷葫芦原地团团转，再怎么说，我吃过的盐比你吃过的大米还多嘛，我总会再设法帮助你。不过我要提醒你一点，日本做生意有一条底线，或者说原则吧，那就是不能砸别人的饭碗。因为大家都要吃饭的，你不能把别人挤走，一个人独占利益。"

后来我对日本关于"不能砸别人饭碗"的原则，有比较深的体会。中国的公司喜欢用"薄利多销"的手段，但因为市场不论在哪里都是有限的，一家公司"多销"了，其他公司就必然 "少销"，这样大家为了抢市场，就会降价竞赛。这种公司之间激烈价格竞争，结果搞得大家不死也伤，而且公司之间也搞得反目成仇。

日本的公司一般不用"薄利多销"的手段，相反，他们往往喜欢搞公司之间的价格协调，每个公司不追求成为暴发户，但都能赚一些钱。日本公司不求粗而短，但求细而长，所以日本的公司之间比较"团结"，能够"共存"，比较不会出现一家独大的局面。日本人像一团米饭，大家都粘在一起，要好一起好，要坏一起坏。

我的公司开张后，第一个问题就是：我的优势在哪里？

我一面思考，一面实践，也碰了钉子，遇到不少挫折，最后发现，我的优势是既了解中国的情况，也了解日本的情况，我从日本给中国工厂订单，不是单纯的外派生产，而是作为"软件"和"硬件"的中间介质，在中日两边"磨合"。

中国的企业现在已经非常正规化了，能够严格遵守合同上规定的品质要求及其交货日期，这是这些年来"中国制造"能够走向世界的关键所在。但在20世纪90年代的时候，中国的企业还不是那么正规，特别表现在产品的合格率不够高，不能按时交货，这样就让外国企业感到很头疼。

日本服装业20世纪90年代进入中国，最初也是遇到这两个大问题，中国工厂不能按时交货，产品合格率不够高。刚开始日本客户遇到这样的问题，解决的办法就是换一家中国工厂，打一枪换一个地方，结果换来换去，这些问题也还是没有解决。

在这个时候，我作为"双通介质"的角色就发生作用了。关于中国工厂的产品合格率不够高问题，我给日本客户建议说："中国工厂的管理水平还不太高，你们不能按照日本工厂的合格率来要求中国工厂。你们要根据中国工厂的现状来制订生产计划。比如你们计划生产1万件，你们就要向中国工厂定购1.1万件，多订10%。这样你们最后剔除1000件不合格的产品，还有1万件合格品可以保证供货。中国工厂的生产成本低，多订10%的货，花费也不多，但可以保证有足够数量的合格品。"

关于中国工厂不能按时交货问题，我也给日本客户建议说："中国人的天性比较乐观，他们会把事情往好里想，没有把'出问题'的可能性考虑进去，缺乏'防患于未然'的思维。中国工厂给出的交货日期，往往是一切都顺利的情况下的交货日期。如果在生产过程中，发生了什么错误，出了什么问题，就无法按时交货了。所以你们要对中国工厂给出的交货日期放宽一个限度。比如中国工厂说他们4月1日可以交货，你们就要预设半个月的放宽期限，认为真正的交货时间其实是4月15日。这样即使是中国工厂不能按时交货，但你们已经预设了放宽的期限，就不会影响到产品的上市。"

一些日本客户在与我签合同时，采用我的建议后，果然解决了他们对中国工厂产品合格率不够高以及不能按时交货的烦恼，所以这些客户就开始跟我保持稳定的合作。

同时，我也给中国工厂方面提出各种各样的建议，帮助他们改善品质，保证交货时间。比如有一家中国工厂，老总为了节约设备投资，工厂里没有装空调，而且缝纫女工的椅子居然是一条窄窄的光板。这样一来，一到夏天工人们出汗，汗水沾染到产品衣服上，就会形成污渍，椅子窄又硬，女工容易疲劳，出现大量不合格品。

于是我给这个工厂的老总建议说："你最好花些钱，在工厂里装上空调，换上宽椅子，铺上坐垫，这样工人们在夏天不会出汗，就不会有汗渍沾到产品衣服上，椅子的改善，可以减轻工人的疲劳。安装空调不仅能提高产品的合格率，改善工人的劳动环境，更能提高工厂的信誉。"

这个工厂的老总采纳了我的建议，在工厂里安装了空调，换了新椅子，工人们很高兴，产品合格率大为上升，这样就使工厂赢得了信誉，得到了更多的订单，很快就把装空调和换椅子的费用赚回来不说，工厂的盈利也比以前大大上升。

关于中国工厂不能按时交货的问题，我发现很多情况是因为中国工厂里的工人人数太过"精确"。比如一个生产线需要100个工人，工厂就雇用100个工人，一个都不多。如果这100个工人都能按时上班，当然没有问题，可是如果其中一个人生病、请假，生产线上的人数就不够了，于是工厂不得不赶紧招人。但新招来的工人又不熟悉技术，需要培训一段时间，这样一来，生产进度必然落下来，无法按期交货。

于是我给中国工厂建议说："你们应该多招几个工人，作为'替补队员'。平时这些人不上场工作，好像没用，可是一旦生产线上的工人有人请假，这些'替补队员'马上可以顶替上去，就不会影响到生产进度。你的工厂能够保证按时交货，信誉就好，就会有更多的客户愿意到你这里生产。所以多招收几个'替补队员'，这笔钱不是浪费。"

一些中国工厂采纳了我的建议，果然不能按时交货的情况大大减少，提高了信誉，得到了更多的订单。

我上面说的这些情况，都是20世纪90年代中国工厂的情况。现在中国工厂的管理水平已经很高了，已经基本上没有产品合格率不够高、不能按时交货的情况了。

因为我积极帮助中国工厂和日本客户解决问题，我与中国工厂和日本客户都建立起良好的信任关系，他们都愿意跟我合作，这样我的公司也就站住了脚跟，开始有了自己的员工，逐步发展了起来。

我在创办公司的初期，没有敢把这件事告诉爸爸妈妈，怕他们为我担心。等过了好一段时间，公司进入正常轨道后，我才写信告诉他们。

爸爸来信教导我："你被公司裁员，不应该把自己理解成'讲公平'的牺牲品，加藤社长所说的'讲公平'重要性一点都不错。孔子在几千年前就教导我们说'不患寡而患不均'，一个社会稳定和谐，'公平'才是最重要的。"

爸爸的信里又说："我常常听到有人批评中国人不抱团，不团结，还有顺口溜说，'一个中国人是条龙，一群中国人变成虫；一个日本人是条虫，一群日本人变成龙'。依我看，日本人能够抱团，能够团结的主要原因，就是他们特别重视公平。而我们中国总是重视个人的才干，中国的单位总是倾向于特别重用某个'能人'，而牺牲了整个团体的公平，造成大多数人心里愤愤不平，那怎么能搞好团结呢？你现在当社长，也有了员工，你一定不要忘了

'公平第一'这个古训。"

爸爸最后鼓励我："我看得出来，你具有冒险的精神。我有自知之明，我是一个做学问的人，但不是冒险的人。而你在干大事的方面，比我强多了，你还记得我夸你'周公吐哺，天下归心'吗？什么是干大事呢？像创办公司就是干大事呀。创办公司就像创建一支自己的队伍一样，没有卓越的领导才能和外交才能是绝对不行的。我总以为你这样当一辈子工薪族，似乎是屈才了，当然我也不主张你去盲目冒险。不过这次上帝安排你失业，除了自己创业别无他路，那也就是冥冥之中给你安排了去创业的命运啊。既然这样，你就大胆地走下去吧，不要怕，爸爸知道，以你的才干，创业一定会成功的。即使万一失败了，你再回来中国也不迟，我们什么时候都欢迎你。"

妈妈也写信给我，她虽然说不出爸爸那么有哲理的话，但也以她的特色鼓励我说："对员工要珍惜，对客户要诚信，对工厂要公平，饭要一口一口地吃，千万不要做大起来，一个女人不要野心太大，才会幸福。"

妈妈总是以她的善良为别人着想，母亲在平凡中显伟大。我越来越深刻地体会到，爸爸、妈妈和元山，永远是我的良师。他们在我一筹莫展之际，不怜悯我，甚至不过度保护我，在一片漆黑中，为我点亮一盏灯，让我自己勇敢地爬起来，大踏步往前走。

白手起家，每一天都是新的体验，每一个订单，都是新的积累。回想20年来，什么最难忘，那答案是一定的，就是与人的交往**最难忘**。这个世界最精彩的就是人，身边的元山，远方的父母，介绍客户和中国工厂给我的朋友郑小姐，日本客户洋子社长等，中国工厂的工人和老板，还有我们公司的日本社员，他们的智慧和爱心，成全了我自食其力的人生。因为有了他们，才有我的今天，在此向他们表示我最诚挚的感谢。

下部

他和我的东瀛故事

第十三章　与他共同战斗的日子

第一节　不容篡改，反对右翼修改教科书

关于日本右翼修改历史教科书之事，中国人大概都会有印象，因为这件事曾在2005年4月引发中国民间的大规模反日游行。在谈日本右翼修改历史教科书问题之前，先简单介绍一下日本的教科书体制。

日本国内的中小学教科书，并非由政府编写，而是由多家民间出版社自主编写和出版。但是民间编写的教科书，必须经过日本文部省的审查检定，认定合格之后，才能开始使用。所以，日本的教科书虽说不是由日本政府直接编写的，但其宗旨还是反映了日本政府的意图。

1996年12月，日本成立了一个叫作"新历史教科书编撰会"的右翼组织，指责日本现有的历史教科书是"自虐历史"，提出要修改教科书。"新历史教科书编撰会"的发起人名叫藤冈信胜，现在当然说他是一个极右分子了。可是藤冈信胜并不是天生的右翼，他有一个立场上惊人的转变。藤冈信胜过去曾经是日本共产党员，而且是日共中的极"左翼"，从极"左"一转身成为极右，让人有点不可思议。

　　藤冈信胜是日本北海道人，1962年进入北海道大学读书。而日本的北海道大学一贯是日本共产党的红色堡垒。藤冈信胜在北海道大学期间，自然受到左翼思想的影响，先是加入了日本社会主义青年团，然后于1963年加入日本共产党。大学毕业后，藤冈信胜娶了北海道教育大学校长舰山谦次的女儿为妻。舰山谦次是日本共产党员，也是日本著名的马克思主义学者；舰山谦次的哥哥舰山信一是日本立命馆大学教授，也是日本共产党员和日本著名的马克思主义学者；舰山谦次的夫人舰山杏是日本共产党北海道支部的高级干部。不用说，舰山谦次的女儿也是日本共产党员，因此，舰山谦次一家可谓"一家红"。[①]

　　藤冈信胜早年的思想是很"左"的，他是日本共产党主办的"历史教育协议会"的干将，一直以极"左"学者闻名。1981年，藤冈信胜成为东京大学副教授，后来又成为东京大学教授。东京大学也是日本左翼的大本营，藤冈信胜能成为东京大学教授，与他的左翼立场有相当的关系。[②]

　　1991年苏联解体，苏联共产党解散，此后藤冈信胜对共产主义失去信心，退出了日本共产党，而他的妻子也随他一起退出了日本共产党。不过此时他的岳父舰山谦次、岳母舰山杏早已去世了，没有看到自己的女儿和女婿成为日本共产党的"叛徒"。[③]

　　藤冈信胜退出日共后，一转身成为极右翼的代言人，开始大量撰写批判日本现有教科书的文章，声称日本现有教科书讲的历史是

①②③　参考《藤冈信胜研究》，大岛信三著，《正论》，2006年3月号。

"自虐历史"，并提出日本发动的"大东亚战争（太平洋战争）"是正义的战争。[1]

藤冈信胜不仅在思想上从极"左"变成极右，而且在人际关系上，也跟过去的左翼朋友绝交。日本一般的熟人之间，在新年都要写贺年片相互问候。藤冈信胜给他的左翼朋友写信说："我们现在各自的思想和立场已经完全不一样了，再继续相互写贺年片，那就是虚伪了。今后我们绝交吧。"

藤冈信胜创建的"新历史教科书编撰会"，得到日本右翼的大量赞美和经济支援，马上开始组织人马修改教科书。2001年，"新历史教科书编撰会"编撰的《新历史教科书》由日本文部省"审查检定"，认定为合格，然后由日本扶桑出版社出版。然而，《新历史教科书》出版后，受到了日本左翼的强烈反对。

日本共产党的一贯立场是反对修改历史教科书，这次也同样反对"新历史教科书编撰会"搞的《新历史教科书》，并在全国发起抵制《新历史教科书》的运动。日共发表声明说："《新历史教科书》试图把日本军国主义的侵略战争和殖民地统治正当化，全体国民要发挥自己的良知，坚决抵制《新历史教科书》。"

元山当然是坚决反对修改历史教科书，美化侵略战争。元山和他的反战团体同志们在各地进行抗议、游行、召开演讲会，反对和抵制《新历史教科书》。那段日子，我们家里的墙角、桌面，到处堆满了元山拿来的各种反对《新历史教科书》的宣传资料，而且元

---

[1] 参考《藤冈信胜研究》，大岛信三著，《正论》，2006年3月号。

元山俊美在日本进行反对修改教科书的演讲

山每天都要外出去宣传讲演，以自己在中国5年的侵略战争经历痛斥
《新历史教科书》，由此也可见元山反对《新历史教科书》的坚决
态度。

　　元山对藤冈信胜的转变，说过一句耐人寻味的话："把'主
义'当饭吃的人，最终还是会原形毕露。"

　　日本左翼在反对《新历史教科书》的运动中，也发生了控制不
住感情使用暴力的情况。2001年8月的一个深夜，"新历史教科书编
撰会"办公楼的一楼发生被人纵火和爆炸，一层楼的玻璃窗全部被
炸碎，所幸无人员伤亡。事发后，日本的一个极"左"团体"革命
工人联合会"发表声明，说是他们干的这件事。

　　元山虽然反对"新历史教科书编撰会"，但也反对使用暴力。

元山得知这个消息后非常生气，对我说："真是一个臭蛋坏了一锅汤。用这种暴力的方式来反对，就会变成以暴易暴，比那本《新历史教科书》还要糟糕。"

日本共产党也对这次暴力事件公开表示谴责，好在后来日本没有再发生用暴力反对《新历史教科书》的事件。

这次日本共产党以及元山他们这些反战团体，联合起来采取一致的反对运动，产生了卓有成效的结果，最后这本《新历史教科书》遭到了惨败。《新历史教科书》尽管有日本右翼很多财政界人士为他们四处活动，宣传经费也非常充足，但2001年日本全国只有6所私立中学采用，总数只有521册，占全部历史教科书的0.039%。单单从这个数字来看，也反映出"新历史教科书编撰会"搞的《新历史教科书》在日本是不得人心的。这里可以套上一句中国的名言："群众的眼睛是雪亮的。"

第二节　揭露欺骗，反对右翼参拜靖国神社

说到日本的参拜靖国神社，首先要说几句日本的神社是什么。

日本的原生宗教叫作神道教，神道教的庙宇就叫神社，这就像佛教的庙宇叫寺院，道教的庙宇叫道观一样。

日本的神道教没有固定的教义或经书，是一种比较原始的多神教，号称有"八百万神"。其中地位最高的是太阳神，被称为天照大神，在天照大神之下，又有各种各样的神。因此，日本每个神社

里祭祀的神都是不同的。

有的神社祭祀某种自然物，比如山神、土地神、雷神；有的神社则祭祀迷信传说中的动物，比如狐狸神、蛇神等；有的神社是祭祀某个著名人物，死后尊奉为"神"。甚至还有祭祀厕所神的，有一首日本著名歌曲就名为《厕所神之歌》。

当年统治和改造了日本的盟军总司令麦克阿瑟回国后，于1951年4月19日在美国国会大厦发表了著名的告别演讲时，留下经典名句"老兵永远不死，他们只是悄然隐去"。一贯崇尚隐忍凄美的日本人大为感动，准备建造一座"麦克阿瑟神社"，祭祀麦克阿瑟。

可是那以后麦克阿瑟在另一次发言中，说了一句话却大大地伤了日本人的自尊心，使日本人的热情顿时冷却。麦克阿瑟说："日本人还比较幼稚，如果说德国人的精神年龄是45岁，那么日本人的精神年龄只有12岁。"日本人听后，耿耿于怀，所以"麦克阿瑟神社"也就不建了。

一般日本老百姓或多或少地相信神道教。日本每年的正月初一，最重要的一件事就是去自己家附近的神社参拜，祈求神灵保佑自己平安幸福。

总而言之，日本的神社，原本是老百姓自发的一种迷信产物，与国家并无关系，就像中国土地庙之类的一样。

可是日本明治维新后，情况为之大变。日本的明治政府开始试图把神道教上升为统治国家的一种工具。于是日本政府开始由国家出资修建神社，这个神社就叫作靖国神社。地方政府也出资修建神社，这些神社叫作护国神社。由政府修建的靖国神社和护国神社，性质上与原来民间的神社完全不同，它反映了政府的立场和利益。

靖国神社是国家修建的，里面祭祀的当然就不会是民间那些各种各样的神，而是为了国家而牺牲的人。之后，日本在战争中战死的人都被尊奉为神，把他们的名字放在靖国神社里祭祀。所以靖国神社就有点像国家英雄纪念碑的味道，但又不一样。国家英雄纪念碑只是纪念性质的，并无宗教色彩，而靖国神社的宗教色彩就很强，祭祀祈求神社里的神灵保佑日本，完全是宗教性的仪式。

每个国家都有自己的宗教。可是当靖国神社把被国际法庭处死的战犯东条英机等人放到里面祭祀，这就引发很多人的义愤。每年8月15日日本投降之日，元山看到日本的政要到靖国神社里去参拜就气愤不已，血压升高，心脏跳动不正常。

元山说："我几次差点死在战场上，差点被送进靖国神社，所以我应该是对靖国神社问题最有发言权的人之一吧。按照靖国神社的祭祀标准，只有在战场上为国牺牲的人，才可以被祭祀。

"我气愤的是，东条英机这些战犯居然也被放在靖国神社里祭祀，这怎么行？首先，东条英机他们不是在战场上死的，是被作为罪犯绞死的；其次，他们并不是为国牺牲，而是相反。日本就是因为他们这些战犯发动了战争，才造成那么多中国人、日本人死在战场上。他们是加害者，不是被害者。现在靖国神社却把'加害者'和'被害者'混淆起来，好像发动这场战争的人也成了受害者，这不是明目张胆地为侵略战争翻案吗？

"有人说'靖国神社里对战死者不分等级，一律平等祭祀'，这完全是骗人的鬼话。当年我们这些百姓被强制征兵，被送到侵略战场上去当炮灰的时候，那些长官们从来没有跟我们这些士兵平等过，甚至不把我们当人看。我们在军队受尽森严的等级制度的非人折磨，可是靖国神社却假惺惺地把这些无辜死去的士兵与战犯长官们'平等祭祀'，这不仅太虚伪，更是太无理了。"

元山想起他死去的战友山本三郎，说："山本三郎君在临死前，已经恍然大悟是谁害死了他，已经知道东条英机这些战犯就是害死他们的人。试想如果让山本三郎君和害死他的东条英机'平等'地坐在一个祭台上接受祭祀，山本三郎君的灵魂会同意吗？他是一万个不会同意的。"

我问元山："那你认为靖国神社问题，应该怎么解决呢？"

元山答："第一个解决办法，是把东条英机这些战犯的牌位从靖国神社里拉出去，只剩下战场上死去的一般士兵的牌位。这是一个比较容易做的解决办法，但这不是最好的办法。

"最好的解决办法，就是取消靖国神社，或者把靖国神社改为和平公园，或者干脆拆掉靖国神社。因为在靖国神社里的士兵们的灵魂，还要被国家进行各种各样的利用，他们的灵魂也得不到安息。所以应该取消靖国神社，让士兵们的灵魂回到自己的家乡。日本每个家族都有自己的祖坟，士兵们的灵魂只有回到自己的祖坟里，才能得到真正的安息。"

元山说这些话时，我想起元山跟我说起战后他把山本三郎的衣领交给三郎父母时的情景，还有三郎的父母给元山的信。

从山本三郎的实例，可以看出日本人保持着灵魂回归家园的价值观，而且日本人有一种与逝去的亲人对话的习惯。在自己家园墓地里，随时都可以跟死者对话，这是一种生者对死者最好的祭祀。

日本直到现在还保持着祖灵信仰的文化，最典型的例子是日本8月15日的中元普度节，即盂兰盆节。盂兰盆节虽说不是国家法定的节日，但各个公司都要放假三天以上，人们要回到自己的老家，去打扫祖坟。日本人相信，在每年8月14日的晚上，祖先的灵魂就会离开坟墓，回到自己的家中，然后在家里"住"一天，这时人们就要在家里供上祖先喜欢的食物和酒；到8月15日晚上，祖先的灵魂又要离开家，回到坟墓中。所以8月15日这一天，是人们与祖先的灵魂共度的日子，显得特别隆重。

鉴于日本人的这个祖灵信仰传统，所以我认为元山提出的"取消靖国神社"，是解决靖国神社问题的最好方案。

第三节　必须道歉，反对否认南京大屠杀

在1995年以后，日本国内忽然掀起一股否认"南京大屠杀"的风潮。元山对此强烈反对，并进行了坚决的斗争。为什么日本国内会突然出现这样的风潮呢？这里简单地介绍一下。

二战以后，日本右翼一直把持着军界、企业界和财界，但20世纪90年代以前，日本的文化教育界却是左翼占据优势，在日本政界左翼也有相当的势力，除了最著名的日本共产党之外，还有一个著名的左翼政党"日本社会党"。日本社会党一度曾是日本仅次于自民党的第二大党，但现在已经萎缩为日本最小的政党之一。

关于"南京大屠杀"的问题，在日本首次引起瞩目是1965年。当时日本历史学家家永三郎，在他所编的中学教材《新日本史》加入了对"南京大屠杀"记述，结果被日本文部省审定为"不合格"，要求他删掉"南京大屠杀"的记述。家永三郎不服，于是向最高法院起诉日本文部省。虽说家永三郎只是取得了"部分胜诉"，但日本最高法院判定日本文部省强迫家永三郎删掉对"南京大屠杀"的记述是不合法的，可以说这是日本左翼难得的一次胜利。在此之后，一些日本左翼编撰的历史教科书中，开始有"南京大屠杀"的记述，日本文部省也审查通过了。

日本左翼的势力在1994年达到最高点，这年日本社会党委员长村山富市被推举为日本首相。但两年后的1996年，村山首相就下台了，此后日本左翼一路凋零，现在只剩下日本共产党在孤军奋战。

村山富市担任首相期间，积极设法与中国、韩国、东南亚等二战中遭受过日军侵害的国家搞好关系。1995年5月，村山作为日本首相访华，他特别去了1937年"卢沟桥事变"发生地凭吊，并参观了卢沟桥抗战纪念馆。1995年8月15日，这是日本投降50周年的日子。这天，村山首相发表著名的"村山谈话"。

村山首相在"村山谈话"中，承认了日本过去的侵略罪行，并向亚洲受害国表示道歉，他是日本历史上第一位向亚洲受害国表示道歉的日本首相。但也就是村山富市的这次公开道歉，激发起日本国内右翼的强烈反对，认为村山"屈辱了国家"，损害了日本的国家自尊。此后，日本右翼开始联合起来，形成一个巨大的超党派组织"日本会议"。

1997年在日本成立的最大的右翼联合组织"日本会议"，目前有3万多会员。3万人，这个数字也许并不多，但是这3万人都是日本各界的精英，其中有很多政界、企业界、宗教界的首领人物，还有很多著名的文人学者，中国人比较熟悉的原东京都知事石原慎太郎，就是"日本会议"代表。另外，"日本会议"还有不少外围组织，比如"日本会议地方议员联盟""日本青年团"等，如果算上这些外围组织，"日本会议"的实际人数就更多了。

"日本会议"最重要的一个外围组织，是"日本会议国会议员恳谈会"，也就是一个由日本国会议员组成的支持"日本会议"的团体。目前日本的475名国会议员中，有281人是"恳谈会"的会员，其中日本首相安倍晋三和副首相麻生太郎，是"恳谈会"的特别顾问，日本官房长官（相当于中国的国务院总理）菅义伟，是"恳谈会"的副会长。现在安倍内阁的19名阁僚中，有15人是"恳谈会"会员，可以说目前"日本会议"覆盖了日本政权的中枢。

2016年4月30日，日本出版了一本书《"日本会议"之研究》，卖得十分火爆，头一个星期就登上畅销书排行榜第一名，这表示出日本人对"日本会议"的强烈关心。

《"日本会议"之研究》书中写道："'日本会议'是日本右翼的老大，成立于1997年，在日本全国有47个支部，会员统计已有3.8万人，包括政界、商界、法界、教育界、舆论界以及宗教界人士，集中了全日本的右翼精英，荟萃了掌控日本各界的当权派。"

现在的日本首相安倍晋三，就是"日本会议"的领军人物。每次"日本会议"召开大会，安倍晋三都要到场致辞。安倍晋三并没有很大的才能，也没有很大的政绩，他却能两次拿到日本首相的宝座，背后就是有"日本会议"在支持他。日本前首相菅直人（民主党）评论说："安倍获得'日本会议'这一右翼集团的强力支持，他为此而感恩。比起自民党内有良知的声音，比起日本国民的声音，安倍对'日本会议'的忠心更为强烈。"

由于有"日本会议"的鼎力支持，安倍出版了一本书《美丽的日本》，该书提出的要"保护美丽的日本"，完全就是日本二战前"保卫王道乐土"的翻版。

最近欧美政界开始对"日本会议"这个右翼团体覆盖日本政权中枢的现状，表示出担心和疑虑。美国的《纽约时报》、英国的《经济学人》等报刊，都对此写了详细的报道。2016年7月16日，美国著名报刊《国民评论》发表一篇文章《日本正在回归法西斯主义的道路》，该文说："'日本会议'试图恢复日本二战前的天皇制，压制个人自由和言论自由，修改日本'和平宪法'。'日本会议'正在使日本走向国际孤立的法西斯主义老路。"

"日本会议"的核心纲领之一是"尊重天皇，坚持日本千年以来的优秀传统"，这也就是美国《国民评论》所说的"试图恢复日本二战前的天皇制"。这里插一个有意思的话题，说起"尊重天皇"，或许有人认为，日本人都会很高兴，其实不然，而且意外地有一个家族对此持不同态度。这个家族，恰恰就是安倍们高高抬起的日本天皇一族，日本平成天皇明仁恰恰特别反对"重新树立天皇的权威"的右翼思潮。

2015年8月15日的"终战纪念日"纪念仪式上，平成天皇明仁在演讲词中，令人意外地婉转批评了"日本会议"为战争翻案。天皇说："充分了解过去的战争，并进行深入的思考，这对于日本的将来是极为重要的。"这是日本天皇首次在"终战纪念日"纪念仪式上，说出"深刻反省战争"的话。

日本天皇在法律上是象征性的国家元首，不能干预政治，不能在政治问题上说太多的话。因此，这时就由皇太子更明确地说出了天皇想要说的话。皇太子德仁亲王说："虽然我自己没有经历过战争，但在战争记忆逐渐淡去的今天，谦逊地回顾过去，向对战争没有直接认识的下一代，正确传递日本走过的历史道路和悲惨经历，这是十分重要的。日本战后以'和平宪法'为基石重建国家，才享受着现在的和平与繁荣。今年是第二次世界大战结束70周年，我希望今年成为重申我们和平信念的机会，把和平的珍贵铭记于心。"

昭和裕仁天皇的弟弟——1915年出生的崇仁亲王，他1941年毕业于日本陆军大学，马上作为皇室亲临中国侵略战争战场，26岁当上陆军参谋，当时化名若衫参谋，目睹日军侵华罪行。早在1944年1月日本还没有宣布投降之时，崇仁亲王就以若衫参谋的署名，写了一份《作为日本人对支那事变的反省》，猛烈督促日本军部反省，可惜这个文件一直到战后50年的1994年7月，也就是村山首相时代才公之于世。

这位崇仁亲王还曾经把从中国战场带回来的日军残虐行为的电影拿去给他哥哥昭和天皇看，并且对天皇直言："这场战争以圣战为大义名分，事实完全不一样。""我对圣战的信念完全丧失，我只希求和平。"

崇仁亲王活到100岁，于2016年10月27日在东京圣路加国际病院逝世，是天皇家族昭和时代最后一个战争见证者。

"日本会议"提出要"重新树立天皇的权威"，却被日本天皇本人及皇族反对，这也是一件具有讽刺意味的事情，同时也说明了时代的潮流。但不管怎么说，即使是日本天皇提出了批评，也阻止不了日本右翼势力的扩展和泛滥。也正因为如此，欧美国家才对日本政局的右倾化感到担心。

"日本会议"的成立是一件大事，因为它的作用和影响力远远超过了政党。在资本主义国家，所谓"政党"只是由一些专门从事政治的人组成，政党的核心是国会议员、地方议员等人，他们跟企业家、宗教团体、文人学者等并没有直接的联系。而"日本会议"这个超政党的组织，把具有右翼思想的政客、企业家、宗教团体、文人学者统统联系起来，是日本各界的右翼大联合，因此一下子改变了日本政治的格局，向"右翼"一边倒。

"日本会议"成立后，针对中国打出三张牌，第一张牌是否定"南京大屠杀"，第二张牌是"参拜靖国神社"，第三张牌是散布"中国威胁论"。

关于"南京大屠杀"，1996年美国出版了亲睹南京大屠杀的德国人拉贝写的《拉贝日记》，1997年美国又出版了华裔作家张纯如用英文写的《南京大屠杀》，这些书在日本引起右翼的强烈反响。"日本会议"马上组织人马大肆反攻，一时间日本媒体到处都是批判《拉贝日记》和《南京大屠杀》的文章，他们把"南京大屠杀"描述为"虚构"和"谎言"。虽然日本左翼也奋起与右翼斗争，但在这场斗争中，右翼明显占据了上风。

元山看到这种情况，忧心忡忡地对我说："现在日本的右翼越

元山俊美等人在南京大屠杀纪念馆 元山俊美等人参观抗日战争纪念馆
献花 （第二排居中者为元山俊美）

来越嚣张，左翼的日子越来越不好过了。过去左翼作家笠原十九司
有关揭露南京大屠杀的著作，一度在书店里热卖，可是现在日本的
各大书店，已经看不到揭露南京大屠杀史实的图书，即使有，也被
塞到书店里最不起眼的位置。日本各大书店宣传推销的图书榜上，
充斥着否定侵华战争、否定南京大屠杀的书。"

我对此也感到非常忧虑，说："你们左翼为什么不联合起来行
动呢？"

元山叹息说："左翼相互之间争吵不停，团结不起来，这是自
己毁灭呀。

"以前右翼以为他们掌握了军界、企业界、财界，就可以不怕
左翼翻天，所以对文化教育界没有太重视。现在右翼开始重视文化
教育界了，他们要把左翼驱逐出文化教育界。以前在家永三郎等左
翼文人的斗争下，曾经有8家出版社的历史教科书中，写入了'南京
大屠杀'这段不光彩的历史。可是'日本会议'成立后，形势就发
生了逆转，现在只剩一家出版社的历史教科书中还保留着对'南京
大屠杀'的模糊叙述，而其他7家出版社的历史教科书中已经不再有

'南京大屠杀'的记述了，而且那家对'南京大屠杀'记述最详细的出版社已经破产了。"

我也叹息日本这样的状况。

元山继续说："'日本会议'成立后，他们开始积极向文化教育界渗透，要把传媒、文化、出版等宣传资源都拿到手。虽说他们现在还没能完全控制文化教育界，但局势正朝着有利于他们的方向发展。他们通过各种手段大肆否定'南京大屠杀'，不让国民知道'南京大屠杀'的存在，试图把这个不光彩的事实从历史上抹去。"

我焦虑地说："那你们就一点办法都没有了？"

这时元山一扫脸上的愁云，用充满乐观的语气说："我们这些反战团体，正在全力揭露和抗议右翼试图抹消日本不光彩侵略历史的企图。而且现在日本右翼美化战争、否定侵略历史的行为，已经受到了国际社会的关注和谴责。我相信日本人民是有良知的，右翼的阴谋终究不会得逞的。你不是也越来越关注这些事情了吗？"

第四节　反战行动，民间举办日军罪行展览

我从小受到爸爸的教育，与世无争，老实低调做人，而且爸爸也是这样以身作则的。妈妈一贯听从爸爸的主意，只是教我要做一个"好人"。但"好人"的标准是什么，妈妈从来没有说过。妈妈说，她的父母从来没有说过应该这样，或者应该那样，日本人认为孩子看着父母怎么做，就会怎么做了。妈妈跟爸爸从日本来到中

国以后，就没有参加过工作，当然也就不存在与别人争什么的问题了。

我在这种家庭环境下长大，从小养成远离政治的习惯。我到日本以后，也是本着老实低调做人的原则，尽可能远离政治。可是自从我跟元山接触后，我的世界观悄悄地发生了变化。因为元山这个人是非常喜欢政治的，他总是或多或少地跟我谈起政治问题，时间长了，我也不知不觉地对政治问题感兴趣起来。

当然，我也会不知不觉地把爸爸跟元山相比，对比的结果是，发现爸爸的思想其实是来自中国传统的老庄思想。老庄思想的主旨是与世无争，洁身自好，出淤泥而不染，不为五斗米折腰，等等。我意外地发现，元山小时候也受中国儒家思想的影响，可是老庄思想对元山几乎没有影响，"采菊东篱下，悠然见南山"这种诗句在元山这里一点共鸣也产生不了。

每当我跟元山提到爸爸崇尚的老庄思想，元山就表现出无法理解。比如我说"出淤泥而不染""洁身自好"，元山却不赞同，他说："我认为老庄思想就是极端的个人主义。我一个人好就行，别人好不好就不管了。'出淤泥而不染'这种想法我是不赞成的，就算你特别小心，自己身上没有沾上淤泥，别人身上沾上淤泥怎么办？既然有淤泥，就应该把淤泥清除掉，光是洁身自好是不够的。应该号召人们'铲除淤泥'，而不是单单'出淤泥而不染'。"

又比如我说"不为五斗米折腰""隐士清高"，元山又不赞同，他说："躲到深山里去当隐士，这不是逃避现实吗？当年我接到一纸征兵令，就被强征去中国打仗。就算我自己跑到山里去当隐士了，那么其他人还是要被征兵去打仗，难道全国人民都能跑到山里去当隐士吗？所以，现实是躲不过去的。如果当年令尊和我一样，接到一纸征兵令，强行送他去打仗，恐怕他就不会再谈'洁身自好'了。"

我不得不承认，元山说的也有他的道理，但他的道理总是与爸爸的道理不一样。爸爸见到淤泥，是洁身自好，自己不要被染黑；而元山见到淤泥，就要去挖，就要去铲，就要去斗争。在元山看来，日本最大的一团淤泥就是军国主义思想，所以元山毕生都在努力铲除日本的这团淤泥。元山说："日本军国主义这团淤泥不铲除，那么我们的后代终有一天就会又被强征去打仗，日本就会再遭受一次非人性的战争折磨。所以我不能逃避现实，不能光出淤泥而不染，一定要把这团淤泥铲掉。"

随着时间的推移，我越来越被元山的人格所感召，开始支持他，帮助他，最后居然和他成为一条战壕里的战友，开始参加他们的反战运动了。元山他们搞的反战运动多得很，五花八门，各种各样，细说可以写一本书了。只是本书的主题不是写元山他们的反战运动，所以在这里只说一件我自己参加的比较重大的事。

元山俊美等人在日本各地进行反战集会

1996年10月，元山等人组建的民间反战团体，成立了一个"揭露731部队罪行全国委员会"，准备举行一个"731部队罪行展览"。在日本侵华战争期间，日本的731部队为了研究战场上士兵的冻伤问题，居然拿中国战俘进行活人实验。不过，战后日本731部队进行活人实验的罪行并没有被一般日本人广泛知道，为此，元山他们这些反战团体一直在进行揭露731部队罪行的宣传。

元山他们在宣传活动中发现，散发传单、图片展示等方式，不免让人感到枯燥，难以吸引更多的民众。于是元山他们就想到搞一个"731部队罪行实物展览"，做一批跟实物一样大的模型，在一个大型展厅里展览，这样才能吸引较多的民众，起到较大的宣传作用。

说到揭露731部队的罪行，应该特别提及日本一位坚定的反战人士山边悠喜子女士。山边悠喜子12岁时随父母去中国东北，在中国东北长大，可以讲一口流利的中国话。1945年，山边加入了中国共产党的八路军，成为一名随军护士，并获得过多次军功奖励。1950年，山边回到日本，继续为中日友好事业努力做贡献。

1990年，山边悠喜子参加了中国黑龙江省社会科学院着手调查"东北沦陷14年史"的活动，在吉林、黑龙江、辽宁、宁夏等地实地考察了日本的侵略历史，并亲临现场实地调查731部队的罪证。同时，山边女士还利用她的中文特长，翻译了大量中国出版的揭露日本侵华真相的图书，其中有一本名叫《日本的中国侵略和毒气武器》。

因为山边悠喜子亲自到现场调查过731部队的罪证，所以元山他们就邀请山边悠喜子担任这次"731部队罪行展览"的主办人。山边女士也非常积极参加这个活动，亲自指导模型的制作和解说词的写作。由于山边女士经常跟元山在一起活动，所以我也和她建立起了私人友谊。

2015年，山边悠喜子受中国国务院邀请，出席了纪念中国人民抗日战争暨世界反法西斯战争胜利70周年阅兵式，同时被邀请的还有他们这个"揭露731部队罪行全国委员会"的事务局长和田千代子女士。我想，如果元山能活到2015年，他应该也会成为被邀请的对象。

元山他们搞的"731部队罪行展览"，设计了一个731部队进行人体冻伤实验的大型实物模型，这个模型不仅有原尺寸冻伤人的模型，还有把人故意放在冰雪里冻伤的场景。这样一来，这套实物模型所占用面积比较大，必须用一个比较大的房子才能把这些模型放进去。元山他们这些反战人士当中并没有富有的人，大家的房子都很小，不可能用来搞展览，所以必须去租一个大房子。

元山他们四处找房子，找到一些合适的房子，可是房东们一听他们要展览731部队的实物模型，就不愿意出租了。等到"731部队罪行展览"所需的实物模型都做好之后，房子还租不到，这让元山他们大伤脑筋，一筹莫展。一天，元山跟我说起他们的困难，我突然想到可以用我公司的名义来租房子。

我对元山说："我想，可以用我们这个公司的名义，租一个比较大的房子。我们就对房东说，租房子是为了搞服装展览，房东就会同意了。"

元山一听，大为称赞说："你的想法太好了。看来现在只有这样，才能租到房子。"

我们马上行动起来。元山找到一个比较理想的房子，步行至中野地铁站只需3分钟，是人们来往比较频繁的地方。这个房子有150

平方米，还有一个厕所、一个茶水间，是一个很合适搞展览的房子。于是我们商定，由我出面去租房。果然房东一听我们是服装公司，租房是为了展览时装，就很高兴地租给我们。我们向房东预租了一年的房子，在租房合同上写道："租用该房用于时装、实物模型等展示。"因为租房合同上写有"时装、实物模型等展示"，所以我们展示731部队的实物模型，并不违反租房契约，在法律上没有问题。

为了不惊动周围的人，我和元山等一些反战人士在夜深人静的时候，悄悄把731部队的实物模型搬进展厅，把模型和解说材料仔细布置好。然后，我们又在门口摆设几个时装人体模特儿，挂出一些时装，用来应付租房合同上写的"时装、实物模型等展示"。

房东刚开始看到我们放在门口的时装展示品，也没有多注意，后来他发现我们房间里面还有731部队的实物模型展览，有点不高兴。可是在租房合同上已经写有"实物模型展示"，我们这么做不算违约，而且我们每个月按时自动转账交房租，这是房东最欢迎的形式，也没有做什么不适当的事情，订合同的租期是一年，如果房东在这之前要毁约赶我们走的话，他就要倒赔我们一年的租金。房东还是想要挣钱的，所以他也就装聋作哑，不闻不问了。

我们这个"731部队实物模型展览"，还真的吸引不少民众和学生前来参观，起到了很好的宣传效果。可就在这时，日本的右翼分子也发现了我们的展览，于是他们就要来捣乱破坏了。如果右翼分子直接闯进展厅，捣毁展览模型，那么他们就犯法了，警察就会出面干涉，所以右翼分子们也很狡猾，他们利用"合法"的手段来破坏活动。

　　元山和他的反战同志们轮流在展厅里值班。一方面在展厅里向观众们进行讲解，另一方面也为了防止右翼分子前来捣乱破坏。右翼分子们捣乱破坏的第一步，是进行电话骚扰，不停地打电话到展厅来，在电话里进行威吓和谩骂。然而这些威吓电话并没有把元山他们吓住，于是过了一段时间之后，右翼分子们又开始新的破坏活动。

　　一个星期天，元山跟他的几个同志正在展厅附近的中野地下铁车站广场上演讲。元山为了引人注目，特地站在一个0.5米高的硬塑料箱上进行演讲。元山联系自己的亲身战争经历，慷慨激扬地大声呼吁民众不要忘记日本的战争罪行，呼吁他们积极参加反战运动。就在元山演讲的时候，一个右翼分子突然从后面的观众中冲出来，把元山从硬塑料箱上推了下来，观众一片哗然。

　　当时我站在观众的最后排，这是因为我个子比较高，怕站在前排会挡住听众的视线。所以在元山被推下来的时候，我无法及时去救他。等我跑到前面时，元山已经倒在地上。好在元山的运动神经还算不错，他倒地时及时用手撑住身体，虽说手掌流血了，但保护住了身体。

　　等到民众反应过来，纷纷喊"抓坏人"时，那个右翼分子已经趁大家关注元山跌倒时，在几个同伙的掩护下逃跑了。元山的同志们马上打电话报警，等警察来到现场时，右翼分子们早就溜得无影无踪了。

　　我把元山扶起来，立即要叫救护车送他到医院，但元山坚决制止了我。元山说："越是在这个时候，越不能去医院，我一定要坚持住。这是一场跟右翼分子比勇气、比坚定的斗争，我们表现得越勇敢坚定，越不怕死，右翼分子们就越不敢把我们怎么样；可是一旦我们表现出怯弱的态度，表现出贪生怕死，右翼分子们就会变本加厉，更加猖狂。"

元山从地上爬起来，居然继续演讲，不过没有再站到高处。令人感动的是，不知道谁，给前两排的听众铺上塑料布，他们主动地坐在铺着塑料布的地上，后面人也越聚越多，当元山演讲结束时，人们对他报以热烈的掌声。

这天，元山一直坚持没有去医院。直到第二天，元山才在我的劝说下去医院检查了一下。检查结果还好，并没有骨折，不过医生说："从这样的高度跌下来，这个年龄的人没有骨折算是一个奇迹。"

医生的话把我吓得不轻，可是元山却笑着说："你看，上帝是站在我这一边的，上帝会保佑我的。"

第二天，有两个警察来我们家，对元山说："从明天起，你出去参加街头活动时，我们要跟你一起去，保护你。"

从那以后，元山的身边经常有两位穿便衣的警察。警察确实保护着元山，但是在某种意义上也可以说是监视他。因为日本政府并不喜欢元山这样的反战人士，把他们列入"内控"的对象。元山这个人，即使对他身边的便衣也不放过宣传的机会，一有时间就对那两个便衣说起日本"和平宪法"的重要性，并且对他们说他自己在中国侵略战场的事情。刚开始，便衣警察因为必须跟元山在一起，不得不听元山讲话，后来逐渐地他们也开始认真听元山的话来，久而久之，他们居然对元山敬重起来。

当然，什么事情都存在辩证法，都是一分为二的，没有绝对好的事。元山为了不影响他们的反战活动，有时候比较敏感的活动他就故意不去参加，以免便衣跟去。

一年后，我们租房的期限到了，这次展览的目的也达到了，于是我们就与房东解除了租房协议，当然房东也松了一口气。之后，731部队实物模型被运到了大阪，那里也有元山那样的反战人士，他们继续在大阪设法展览。

直到今天，每当我路过中野地铁站时，就会情不自禁地远远看一眼那个租用过的房间。毕竟，那是我与元山曾经并肩战斗过的地方。

第十四章　文明铺的樱花

第一节　多年夙愿，到中国去看看那里的变化

　　元山回到日本后，虽然过着和平的生活，但那段在中国战场上的血腥岁月，让他总是无法忘却。元山很想有机会重访中国那些留下痛苦回忆的战场，向那些曾遭受过侵略战争巨大伤痛的当地中国老百姓道歉，看看他们现在的生活状况怎么样。

　　元山特别想重访湖南的文明铺，这是他从战争到和平的生命转折点，他不仅要对文明铺的人民道歉，甚至还希望找到那位救过他的中国薛姓船老大，或者见一见与他干过杯的生死之交中国朋友卞庆。可惜长期以来，中国不对外开放，所以元山想去中国、重访文明铺的愿望久久无法实现。

　　1978年，中国开始对外开放了，但那时外国人到中国来只能跟随旅行团一起行动，不允许个人自由旅行。用现在的话说，就是不给外国人发自由行旅游签证。

　　元山得知有去中国的旅行团，非常高兴，他马上报名参加，去了北京、上海、桂林、黄山等旅游景点。但在这几次中国旅行中，他只能跟随旅行团一起行动，不能去自己想看的地方，这让元山非常遗憾。

1982年底，中国颁布《关于外国人在我国旅行管理的规定》，将对外国人开放的地区，分为甲、乙、丙三类。甲类地区是"完全自由行地区"，外国人去甲类地区无须办旅行许可证，无须事先通知。当时的甲类地区，一般是省会级的大城市以及著名旅游风景地区；乙类地区是"有限制自由行地区"，主要是中型城市和一般风景地区。外国人去乙类地区，必须申请旅行许可证，得到批准后才能去，但不必有专人陪同，可以自己单独前往。丙类地区是"不对外开放地区"，外国人必须有特殊理由，才能申请去丙类地区，而且还必须有专人陪同。

根据这个规定，元山最想去的湖南文明铺属于"不对外开放"的丙类地区，没有特殊理由是不能去的。因为元山想要重访战场故地，这是不能成为"特殊理由"的。不过好在湖南省会长沙市属于甲类地区，外国人可以去长沙自由行。元山心想："不能去文明铺，那就先去长沙看看吧。"

于是元山在1984年的春天，兴冲冲地去长沙了。那时的交通不像现在这么方便，去一趟长沙也是相当辛苦的事。当时到长沙还没有直航，从日本到长沙路上要走好几天时间。1984年3月，元山先从东京成田机场乘坐港龙航空到香港，然后从香港乘火车到广州，再从广州乘特快列车到长沙，光是坐火车就要一整天时间。

火车驶进湖南省境内后，元山的心情就激动起来。40年前，他背着沉重的武器装备，从东北哈尔滨随日军南下，路上整整走了三个月，历经千辛万苦来到湖南，充当侵略军的炮灰，被迫走上枪林弹雨的战场。40年后的今天，元山花了三天时间，就从日本来到湖南。

当元山在长沙车站下车，站在阔别40年的湖南的土地上时，禁不住百感交集，热泪盈眶。元山想起往事，历历在目。虽然长沙发生了翻天覆地的变化，已经看不到40年前那场残酷的长沙大会战的任何痕迹，但作为亲历者，特别是作为加害者的元山，那种深埋心底的羞愧歉意的阴影始终挥之不去。

不管怎么说，曾经做过侵略军的士兵，所以元山不知不觉地感到心虚。元山走上长沙街头的时候，不由得紧张起来，心想经历过那场血腥"长沙大会战"的长沙人民，见到他们这些日本人，是不是会痛恨他们，对他们充满敌意呢？

元山小心翼翼地边走边注意街上长沙人的表情，没想到长沙人对他露出的眼光是和善友好的，没有一点敌意，这让元山心中舒坦多了。元山情不自禁地用中国话说："你好！"路上的老百姓微笑着回答："你好！"这时，元山那颗绷紧的心终于完全疏解下来。只是中国人的友好，又使元山进一步感到惭愧。

元山对我说："那次湖南之行，感觉好极了。一踏上湖南的土地，那里特有的泥土气息，草木发出的芬芳，湖南人说话时声音的韵味，都能勾起我各种酸甜苦辣的回忆。那天晚餐时，我买了一瓶老酒，它的味道有点熟悉，我的舌头居然回忆起40年前喝过的那碗老酒的滋味。我在心中连声对自己说：'来了真好！来了真好！'"

尽管元山非常想重访湖南的文明铺，但在好长一段时间内，文明铺一直是"不对外开放"地区，外国人不能去。越是不对外开放，元山就越想去，这件事一直纠结着元山，直到14年后，文明铺终于对外开放，元山才实现了他的夙愿——文明铺之行。

第二节　抹消记忆，日本老兵们的纠结和心愿

与元山一起生活久了，就会从他身上发现很多从中国侵略战场活着回到日本的士兵的内心纠结。这里举几个例子，还是从日常生活中谈起吧。

1992年我进入日本服装公司工作后，经常回中国出差，每次都给元山带回中国的"土产"。中国那时候流行过一种叫作VCD的光碟，可以在家里的电视机上看电影、看电视剧。虽说VCD光碟比现在的DVD光碟清晰度要差很多，已经完全从市面上消失了，但当时VCD光碟的人气却是非常火爆的。因为中国的VCD光碟质量较差，日本产的VCD机常常不能读取中国的光碟，我还应急专门从中国买回一台中国产的号称"专读烂碟"的VCD机，果然是什么光碟都能看了。

让我感到意外的是，元山非常喜欢看我从中国带回的光碟，而且特别喜欢看中国反映抗日战争题材的电视剧和电影。我对元山这个喜好感到十分纳闷，于是问他原因。

元山解释说："我爱看中国的'日中战争'题材的影片，是因为日本至今没有'日中战争'题材的电影或电视剧，也没有主流出版社出版一部'日中战争'题材的小说。"

元山这么说，让我恍然大悟。的确，至今为止日本的主要媒体，都没有出现过描写、反映"日中战争"的文艺作品，无论电影、电视、戏剧、小说等，都没有看到一个。

相比之下，二战以后，日本有大量反映"日美战争"（日本的正式说法是"太平洋战争"）的文艺作品。比如中国人比较熟

悉的日本战争电影《啊，海军》《山本五十六》《来自硫黄岛的信》等。

从战争持续的时间来看，"日美战争"只打了3年，而"日中战争"却打了14年，而且日本军队在中国战场上也有40多万官兵战死（日方的统计数字）。因此，"日中战争"对日本人造成的记忆，应该是十分深刻的，应该有相当的文艺作品反映这些惊心动魄的事件。

可是在日本，偏偏却看不到反映"日中战争"题材的文艺作品。唯一一部与"日中战争"有关的电视连续剧《大地之子》，描写的是被日本父母遗留在中国的"日本战争残留孤儿"，它完全回避了战争本身的事情。

日本的这些情况，反映出一种若隐若现的企图，就是想要把"日中战争"从人们的记忆中淡化，让人们忘掉这场战争的存在。

元山说："为什么日本有很多反映'日美战争'的文艺作品，却看不到反映'日中战争'的文艺作品？这个原因其实很简单。因为在'日美战争'中，日本兵的表现比较文明一些，而在'日中战争'中，日本兵的表现就不是那么文明了。"

元山说的这点，我也深有同感。中国人看到的日本军队在中国的所作所为，不仅缺少文明，简直就是暴行。在古代，打仗是不需要讲什么文明的，杀人放火，什么事都可以干。但是到了近代，随着人们文明程度的提高，人们对最不文明的打仗，也提出了一个"战争的文明底线"，这就是不能任意抢劫破坏平民的财产，不能随便屠杀平民，不能虐待屠杀战俘，等等。所以，在100多年前的1899年，世界26个重要的国家在荷兰海牙签订了限制战争暴行的

《海牙公约》，提出了关于"战争的文明底线"。

元山说："在跟美国人打仗的战场上，日军表现得比较文明，超出'战争的文明底线'的情况不多。可是在中国战场上，日军超出'战争的文明底线'的情况就太多了，动不动就屠杀平民，搞一个大屠杀之类的惨剧。"

元山对中国战场的事情是最有发言权的。因为他当年被日本政府强行征兵，派到中国战场，在中国打了5年仗，目睹日军在中国的各种暴行。

元山说："尽管日本有不少右翼想否认'南京大屠杀'等暴行，但他们也没有一个人敢站出来堂堂正正地说：日军在中国坚守了'战争的文明底线'。其实，很多日本人心里都清楚，日军在中国干了大量超出'战争的文明底线'的不光彩的事。这也可以说是日本的'家丑'吧，所以日军在中国战场的事就不愿意被提起了。"

我终于理解了元山的话。日本跟美国打仗，虽说打败了，还不算丢人的丑事，所以可以堂堂正正地写成各种文艺作品。可是日军在中国打仗，不光彩的"丑事"和罪行就太多了。

如果把在中国战场的日本军队美化成秋毫无犯的仁义之师，未免太过造假，没人相信；可是如果真实地写日军在中国干的那些超出'战争的文明底线'的罪行，又让日本人感到很没有面子，所以最好的选择就是"不写"。这就是至今为止，在日本没有反映"日中战争"文艺作品的核心因素。

另外在日本卖得很火爆的《一个从战场活着回来的男人》《人的条件》《俘虏记》等书，反映了日军战俘在苏联西伯利亚的岁月。这些书着重描写了日军战俘们的悲惨故事，给人留下的印象是：日本人是受害者。

诚然日军俘虏在苏联西伯利亚受到了非人的待遇，可日本自己作为侵略国，他们是不是也对中国战俘有过非人的待遇呢？关于这些事，日本以前的主要媒体都完全不提。

对日本媒体的集体装聋作哑，元山提出了自己的看法。元山说："我认为，日本这样做其实是很愚蠢的。我们只有把过去那些不光彩的事，那些超出'战争的文明底线'的暴行，如实地揭露出来，并对此进行真诚的反省和道歉，这样才能赢得中国等战争受害国人民的原谅，才能在国际上树立起日本的良好形象，才能让日本人真正得到世界的尊重。"

说到这里，元山很激动地说："相反，我们越是遮掩过去那些'不光彩的事'，越是引起受害国人民的反感，越是损害日本的国际形象，更不能使日本人得到世界的尊重。因为这些'不光彩的事'毕竟是遮掩不了的。即使日本不再提这些'不光彩的事'，可是受害国的人民是不会忘记的，他们是会写入历史的。所以，日本遮掩'不光彩的事'的做法，甚至还有人进一步搞'篡改教科书、参拜靖国神社'之类的翻案活动，这些其实是反过来给日本抹黑。这样做不是有益于日本，相反是有害于日本。"

元山评价日本搞"篡改教科书、参拜靖国神社"，按照中国现在的网络语言，就是"高级黑"，真正的效果反而是抹黑了日本。元山不仅是在口头上反对篡改教科书，反对参拜靖国神社，他同时在行动上也是这么做的。元山在日本各地发表演讲，印发传单、小册子，反对日本遮掩侵华的罪行。

　　我认为，元山之所以那么认真地、那么不遗余力地去做这些事，其实还是出于他对日本的热爱。元山说，他不愿意看到自己的国家因为一些人的错误言行，变成一个被世人所反感厌恶的国度。他要用自己的力量，去纠正日本的这些错误。

　　我感到，元山是一位真正的爱国者，他是真心爱日本的，他想让日本成为一个真正得到世界尊重的国家。

　　再回到元山特别喜欢看中国抗战剧的事情，元山的解释又出乎我的意料。元山说："我喜欢看中国的抗战剧，最主要的原因，还是因为日本国内没有一部文艺作品，反映我们这些'日本皇军'在中国的那段惊心动魄的生活经历。"

　　当年日本有几百万士兵先后被派到中国战场，有40多万日本兵葬身在中国的土地上。一件有几百万人参与、有40多万人为之丧命的历史大事，居然没有人提起，自然让那些当年的亲历者们感到满腔的愤愤之意。

　　元山说："虽说中国的抗战剧把我们称为'日本鬼子'，但毕竟中国人没有把我们忘记，哪怕是骂我们也好，至少让我们感到自己在历史上的存在感。而在日本，我们这些人是试图被忘记的对象，是一批在历史上被抹消的人物。"

　　元山对此愤愤不已，说："这段历史虽然是残酷的黑色记忆，但我并不想把它忘记。而且，与我有同样经历的'日本皇军'士兵，他们也不想忘掉这段历史，这也是不应该被忘掉的。毕竟，我们这些当年的'日本皇军'士兵，把人生中最为美好的青春时代抛洒在中国的残酷战场上了。"

　　元山的这些话，表达了他们这些中国战场日本士兵的内心痛苦。在中国战场上，日本有几百万士兵舍弃了自己的青春甚至生命，可是战后这些士兵却要被自己的祖国和人民抹消埋没，这也可以算是战争留给日本的最大悲剧之一吧。

　　元山虽说喜欢看中国的抗战剧，但他对抗战剧也有不满意的地方。元山说："最让我不满的是，在抗战剧中的日本兵，一个个都像是只会盲目冲杀的无脑机器人。看中国的抗战剧，感觉上有点像人类跟机器人打仗的'人机大战'科幻影片，中国人好像是在跟一群没有人类情感的'机器人'在作战。"

　　元山又说："真正的'日本鬼子'不是那样的。我本人当年就是'日本鬼子'，我们也是有七情六欲的人，我们是被迫来到中国打仗，我们的内心是不想打仗的，是不愿上战场的。'日本鬼子'不是无脑的机器人！"

　　元山所说的这些话，我完全可以理解。长期以来中国不少的抗战剧的确是把"日本鬼子"概念化、简单化了。元山把中国的一些抗战剧形容为"人机大战"，虽然不是那么贴切，但也不能说没有道理。

　　元山说："我希望我们的后人，不管是日本的后人还是中国的后人，能够知道我们这些'中国战场日本兵'的存在，也希望后人对我们这些'日本鬼子'有一个真实正确的理解和认识。"

第三节   重返战地，终于再次踏上文明铺的土地

上面提到，元山不仅自己喜欢看中国的抗战剧，他还把这些中国的抗战剧介绍给一些曾经在中国打过仗的老兵，他们都很感兴趣，经常一起来我家看中国的抗战剧。每当电视剧中的日本鬼子出场时，他们就会不由得紧张起来，仿佛回到那个枪林弹雨的岁月。有些人看完后，还会泣不成声。

一次，另外两个和元山一起在湖南参加过长沙会战的老兵，到我家来看中国的抗战剧。两个老兵就是前面提到的为元山"打头阵"出谋献策，使我们最终走到一起的人，一个叫安藤，另一个叫米原。他们两人也参加过长沙会战，但跟元山不是一个部队的。

元山他们三人看完一部中国的抗战剧后，都深感自己对中国人民犯下了巨大的罪行，给中国人民带来巨大的痛苦，内疚感深深翻腾在他们的心中。

元山说："我们应该为中国人民做点什么事，表示我们的歉意和赎罪。"安藤他们两人都一致同意。

米原说："我看到中国还比较缺汽车，要不然我们三人凑钱买一辆汽车，送给当年我们在湖南打仗的湖南人民，表示我们的歉意。"

元山不太同意，说："送汽车不太好，因为汽车用不了几年就报废了。我们要送一个留存比较长久的东西，才能让湖南人民一直知道我们的歉意。"元山的意见，两人都一致同意了。

安藤说："要不然，我们在湖南竖立一个石碑，刻上我们道歉的话。"

这次米原不太同意，说："石碑也不好。如果刻上日语，中国人看不懂；如果刻上中国话，那又不是我们亲笔写的，意义也不大。再说，石碑小了，人们不容易看到；石碑大了，费用太大，我们也负担不起。"

这时元山忽然有个想法，说："要不然我们从日本带一些樱花树过去，种在湖南当年激战过的土地上。全世界都知道樱花代表日本，湖南人民看到樱花，就会联想到日本，联想到这些樱花是日本人道歉的心意。"

安藤和米原都对元山的想法大声叫好，说："种樱花树的主意太好了。一来，樱花的目标大，很远就能看到，很多人都能看到；二来，樱花象征着和平，不用写任何话，就可以把我们对湖南人民的歉意，以及渴望两国人民永久和平的心愿，形象地表达出来。"

这天，元山他们三人商定，把日本的樱花种到当年湖南的激战地，以此表示他们对当地人民的忏悔以及祈祷永久和平的心愿。不过，那时湖南的文明铺等激战过的土地，还属于"不对外开放"范围，所以元山他们无法立即行动。

元山说："现在中国越来越开放了，我看用不了几年，当年的激战地就会对外开放的。等到那时，我们就去中国种樱花。"

可惜令人遗憾的是，等到两年后那些激战地对外开放时，安藤和米原因为高龄和身体欠佳，都已经去世了，只剩下元山一个人。即使这样，元山还是决定要去完成这个心愿。

1998年5月12日，元山终于来到湖南祁阳县文明铺镇，这是53年前元山与中国军队的激战之地。整整53年了，元山没有忘记文明铺，没有忘记应该来道歉。他在克服了各种各样的困难之后，终于再次踏上文明铺的土地。此时此刻，元山心潮汹涌，感慨万千。

文明铺镇在1998年有1.8万人口，战后这53年来，还不曾有日本人踏上文明铺的土地。元山不仅是第一个战后来到文明铺的日本人，也是唯一一个见证过文明铺血腥战场而再次来到这里的日本人。

此时元山的老战友安藤和米原已经去世了，这次元山和他的反战同志高桥佳纪一起来到文明铺。高桥佳纪是战后出生的新一代，虽说他没有亲身经历过战争的残酷，但在元山等老一代反战人士的影响下，高桥也成为一位坚定的反战人士。

我本来准备跟元山一起去文明铺，不巧的是，当时我经营的公司正在忙一个大订单，我走开一两天还可以，但如果我离开十几天就不行了。那时中国的交通还不方便，从长沙到文明铺要乘汽车，来回700公里，路上就要走好几天时间，再加上返程的时间，整个行程至少要十几天。元山见我万分遗憾的样子，就安慰我说："我去文明铺是要向那里的人民道歉，完成我的夙愿。你虽说和我结婚了，但我过去的战争责任与你无关，所以你不需要道歉，不去也没关系。"

文明铺镇长谢建中非常热情地接待了元山一行人。这时的谢建中才31岁，非常年轻，他要理解元山这些人的心情，还需要克服年龄的代沟。谢建中最初脸上带着疑惑的表情，在交谈中，慢慢知道了元山一行是为道歉而来，他的脸上才渐渐露出轻松的表情，热情地带领元山一行参观了文明铺。

元山特别提出要去看看当年松岛小队长不顾元山的劝告，试图死守的那座寺庙。可惜那座寺庙在"文化大革命"中已经被破坏了，不过元山还认得寺庙里残留下来的一片精致的拼花铺地石板，元山感慨地说："我认出来了，当年庙里就是这片铺地石板，居然经历了53年依旧不变。"

眼前这一切，让元山心中沉寂了53年的痛苦记忆，顿时闪现出来，而且更加刻骨铭心。元山当即作了一首短歌，表达他此时此刻的心情：

命有り，来たりて踏む石畳。切ない想い，今言葉無く。^①

元山向在场的人讲述了53年前那场地狱般的残酷战争。高桥佳纪听后气愤地说："没想到日本军队竟然千里迢迢跑到这里，干出如此非人的事情。"在场的人都表示同感，他们对日军的罪行都感到义愤填膺。

历史的困难之处，就是一个人要同时扮演两个角色，元山既是中国人民的加害者，但同时他也是日本军国主义的受害者。元山在这里真诚地向当年被害的中国人民道歉，但他也在期待着把他当炮灰的日本军国主义分子向他道歉的那一天。虽说，元山生前没有等到那一天，但元山毕生从事的反战运动，就是要努力使那一天早日到来。

---

① 大意为：此生有幸，重访旧地，在这昔日依旧的石板路上。无法言表，（对日军暴行的）痛恨。

当天，元山郑重地向文明铺谢镇长表示："为了表达对文明铺人民的道歉和忏悔之意，我想赠送文明铺200株樱花树，栽种在这里。以后每当文明铺人民看到这些樱花树，就会联想到当年侵略过他们的日本兵向他们表示忏悔和歉意。"

谢镇长马上表示欢迎，但他又说，这件事他个人并不能做主，还需要上级的同意和批准。谢镇长特别强调说，一旦得到上级的批准，他会马上通知元山。

元山又向谢镇长打听当年"船老大"等人的消息，谢镇长马上发动全镇人提供消息，但毕竟时间相隔太久，没有打听到任何消息，这让元山有点小小的遗憾。

元山回到日本后，非常兴奋地跟我谈起这次文明铺之行，我也非常高兴。

元山最后说："我感到自己的年龄越来越大，身体状况也越来越不佳，说不定什么时候就不行了。我的两个老战友本来说好一起去中国种樱花的，可惜他们没有等到那一天就走了。所以，我要抓紧时间，趁我的有生之年，一定要完成这个夙愿。我现在就等着谢镇长告诉我上级批准的消息。一旦得到上级批准，我马上就赶到文明铺去种樱花。"

第四节 和平樱花，表示对湖南人民的忏悔和歉意

元山从文明铺回来后，就开始学习和收集栽种樱花树的技术资料，得知栽种樱花树最好在3月底到4月初的这段时间，否则不容易

成活，于是元山就计划在1999年3月底到中国去种樱花。可是中国方面的批复迟迟不来，大概中国对这件事也比较重视，一直等到1999年6月，才得到上级的批准。但此时已经错过了栽种樱花的时机，所以元山就准备好2000年4月初去中国种樱花。

2000年4月10日是元山80岁的生日，所以元山就计划在自己80岁生日的那一天，完成自己的夙愿，在湖南祁阳县文明铺栽种表示忏悔和歉意的樱花树。在自己的80岁生日里完成自己的夙愿，那可是特别有意义的事情，所以元山感到非常高兴。而且，元山考虑到栽种樱花是百年之计，尽可能让他的晚辈们一起参加。在元山的鼓动下，元山一家都准备积极参加这次活动。

日本人的民族性之一是特别讲究做事情要有计划，因此早在半年前，元山一家就把这次行程计划好了。元山的儿子元山刚志，女儿美惠子，侄儿元山广毅，孙子元山逸树、元山心平，外孙玲，外孙女亚友子，都准备2000年4月初跟元山一起去中国，一起栽种象征歉意与和平的樱花。当时元山的儿子、女儿都有工作，孙子、孙女都在读大学。日本大学在3月底放春假，所以4月初是假期，正好赶上去中国种樱花。我也提前把公司的事情安排好，在4月初腾出两个星期的时间，准备跟元山一起去湖南文明铺种樱花树。

然而中国有一句老话"计划赶不上变化"，让元山这个精心策划的计划不得不改变。原来在2000年2月，元山忽然接到文明铺谢镇长的来信，说3月12日是中国的植树节，请元山务必在3月12日以前到文明铺，在3月12日植树节这天种樱花。这样既能完成元山本人的夙愿，又能完成文明铺植树节的植树任务。谢镇长在信中还说，祁阳县的曾晓阳副县长，将在3月12日那天亲临文明铺，主持元山栽种樱花的仪式，而且湖南日报社的记者也要去现场采访。

元山得知这个消息后，赶紧通知我和他的孩子们，说："计划要变，我们要在3月初赶到文明铺。"可是元山的儿子、女儿事先已经跟工作单位说好在4月初请假，把这个假期突然改到3月初，会给工作单位带来麻烦，所以就只好放弃不去了；孙子、孙女在读大学，3月初正是学校期末考试的时间，他们也走不开，于是也只好放弃不去。我公司也是因为事先跟客户把时间安排好了，突然改变计划也很难，所以也只好放弃不去。只有侄儿元山广毅，可以跟元山一起提前去中国。

这样一来，元山本来计划好的一家人去种樱花树，只好变成他和侄儿两个人去了。元山不无遗憾地说："虽然儿女晚辈们这次无法成行，很是遗憾，但我已经知道你们大家都愿意去中国种樱花，陪我去向中国人民忏悔道歉，所以我心中感到踏实，我知道今后日中友好的事业后继有人了。将来我死了，你们一定要记住日中友好，子子孙孙传承下去。"

所幸的是，元山三位反战同志——山边悠喜子、铃木真一、高桥佳纪决定跟元山一起去种樱花，加上元山本人、侄儿元山广毅，以及翻译唐辛子，一共是六个人，组成了一个"元山樱花团"，按照中国方面希望的日子，带着200株日本樱花树苗来到了文明铺。

"元山樱花团"一行人，与两年前1998年的行程一样，先到长沙，然后从长沙乘坐汽车到文明铺。在汽车进入通往文明铺的小路时，元山明显感到道路比两年前平坦了许多。元山问了谢镇长，谢镇长说："我们特地组织人抢修了道路。"

元山听后非常感动，中国方面对他种樱花的行动这么重视，这么友好，让元山感动不已。

元山俊美在湖南文明铺栽种樱花

果然中国方面非常重视这次"元山樱花团"前来文明铺种樱花，祁阳县副县长曾晓阳、祁阳县教育局长谢交美亲自到文明铺来主持仪式。中国方面考虑到日本老兵特地来文明铺种忏悔之树，也是一个对文明铺青少

元山俊美在湖南文明铺与中学生在一起

年教育的机会，这样的事情在中国也不多，也很不容易，所以就安排了文明铺第一中学的学生跟"元山樱花团"一起种樱花。

元山一行人在曾副县长、谢局长、谢镇长的陪同下，一同来到文明铺第一中学。只见校门外人群黑压压的一片，元山一行人步入文明铺第一中学的大礼堂时，主席台上悬挂着大幅标语"欢迎元山俊美先生捐赠樱花树"，学生们一齐鼓掌表示热烈欢迎，记者的摄影机也摆好了。

曾副县长、谢局长、谢镇长分别致欢迎辞后，文明铺第一中学的学生代表龚正龙同学代表1400名学生发言。元山在他的自传里特地记下了龚同学的讲话："元山俊美先生不远万里从日本来到我们文明铺第一中学，给我们送来樱花树，我们非常高兴。我们要珍惜这些樱花树，更珍惜元山俊美先生的心意。我们要好好学习，努力掌握科学技术，并为中日友好之树世世代代永远长青而努力。"

元山在最后做了发言，他说："看到这些天真烂漫的孩子们，看到你们这么健康美好，我心中就感到非常欣慰和高兴。在53年前，我作为日本侵略军的一员，曾经给你们的爷爷奶奶造成了巨大的痛苦和灾难。所以，我今天要在这里表示最深切的忏悔和歉意。当然我也知道，再怎么道歉也挽回不了日军给文明铺人民造成的深重灾难，我只有虔诚地祈求日中两国人们今后永远友好下去，祈祷文明铺人民的生活越来越美满幸福。"

元山最后说："1998年，我有幸与你们文明铺谢镇长约好赠送樱花树，今天我把200株樱花树带来了，希望你们能把这些樱花树苗培育成大树，让象征着日中友好的美丽樱花，永远开放在文明铺的土地上。我祈盼每年在这些樱花盛开的时节，樱花树下将聚集着日中两国友好的人们在这里共叙和平，这是我今生的梦想。不，这并不是梦想，我相信这些樱花树，今后一定能见证我们日中两国人民和平友好的美好现实。最后，祝愿我们的友谊地久天长，像樱花那样永不褪色。日中两国人民友谊万岁！和平万岁！"

说到这里元山俊美已是老泪纵横，学生们对元山的诚挚讲话报以热烈的掌声，经久不息。

接下去，元山一行人与学生们一起来到植树场种树。文明铺的泥土被前一天的春雨滋润得既松软又有黏性，正是种植树苗的好时机。在众人的热情鼓掌中，元山与谢镇长一起种植下第一株樱花树，之后学生们也纷纷种下了樱花树苗。对学生们来说，这些樱花树苗正好要与他们同时长大，也是非常有人生意义的。

当天晚上，湖南电视台就播放了"元山樱花团"一行人种植樱花的新闻。元山感慨地说："这一整天我都被包围在一片欢声笑语之中，这是我有生以来最幸福的一天。"

晚饭后，《湖南日报》的柳德新记者对元山做了采访。柳记者提出一个尖锐的问题，说："您认为栽种了这些樱花树就可以抚平过去日军对这里人民造成的沉痛伤害吗？"

元山回答说："这些樱花当然不可能抚平那场侵略战争造成的伤害，那场战争对中国人民的伤害是永远无法消除的。我到这里种樱花，不是试图让文明铺人民淡忘掉这场战争，而是想告诉这里的人民，当年来过这里的侵略军士兵，现在正在反省和忏悔。我希望文明铺的人们看到这些樱花，能够联想到日本有那么一批人，这批人是坚决反战的，是真心盼望日中人民永远友好的。我也希望中国的报纸，能够更多宣传我们这些日本的反战人士，我们团结起来共同反对日本的军国主义思潮，不让那些右翼军国主义分子在日本翻天。"

元山的谈话在报纸上刊登后，第二天就收到不少读者的来信，这些读者来信也登在报纸上。71岁的唐洪吉说："元山俊美的来访，我在理性上表示欢迎，但另一方面在感情上无法欢迎。想到过去日本侵略军对中国人民的伤害，我总是感到无法接受。但这次看到元山俊美这么真诚友好的态度，我终于感到可以接受了。"

另一位89岁的李孝道，用强调的口气对日本政府提出要求说："日本政府应该像元山俊美这样不忘历史，鼓起勇气，到中国来向中国人民谢罪。"

元山读着这些感想和评论，不禁赞叹说："他们说出了中国人民的心里话。我听到这样的话，更加感到自己这次的行动是有意义的。"

元山回到日本后，把他在文明铺第一中学与孩子们的合影，当成是他祈愿和平的信物，一直挂在家里最醒目的地方。

第五节　人生感悟，在千禧年写下的个人小传

2000年是所谓的"千禧年"，元山在他80岁之际，向湖南文明铺人民表达了他多年来一直想要表达的歉意。从文明铺回来后，我还以为元山了结了他多年来的心愿，从此就无忧无虑了，没想到元山却又心事重重起来。

我奇怪地问："人生七十古来稀，人生八十就是古稀中的古稀了。今年这个千禧年，你八十岁大寿，又了结了一个多年的心愿，在昔日战场上栽种了200株樱花树，这是多么美满的一年啊。我怎么看到你有些郁郁寡欢呢？"

元山说："今年，我个人虽然道歉了，但掌控日本政府的那些人，他们把日本在中国犯下的战争罪行拖到了新世纪，还没有向中国道歉。我今年八十岁大寿固然高兴，但这也说明我剩下的日子不多了。我希望在有生之年，看到日本政府诚心诚意向中国道歉，了结我的心病，让我没有遗憾地去那个世界报到。"

我很不喜欢他说"到那个世界报到"这种不吉利的话，一半

抱怨一半安慰元山说："好端端的一个千禧年，不要说'去那个世界报到'这种不吉利的话嘛。日本政府又不是你能管得了的，你已经尽力了。你不是老念叨日本没有人写你们这些中国战场上的'鬼子'吗？那你为什么不自己动笔写一本书呢？"

元山点头说："你说得很好。这些年来我一直忙于各种反战活动，没有静下心来写东西。前几年，虽说NHK电台采访了我，也拍了采访纪录片，但他们删删减减，把我说的中国战场上的事，全都删掉了，只剩下一些不疼不痒的话。现在看来，我的确应该写一本这样的书了。"

我说："现在日本不是流行'个人史'吗？像你这样波澜万丈的人生，不管怎么写都是令人感兴趣的。特别是写那场侵略战争的事情，一定是很有价值的，一定会受到读者的欢迎。我只是怕出版社不敢出这样的书。"

元山叹气说："是啊，现在日本是右翼当道，出版社都怕麻烦，不敢出这种得罪右翼势力的书。不过，不在书店里公开销售的自费出版图书还是可以出的。我的时间也不多了，我现在就停止一切社会活动，马上开始写书。"

从那天开始，元山整天埋头在电子打字机上打字。虽说那时已经有个人电脑了，但元山不会用，他只会用简单的电子打字机。元山写了一段时间，忽然又不写了，说："不行。我不能这么写。"

我吃惊地问："怎么又不能写了？"

元山说："我现在写的东西，太过'得罪'右翼分子，他们看了必然要反扑的。我自己倒是不怕，我已经80岁了，还怕什么？只是我担心你，因为我注定要先走你好几步，我怕我生前留下了

'账',他们会去找你算账,所以我不能连累你。如果我写的东西太过敏感,太过'得罪'右翼,那么我死后剩下你一个人,他们就会找你算账。我怕你顶不住他们的迫害,而且你一个人办公司就很艰难,如果被右翼分子把你搞得破产了,你的生活都是个问题。"

我没想到元山这么牵挂着我,不禁感动得流下泪来。

元山继续说:"所以,一些敏感的事情和得罪人的话,我在这本书中就不写了。我只是口头告诉你,等将来形势好转了,你的生活也稳定了,再请你替我把这些事写出来吧。"

我含着泪使劲点头,说:"难道这就是你给我留下的遗嘱吗?你放心,我将来一定会把你说的事情写成文字,告诉世界上的人们。"

之后,元山就把他的一些不能写在书里的事情和想法,陆陆续续地对我说了。因为元山担心我的处境,所以很多敏感的事情和话题在他的自传里都没有写。

仅用了半年的时间,元山就把他的自传写出来了,而且书的名字取中国湖南祁阳县文明铺的地名,叫《文明铺的樱花树》。一个日本人,在自己的自传书名中用中国地名,可见中国在元山心中的分量,也可见文明铺在元山人生中的地位。

尽管元山是很克制的,但他的自传还是揭露了不少当年日本侵略军在中国的暴行,日本的主流出版社当然是拒绝出版的。还好,一家东京资深的出版社,以版权为个人所有、社会效应由个人负责为条件,答应出版,这也就是所谓的自费出版。2001年4月10日,元山81岁的时候,元山的自传《文明铺的樱花树》终于出版了。

第十五章　他的最后日子

第一节　惊鸿一瞥，竟成最后的永诀

2002年11月28日晚上，吃过晚饭，一切如旧。我在客厅里处理公司的杂事，元山在寝室里看书。突然，我听到寝室里传出书本掉到地上的声音。虽然元山此时已经82岁，但手脚还很硬朗，从来没有看书时书掉地上的事。我赶忙跑去寝室，只见元山用手捂着心窝，脸上的表情十分痛苦，我马上知道他的心脏病又发作了。

我赶紧从药箱取出救心药，放到元山的舌头底下。这个药一直很灵，放到舌头底下一分钟后，心绞痛就会奇迹般缓解。可是这次三分钟过去了，还不见缓解；我又按照医生说的，再给元山放一片药在舌头底下，没想到依然无效。于是我马上打急救电话，五分钟以后，就听到救护车的鸣声了。元山在听到救护车鸣叫后，忍着绞痛对我说："救护车来了，你不要害怕了。"

这全部过程也就15分钟不到，我们家住在四楼，担架马上用电梯送到，元山被抬上救护车。我随手拿起钱包和元山的医疗保险证，连衣服也来不及换，穿一件家里用的睡衣，匆匆忙忙地跳上救护车。从我们公寓到坐落在新宿车站附近的心脏病专科医院榊原纪念病院很近，所以救护车才能5分钟内就赶到，这个离医院近的公寓救了元山一命。

元山在救护车上，也许一下子放下心，挣扎的力气使尽，就陷入昏迷。送到医院后经过抢救，元山终于舒缓过来，医生给我看元山缺血的心电图，对我说："他的心脏供血已经明显好转了，但还不稳定，所以要让他暂时住在重症治疗室。"

因为重症治疗室不允许家属跟进去，我就坐在外面看情况。等了好长时间，也不见有什么情况，我就去问医生。医生见我身上还穿着睡衣，就对我说："他现在有医生和护士的监护，不要紧。你可以回家休息，明天早上再来。"

这个医院规定，重症治疗室的病人每天只能跟家属面见15分钟。第二天我急急来到重症治疗室，见元山躺在床上，鼻子里插着管子，手上插着输液瓶，但神志清醒，精神还好。我知道元山也没有精力多说话，就简单与他谈了15分钟，安慰他一番，就快快离开了。这样的日子持续了一个星期，元山的病情好转了，于是医生就让他从重症治疗室转到普通病房。

在日本住院，如果住四个人一间的病房，住房费就可以通过医疗保险报销。但如果住双人房或者单人房，那么住房费就要自费了。我想，元山有比较多的战友、同志，他们得知元山住院后肯定都要来看他。如果元山住在四个人一间的病房，来很多人看望他就会影响别的病人。所以我就为元山订了一个单人病房，里面有单独的洗手间，还有沙发。虽说这个单人房间一天要4万日元的房费，不过我想："这次元山病情不轻，为了让他高兴，减轻心理负担，多花点钱也是值得的。"

　　这间单人房像酒店的客房，从窗户往外看，就是新宿高楼林立的繁华街景，可以让人暂时忘掉自己是在充满药味的病房里。果然，元山的老战友、老同志们纷纷前来探望他，多亏这个单人病房宽敞，才能让很多人一起进来说话。元山见这么多人来看望他，也很高兴，心情很好，身体也恢复得很快。

　　这样的日子一直持续到12月中旬，日本已经快要进入新年长假的日子了。因为日本人过阳历新年，所以一般公司在12月29日到1月3日放新年长假。随着时间接近新年长假，每个住院的病人都期待自己可以在年底出院，好回家过年。医院在12月20日对元山进行了彻底检查后，告诉元山说："你可以在年底出院，可以在家里迎接新年了。"

　　元山和我听后都非常高兴。元山一听说可以回家，首先提出要买一张电动床。原来这次元山住院，睡的是电动床。医院的这张电动床很神奇，床身分三段，可以自由调节仰起或弯曲，按一个钮就可以把床调到自己最舒服的姿势，起床时也是按一个钮，上身就逐渐被推起来。这样有心脏病的人可以大大减少心脏的负担，十分有益。

　　于是我就赶紧去一家专门卖医疗护理用品的商店，买了一张与医院一模一样的电动床。因为换了一张新床，我就干脆把元山寝室的深咖啡色地毯也换一个新的，我选择了一个元山喜欢的暖色系的米黄色。因为地毯换了，原来配套的深咖啡色窗帘颜色显得不协调，我又追加换了新的米黄色窗帘。

　　我想给元山尽可能布置一个温馨的家，让他回来后心情愉快。

另外，我还买了一个洗澡时用的椅子和一个外出时用的轮椅，想尽量减轻元山的身体负担，以免新年出去时心脏病发作。

一切布置好后，我给元山的"新房间"拍了照。那时还没有数码照相机，更没有智能手机，所以我是用胶卷相机拍的，然后拿去冲洗出来。在12月25日圣诞节那天，我把"新房间"的照片带到医院给元山看，元山看后非常高兴，搓着手说："真想今天就出院回家啊。"

医院批准元山出院的日子是12月29日，星期六。从25日开始，元山就像小孩子一样盼望着回家，28日这天，是公司新年长假前最后一天上班，我们公司这一天中午大扫除后，3点就开了一个短小的会，互相说声"过个好年"，大家就回家了。我当然就直接去医院。

一到医院，我就开始整理行李，准备把这天可以带回去的东西尽量带回去，不知不觉就近黄昏了。

在黄昏的静谧中，元山突然说了一句很奇怪的话，他说："明天就可以回家过年，这是真的吗？"

我很不以为然地说："当然没问题，一切都准备好了。护士长刚才跟我说，明天中饭吃过后，休息一会儿，就可以办出院手续回家了。"

元山这才放心地说："太好了，我明天真的可以回家了。"

这时，晚上探望病人的规定时间到了，病房里播出送客的音乐，催促探望病人的家属尽快离开。元山说："你还没有吃晚饭吧？赶快回家去吧。"

我说："好，那我就先回去了。明天早上我来办出院手续，在这里吃完中饭后，我们就一起回家。"

我一边说话，一边把收拾了的可以先拿回家的元山的大包小包拎起来走到门口，向元山挥挥手说："晚安，我明天再来。"

就在我转过身要跨出病房门时，元山突然叫了我一声。我赶紧又回到房间，还以为他有什么重要的话要说。没想到元山只是说了一句："里子，你辛苦了，非常谢谢你。"

其实日本男人很少对自己的妻子说"辛苦了、谢谢"之类的话，不是他们心中不想说，而是他们没有这个习惯。特别是像元山这样出生在大正时代的男人，更是说不出这样的话。所以元山的话让我突然觉得很好笑，就说："哇！今天晚上要刮神风啦。"

元山咧嘴笑了一下，那双本来很犀利的眼睛，变得万分柔和。他又认真看了我一眼，才催我说："你赶快回去吧。"

我跨出病房的门，走出了那栋楼，走出了医院。我万万没想到，元山那超乎寻常的话语和惊鸿一瞥，竟成永诀。

这个世界，到底有没有生命即将结束的迹象，似乎永远说不清楚，也无法证明。这就像人类到现在，还不知道到底宇宙有没有彼岸，人去世后到的那个世界到底是怎么样的。很多人都说那个世界很好，我相信一定很好，因为至今为止去那个世界的人，没有一个人返回来呀。他们在那边一定很幸福，所以就不愿意再回来了。

第二节　黑色日子，那天他永远离开了我

第二天，2002年12月29日，我很早就起来，把公寓的窗户全部都打开，让空气对流换气，以便元山回来后呼吸到新鲜的空气。吃过早饭，我先到公司的办公室，处理一些公司的事情。日本的公司在12月29日已经开始放新年长假了，公司其他员工都放假了，但中国是过旧历年，所以中国的工厂不放假，我还要跟中国那边联系。

我在办公室匆匆地处理完事务，正准备去医院接元山出院，这时电话铃响了。我拿起电话筒，话筒传出说是"榊原纪念病院"。当时我也不奇怪，猜想他们可能来提醒我办出院手续的事，没想到电话里一个急促的声音说："请您马上来医院，元山出问题了。"

我一下子紧张起来，忙问："出什么问题？他不是今天就要出院吗？"

电话那边催促说："请您赶快来吧，您来了再细说。"

我放下电话，马上出门，叫了一辆出租车，我的公司就在新宿区，走路也可以到，出租车7分钟就赶到医院。我一下车，就看见护士长居然站在医院的大门口等我。她过来一把拉住我的手，就往职工电梯跑。我的身体一下子发抖起来，一种明显不祥的预感涌上心头，电梯在上升、上升，我的心在下降、下降。

护士长带我跑进一个月前的重症治疗室，只见元山躺在床上，双眼紧闭，嘴里罩着氧气，胸前有各种医疗器具缠绕着。我来不及问为什么，赶紧摸元山那只没有医疗器具的手臂，手臂是热的，我相信元山还活着。我大声地叫他的名字，元山轻轻动了一下，紧皱的眉头渐渐舒展，之后就没有反应了。

旁边的监视器上，象征生命迹象的信号毫不留情地发出一声比一声凄厉的"哔、哔、哔……"的声响，我突然产生错觉，好像元山的呼吸是由这个监视器控制的，大声对监视器喊："不要这样，不要、不要……"监视器冷漠地慢慢拉长声音，最后不响了，甚至各种信号也不再闪烁了。

站在元山前面的主治医师，一直一言不发地看着我，这时他才一步一步地走过来，对我说："现在的时间是10时30分，非常遗憾，元山俊美不幸与世长辞了。"

我以为我在做噩梦，还是拼命摇元山的手臂，一边哭一边说："他还热着，快呀，快呀，赶快抢救……"

这时，住在东京的元山女儿和女婿也赶到了。医生说："病人的家属都到齐了，主治医师要向家属交代今天发生的事情。"

我大哭起来，说："为什么你们不管他了，不救他了……"

元山女儿过来对我说："医生说得没错，父亲已经走了。我们现在需要尽快搞清楚的是，为什么父亲今天被批准出院，可是又突然去世了。"

我摸着元山的手臂，明显地凉了，说明元山真的离开这个世界了。护士长过来说，要进行最后的整容修饰，时间再拖下去，就很难给元山做最后的整容，叫我配合，到主治医师房间。

我们这些元山的家属，一起来到主治医师的房间。主治医师说："事情是这样的。今天早上，按照医院的计划，出院前有一个洗澡的护理，元山在两位护士的护理下，像往常一样洗澡。不料在洗澡的过程中，元山的心脏病突然发作，护士马上把元山转移到重症治疗室抢救，可是抢救无效。在夫人赶到后15分钟，元山停止了心肺活动。"

元山女儿比较有头脑，她马上问："这会不会是医疗事故呢？"

主治医师面无表情地说："我不认为这是医疗事故。元山的心脏病虽然缓解了，但随时都可能重新发作，这不是医疗事故。另外，我还要解释一下，病人在出院前突然去世的例子很多。大概是因为快要出院了，病人非常兴奋，反而引发了心脏病。"

听主治医师这么说，我脑袋"嗡"的一声响了起来，心中暗想："我为了元山回家，买了新床，换了新地毯和新窗帘，元山知道后非常高兴，说想早点回家。莫非是我这番想让元山高兴的举动，使元山太兴奋了，所以诱发心脏……"我都不敢想下去了。

主治医师又对元山的女儿和女婿说："令尊在最后一直坚持着，一直等到夫人赶来，听到夫人呼唤他的名字，听到夫人喊他的声音，他才慢慢停止了心脏跳动，这也是一个奇迹吧……"

我不知道这是真的，还是医生用来安慰我的话，但我希望这是真的。不管怎么样，我心里还是深深地责备自己："如果那时不买新地毯，不买新窗帘，不把屋子收拾得那么干净整齐，或许元山就不会那么兴奋，或许……"

这时元山女儿又问主治医师："我们可以调查吗？"

主治医师还是面无表情地说："当然可以。如果要调查的话，请元山夫人提出申请，我们将保存元山的遗体，供调查用。"说到这里，主治医师转身对我说："夫人，您觉得需要调查吗？"

也许是主治医师刚才安慰我的话起了作用，也许是这么久的住院日子，我一直看着元山与医生之间的信赖关系，我看着主治医师的眼睛，觉得他的目光是温暖的，是善良的，似乎还带有一种恳求的眼神，我不由得相信他是一个好人，他说的话是真的，况且，我想元山人已经走了，即使查出什么，元山也不会生还，也许可以索

大雪中的元山俊美葬礼　　　　　元山俊美追悼会

赔，但是有没有意义呢？于是我轻轻摇摇头说："不用调查了，我相信医院已经尽力了。"

主治医师终于松了一口气，低声向我道谢说："夫人，我代表全体为元山俊美先生看过病的医生和护士，真心感谢您，感谢您对我们的信任。"

接下来，我就像机器人一样，按照护士长的指点，填写了很多张表，盖了很多印章，交了很多钱。傍晚，元山的儿子和儿媳从米子市乘飞机赶到医院；第二天，元山妹妹俊惠也从老家岛根县赶来，大家都忙着为元山操办后事。

元山出殡的那天，东京突然下起鹅毛大雪，东京已经很久没有下这么大的鹅毛大雪了。元山妹妹说："哥哥就是贵人啊，老天都在为他哭呢。"

这场大雪一直下到我们从火葬场出来还没有停。可是我们一回到家，鹅毛大雪就戛然而止，令参加殡葬的人为之一惊。这时，我想起我曾经问过元山，他出生的时候有没有什么所谓"天人合一"的迹象，我突然意识到，在元山结束一生的时候，真的有所谓"天人合一"的迹象啊，不禁唏嘘不已。

第二天，我和元山的儿子护送他的骨灰盒回到他的老家。按照他们老家的习惯，举行了埋葬仪式，元山的骨灰埋葬在他们家的祖陵里。

新年过后，元山参加的反战团体和我联合举办了元山俊美告别会。在会上我展示了元山一生的图片和遗物，图片有元山参加反战的演讲、游行、著书、文明铺的忏悔道歉照片，与文明铺一中学生的合影等；遗物有元山参加侵略战争时穿的军用皮鞋、军服等。前来悼念元山的生前战友、亲朋好友无不为他平凡而伟大的一生赞叹不已。

回想元山的突然离世，感慨万千。世界上只有一件事情是永远未知的，那就是人的生命尽头。人的生命诞生是偶然的，但生命孕育时，我们可以大概知道小生命什么时候来到人间；人的生命结束虽然是必然的，但却无法知道什么时候会发生。世界上也只有这个生命的终点，是确确实实人人平等的。

第三节   宅邸孤人，永不分离的龙凤胎兄妹

2008年是元山去世的第六年，我接到元山妹妹俊惠打来的电话，说今年要给元山办"七回祭"的法事，俊惠让我今年12月29日到元山岛根县的老家。

因为我出生在新中国破除封建迷信的时代，从小就没有接触过"法事"这类的事情，我对"七回祭"法事是什么完全没有一点概

念。不过既然元山妹妹让我去，那我肯定要尊重日本的习俗，一定是要去的。于是我就跟元山妹妹说好，在年底元山去世的日子，赶去岛根县元山老家参加这次"七回祭"的法事。

之后，我请教别人"七回祭"法事是怎么回事。很多日本人也说不清楚，大致是说：日本传统上祭祀死者的习俗，要举行三次大型祭祀。第一次是在死者去世后第二年，举行"一周祭"；第二次是在死者去世后第7年，举行"七回祭"；第三次是在死者去世后第33年，举行"三十三回祭"。2008年是元山去世"七回祭"的年份，按照日本的旧传统，应该举行一次大型祭祀法事。

我于2008年12月29日，赶到元山岛根县的老家，参加元山"七回祭"。这天早上我凌晨5时起床，7时从东京羽田机场飞往石见市，9时到达石见市，再转乘长途大巴，最后转乘乡村出租车，一共行程2500公里，11时赶到了元山的出生地，岛根县江津市小田町的老家。

那天气温2摄氏度，湿度在30%左右，万里晴空，微风徐徐。虽然经过5个小时的颠簸，但一经冰凉清澈的乡间清风轻轻吹拂我的脸庞后，竟有一种心旷神怡的感觉。我来到熟悉的元山老宅门前，门口的两株2米高的老菩提树还是那样繁枝茂叶，在阳光的照耀下，与老房子的青瓦相映生辉，竟然呈现出青铜色，依然庄严地守卫在玄关前。可是当我看到玄关右手边摆放盆景的地方，又让我心里一沉。

当年，我与元山一起来时，这里整整齐齐地排列着一片盆景，它们是小松、青柏、蜡梅、黄菊、红叶、五月红、月下美人①……

---

① 即昙花。

一盆盆都是那么青翠亮丽，芬芳可人。它们是元山花了一生的时间，每年一两盆积累起来的。可是现在，这些盆景大多数失去了绿叶，只剩黑棕色的枝干，一阵寂寞凄凉感油然而生。我刚刚进院子时感到温馨的心，又变得低沉起来。

　　我拉开元山老宅的玄关大门，这扇门从前一直不曾锁过，现在也仍然没有锁，一拉就开了。我对里屋喊一声："我回来了。"

　　里面传来一个既高兴又意外的回应："回来了？真的回来了？"

　　我听到里面拉了三道门的声音，元山妹妹俊惠出现在玄关前。孤独的生活、寒冷的宅邸，使她的背越来越驼了。她虽然站着，但头却只到我的腰处。我赶紧跪坐在玄关前的地板上，保持与她同样的高度说话。

　　俊惠快要哭了，对我说一声："姐姐，您辛苦了！"

　　我赶忙回答说："姐姐，久违了！"

　　俊惠与元山是龙凤胎，年龄一样大，我应该称呼她"姐姐"才对。不过我是他哥哥的妻子，所以她叫我"姐姐"，这是一种辈分的称呼，她叫得一点也不奇怪，只是我听着感觉很奇怪，又不好纠正她。以前的人都注重辈分，结果我们就互称"姐姐"了。

　　进屋后，俊惠递给我一个镶黑边的藏青色蒲团，于是我跪坐在这个软软的蒲团上，俊惠本人却跪坐在什么都没有的硬邦邦的榻榻米上。虽然房间的角落放着一叠蒲团，但俊惠作为这个家的主人，自己不能坐在蒲团上，以表示对远方来客的敬重。

　　我和俊惠坐在榻榻米上，再次寒暄几句后，我问她："刚志、美惠子、逸树、心平、玲、亚友子他们什么时候到？"刚志是元山的儿子，美惠子是元山的女儿，逸树、心平是元山的孙子，玲、亚友子是元山的外孙及外孙女。

俊惠轻轻叹一口气，说："刚志、美惠子他们不来了。"

我奇怪地问："为什么？他们可是元山的亲生孩子呀。"

俊惠说："他们说，'七回祭'法事是旧时代的迷信，现在是新时代了，没必要搞这种旧法事。他们说，他们在自己家里祭祀父亲，就不必搞什么"七回祭"了。他们还劝我不要搞了。但我们乡下人比较顽固，总是留恋旧时代的东西，所以我还是要给元山搞一个'七回祭'。还好，姐姐你还尊重旧时代的思想，专门赶来参加元山的法事。如果你不来的话，那就只有我一个人办了。"

听了俊惠的话我才知道，日本很多年轻人已经不搞"七回祭"法事。但俊惠坚持要按旧传统给元山做法事，这也让我感到俊惠对哥哥的一片真心爱意。

俊惠又说："到了跟哥哥说话的时间了，我们去跟哥哥说话吧。"

俊惠站起身来，带着我来到佛龛前，那里有一张元山的遗像，前面还有一个烧香用的小铜钵。俊惠用小木槌轻轻敲一下小铜钵，发出凄清的长颤音，这似乎表示着与那个世界对话的开始。俊惠在袅袅回荡的铜钵颤音中，对着佛龛里元山的遗照，开口叫一声："小阿哥！我们来看你了。"

接下去，俊惠就滔滔不绝地说起来："小阿哥，你要高兴了吧？姐姐又回来看你了，还带来你喜欢吃的东京的'虎屋羊羹'。我这就给你打开了，你看呀，多好吃的点心呀……"

俊惠继续滔滔不绝地说着，她说话的语气非常平和，仿佛元山还活着听她说话。可是我在旁边听着，已经泪流满面了。

俊惠对着元山的遗照说了好半天话，才停下来问我："我们请预约好的和尚过来吧？"

我满脸泪水，哽咽地说不出话来，只是机械地点了点头。

于是俊惠站起来，走向电话机，拿起电话叫出租车。原来乡下的习惯，请和尚出门做法事，是要叫出租车去接他们的。日本乡下没有汽车是寸步难行的，所以和尚们也都有自己的车。但做法事的时候，他们就不坐自己的车，而坐香客派来的车，这似乎是表示做法事那家人的诚意。

俊惠放下电话，表情突然变得很务实。她从事先放在桌上的一个紫色绢巾包里，取出一个白色的纸袋，纸袋上面用毛笔写着"布施"两个字。俊惠对我说："我准备好了布施的袋子，请您准备钱。"

我一愣，因为我也准备了一个"布施"的白色纸袋，只是"布施"两个字是印刷的，不是手写的。但我马上领会了俊惠的意思，赶快从我的布施袋里，掏出事先放好的五万日元，交给俊惠。俊惠接过钱，小心翼翼地放进她准备的布施袋里，然后又非常仔细地用紫色绢巾包好。

元山家老宅离寺庙很近，只有不到两公里的路，出租车15分钟后就到了，我急忙跑出房间去迎接前来做法事的和尚。

玄关外的小路上，停着一辆漆黑的皇冠牌出租车，一位红光满面的法事和尚威严地端坐在车里。等到出租司机跑到车后，打开车门，并手掌遮着车门框，和尚才一脸庄重地下车。法事和尚身穿漆黑的绢织法衣，交叉的领口露出雪白的襦袢，从肩膀至腰还挎着金色紫纹丝缎带。在乡间的寒风中，法事和尚显得那么道貌凛然，仪形磊落。

和尚腰板笔挺，微微向等候在玄关前的俊惠和我欠身施礼。俊惠在前面引路，和尚缓缓步入玄关，雪白的足袋在榻榻米上发出"刷刷"的摩擦声，愈发显得庄严肃穆。和尚迈着款款的步伐，脸色庄重地走向佛龛。这种步法在日本歌舞伎舞台上经常出现，可见这位法事和尚是一个经过严格修行的高僧。

我目送和尚坐下后，赶忙跑到路旁的出租车旁，拿出一张1000日元的钞票交给司机。出租车的车费是540日元，比东京便宜40％。司机热情地与我打招呼说："听说您是从东京来的，辛苦了。"

我忙答道："您辛苦了。"我想按照东京的规矩，打电话叫出租车是要另外收费的，再加上和尚已经在房间里坐下了，我就没有等司机找钱，匆匆赶回到房间。

和尚跪坐在佛龛左边，这里放了一个元山妹妹准备好的专门给法事和尚坐的镶金边的紫色缎面蒲团，我还是跪坐在那个镶黑边的藏青色蒲团上，俊惠依然跪坐在什么都没有的硬邦邦的榻榻米上。

我还以为"七回祭"法事是一个会有很多人来参加的隆重祭奠，没想到这场法事只有三个人参加：俊惠、我，以及请来的和尚。我感到这样的法事是不是太简朴了一点，太冷清了一点，我甚至觉得这么简朴的法事，反而会让那个世界的元山感到寂寞。但不管怎么说，法事的规模再小，它也是法事。于是这场小小的法事开始了。

和尚拿出一个小木槌，重重地敲在他带来的颇大的铜钵上，凄清的长颤音再次笼罩着佛龛。在颤音中，和尚燃起带来的祭香，一股幽幽的檀木香顿时飘荡在榻榻米房间上空。紧接着和尚手捧一叠经帖，上面印着大大的汉字，他戴上厚厚的老花眼镜，在金属颤音的尾声中，开始大声地念唱："南无阿弥陀佛、南无阿弥陀佛……"

和尚的年龄看上去应该有70岁以上了，可是他发出的声音洪亮浑圆，好像是男高音在唱歌，让我大吃一惊。唱经如同吟诗，有规则地一起一落、一顿一昂，一个高潮音符后竟拖出一个长达一分钟的长长低音，如泣如诉地震动着空气。

或许是和尚那男高音般的动人吟唱声，唤起了我们对故人的思念情怀。我和俊惠的眼泪——不约而同地都是那种出自内心的、不出声的静谧泪珠——接二连三地从脸上滚落。

经过和尚约20分钟的唱经，法事就结束了。俊惠擦掉眼泪，麻利地给和尚沏上一杯事先准备好的日本绿茶。和尚一边品茶，一边与我们闲谈。

和尚指着正厅墙壁上先祖的照片，对我说："您丈夫的父母过世时，也是我主持送他们上路的。您丈夫小时候，就是这里方圆百里有名的神童，乡亲们都看好他。果然后来他到东京工作，还经常回老家，修缮这个老宅。您看，我们这里的老宅，没有一家修缮得这么好的。可是现在，这么好的老宅，居然只剩俊惠一个人守着，可惜啊。"

俊惠听到和尚的话，又难过得泪水涌出眼眶。她边流泪边说："是啊，那时候大家都怕我的脊椎病会活不长，俊美哥哥为我到处求医治病，还为我这样身残的女人找到一个上门女婿。可是没想到，他们都在我前面走了，只剩下我一个人。"

俊惠显然对和尚难得的叙旧感到很珍惜，还想多说一些，可就在这时，接和尚回去的出租车已经到门口了。俊惠拿起桌上的紫绢巾包，慎重地打开绢巾取出里面的布施袋，双手恭恭敬敬地把布施袋捧给和尚。俊惠还特别对和尚解释说："上面虽然写着我的名字，但里面的钱其实是东京姐姐的。"

和尚会意地向俊惠和我各施一个礼，就告别而去。我小声问俊惠："是不是我们要给出租车司机先付钱？"

俊惠摇头说："乡下的习俗，回程就不要我们付车钱了，因为布施就包括回程的车钱了。我们再给司机付车钱，和尚反而会没有面子。"

元山俊美的墓和他自己写的墓志铭

　　和尚走后，就剩下我们两人了，房间里更显得寂寞。于是我们拿着俊惠事先准备好的贡品和鲜花，来到后面的祖陵，在元山的墓前祭奠他。元山家的祖陵大约有80平方米，素雅大方，中央的石碑上刻着祖辈的名字，俊惠把看守好这个祖陵看作她生命的价值。这里的每一块石头，每一个文字，她都擦得干干净净，鲜花也从不间断。

　　祖陵侧方有一块石碑，上面刻着元山俊美自己生前写下的墓志铭："道たづね、道とたたかい、道に生く。"（探索道路，开辟道路，生命就是寻找道路。）

　　在元山的墓前，我和俊惠摆上供品，默默合掌，祈祷元山的冥福。我暗暗想："元山生前是喜欢热闹的。这么简朴肃静的'七回祭'，元山会高兴吗？或者在那个世界里，元山的性格已经变了……"

　　我们两人在墓前祭奠完元山之后，返回房间。这时俊惠突然问我："刚才出租车司机的车钱找回来了吗？我看你递给他1000日元的钞票啊。"

　　我忙说："没有找钱。我想，我们叫车也要付费用的，所以余下的钱就算了……"

　　俊惠突然急了，说："他该找我们460日元呀。我们这里460日元，在农协可以买一盒便当，解决一餐饭；在超市可以买一盒洗衣粉，解决半年的洗衣；可以……"

　　说着说着，俊惠毫不犹豫地走到电话机旁，拿起电话，给出租车司机打电话。

可是她接通电话后，自己却不说，只是对电话那边说："请您等一下。"

俊惠一下子把电话塞给我，让我说。我措手不及，只好一边道歉一边说："刚才非常对不起，我忙得忘记拿您找给我的钱了。"

那边司机谦和地说："我才是对不起，刚才因为有和尚大人在，我不敢啰嗦，现在我马上就送钱过去。"

不一会儿，司机就开车给我送钱来了。虽说司机脸上没有一点不高兴的表情，可是我心中却过意不去，用"补偿"的意思说："我傍晚还要回去，如果您正好有空的话，我还想麻烦您，我再坐您的车回去。"

司机连连说："我一定准时来接您。"

俊惠聪慧、勤劳、质朴、忍耐，加上一种城市里的日本人已经渐渐失去的坚韧、精明，甚至几分刻薄，这才能一丝不苟地守护着这座古老的宅邸。

临走前，我留下一些生活费给俊惠，她溢满眼泪说："您一个女人在东京赚钱不容易，还给我钱，这钱太宝贵了。乡下的退休金少得可怜，多亏您经常关照我，真是太谢谢了。"

这时俊惠话题一转，告诉我一件事。那是2000年的时候，元山从中国种樱花回来，或许是太兴奋了，所以经常感到心脏不适。我陪元山到医院检查，医生说元山的心脏严重供血不足，需要做搭桥手术。因为这次心脏手术的风险系数很高，所以不仅住在东京的元山女儿过来看元山，住在外地的元山儿子刚志以及住在老家的妹妹俊惠，都专程过来看望元山。

俊惠告诉我，元山趁我不在的时候，把他的儿子、女儿和俊惠都叫到身边，对他们说："我这次手术很难说一定会成功，说不定就要到那个世界去报到了。所以，我向你们托付一件事。如果我死了，里子很让我担心。她一个女人在东京生活，无亲无故的，很不容易。所以我希望你们在我死后，能多多关照她，多多帮助她。"

俊惠说她和元山的儿子、女儿都连连点头。俊惠继续讲下去："俊美哥哥又对我们说：'里子办的公司，都是她一个人办起来的，我并没有出钱，也没有出什么力。刚开始公司为了凑人数，我充当公司的董事，现在里子的公司已经走上正轨，我就退出董事了，公司的事情已经与我无关了。你们也知道，我没有什么存款，如果我死了，我的遗产也就是这个东京的公寓。你们都有自己的房子，这个公寓就留给里子吧。'"

我不知道元山生前这么担心我，这么操心地为我今后的生活做安排，我又感动得泪流满面。不过在元山去世后，我提出把元山唯一的遗产——那个我们共同生活过的公寓卖掉，卖得的钱由我和元山的儿子、女儿分别继承。元山的儿子和女儿并没有异议，于是我就把房子卖掉，把钱分了。俊惠是元山的妹妹，在法律上没有遗产继承权。

俊惠说完这件事，又对我道歉："俊美哥哥生前托付我关照你，帮助你，可是我没有为你做什么事，反过来你却每年年底给我寄钱关照我，实在是不好意思呀。如果元山知道了，他大概要生我的气吧。"说着俊惠也落泪了。

我赶紧说："不会的，不会的，我知道元山一定不会生气的，反而会高兴的。"此时我好像在扮演元山的化身。

俊惠听了我的话,感到宽慰地说:"他不生气就好。不过我会把今天的事情原原本本地告诉他。"

俊惠所谓的"告诉",就是在元山的遗像前,把今天的事情讲给元山听。元山真的能听到吗?我有点不相信,但俊惠坚信元山能听到。

傍晚,我在离开元山老宅前,再次与俊惠一起到祖陵元山的墓前告别。

出租车按时来到老宅门前的小路等我,我坐上车后,不断地向目送我的俊惠挥手告别,俊惠也吃力地挺起驼背,一边向我挥手告别,一边用手帕擦脸上的泪。

俊惠那弯曲的身躯,在我的视线中一点一点地消失,她那不停擦泪的形象,再次催鼓我的泪腺,我也不知道流下多少泪。

出租车司机从后镜看到我们离别的这一幕,感叹地说:"您婆婆多么舍不得您走啊。"

我苦笑了一下,没有做更多的解释。这一刻,我备感俊惠的慈爱,竟觉得她犹如长辈那样关心爱护我,好像她真成了我的婆婆。我再次回头依依不舍地遥望她的身影,她的面容在这一瞬与亡夫元山俊美重叠,我突然感慨,这一对龙凤双胞胎,绕了一大圈,终于在这座古老的宅邸永远不分离了。

尾声

十六年后的樱花树下

第一节　相约重访湖南文明铺

元山离开我已经14年了。一个一个的周末过去了，一个一个的星期一接踵而来，阳台上元山留下的五月杜鹃花盆栽盛开了，粉红刚刚褪去，大红的玫瑰也已答答含羞，紧接着雪白的百合也不示弱，再下来一盆秋樱刚刚露出它娇小清纯的脸蛋，旁边黄色的菊花已含苞欲放。这些元山生前一盆一盆种下，又一盆一盆精心护理的盆栽，使往日情景历历在目，芬芳袅袅。可是我最在意的并不是近在咫尺的盆栽，而是远在天边的樱花树，对，就是元山16年前种在那遥远的湖南文明铺的日本八重樱。它们长得多高了？它们在春天开出粉红的八层重重叠叠的樱花了吗？元山在他住院时，曾经一本正经地对我说："我离开这个世界以后，请一定在合适的时候，代我去看看2000年种植在昔日战场湖南文明铺的樱花。"我一直想，等我退休了，就去湖南看望那些樱花树，没想到，这一天很快就在几个奇迹中到来了。

2015年11月1日，正值星期天。这天是日本晚秋难得的晴朗天空，偶尔浮现在天边的云彩，马上在犀爽的秋风中幡然而去。傍晚的夜幕下华灯初上，我去住处附近的车站，迎接阔别了5年的元山俊美的反战同志高桥佳纪先生。高桥三天前就打电话来说，他去冲绳参加一个反战集会回来路过这里，傍晚想在车站附近的居酒屋与我小酌一杯叙叙旧，谈谈元山的往事。

高桥是2000年3月与元山一起去湖南祁阳县文明铺栽种200株樱

花的那六个人之一。那次樱花之行，由于日程突然临时提前，我没能和元山他们一起去。天有不测风云，没想到元山在中国种下樱花的两年之后，就离开人世了。元山去世后，与元山一起去文明铺栽种樱花树的山边悠喜子、铃木真一、高桥佳纪，每逢过年过节都会寄来元山喜欢的水果和点心给我，一方面表示缅怀元山，另一方面也是表示关照我。

高桥是一个铁路工人，以前曾和元山一起工作过。高桥在东京的时候，我们每年会一起见面，一起缅怀元山。然而高桥退休后，就回到自己的老家秋田县，在那里务农种地，过着晴耕雨读的生活，所以我们一别五年没有见过面了。

高桥退休后，他还是非常关心日本的反战运动，经常到日本各地奔走，支持各地的反战运动。这次他去冲绳，是支持那里反对美军基地的反战运动。高桥回来时路过东京，正好顺便过来见面叙旧。

车站出口人来人往，在一拨拨人群中，我一眼就看见高桥先生。高桥的脸庞，是那种被太阳眷顾的古铜色，腮帮没有一丁点松垮，一副体力劳动者的精壮身段。

我们来到附近的一家居酒屋，我问高桥："你还是清酒党吗？"

高桥点头说："是啊，我这个铁杆的'清酒党'，是改不了的。"

日本所谓的"清酒党"，就是只喝日本清酒，别的酒都不喝。我喝酒并没有什么特别的习惯，什么酒都喝，所以我就随高桥先生的习惯，只点清酒了。最初我们先喝冰镇清酒，互斟几个回合后，再换烫热的清酒。不知为什么，烫热的清酒特别容易勾起回忆，我们自然而然地讲起元山的往事。

我们喝着烫热的清酒，往事随着清酒的热度，一幕一幕地浮现出来。当我们谈到文明铺的樱花树时，我对高桥说："元山临终前曾经嘱托我，让我代他去看看长大了的那些樱花树。你是当年栽种樱花的人，你也想去那里看看你们亲手栽下的樱花吗？"

高桥马上高兴地说："当然想啦。时间过得真快，一转眼15年过去了。当年那些小小的樱花树苗，现在应该已经长成参天大树了吧。我们当年'元山樱花团'的六个人，除了元山老师之外，其他人都健在。这次我们重组一个'樱花团'去看看当年栽种的樱花。我们当年'樱花团'的五个人，再加入你，还是六个人，这次是你代表元山老师，所以还叫'元山樱花团'。"

我赶紧说："这可不行，我哪能代表元山呢，我只是代他去看看那些樱花。这次我们去看樱花，就不叫什么'樱花团'了。"

高桥笑着说："你也不用谦虚，你是元山夫人嘛。"然后高桥又说："我现在退休了，时间比较自由；铃木也退休了，时间问题也不大；只是山边大姐高龄了，不知道她身体行不行，我跟她联系一下吧。"

我提醒说："还有那位给你们当翻译的唐辛子小姐呢。"

高桥点头说："对，这次我们和中国方面联系，还要依靠唐辛子小姐呢。她是湖南人，熟悉那里的情况。"

这天我和高桥都喝得非常尽兴，这么难得的老友相聚，真可谓"酒逢知己千杯少"，大家都有点醉了。

2016年1月25日晚上，我接到来自当年"元山樱花团"的中国翻译唐辛子的短信。她在短信里说，她已经跟文明铺方面联系好了，我们这些人将在3月底去那里看樱花。这次我们的"樱花团"共四个人。元山的侄子因为生病住院，无法成行；山边悠喜子女士腿脚犯病，行动不便，所以也无法参加这次的"樱花团"。

当时我在中国厦门照看父母，于是我就和唐辛子说好，我从厦门直接到湖南长沙，与高桥他们会合，然后一起去文明铺。这个时候，我做梦也没有想到，另一个命运的召唤，已经在天边等我了。

第二节 邂逅小说《己卯年雨雪》

这个世界很大，可是又很小，经常有一些意想不到的事情，会令两个完全没有关联的事情奇迹般地巧合在一起。这次在我身上就发生了这样的奇迹。

过了几天，2016年2月2日，我又接到唐辛子的电话，她说的事情，使我大吃一惊。唐辛子告诉我，广东花城出版社3月将在湖南举办一个由一本新书《己卯年雨雪》引发的中日友好活动"和平祭"。正好我们这次的日中友好"樱花团"，也是去湖南看樱花，所以花城出版社就建议我们的"樱花团"一起参加"和平祭"，参加他们的大型中日友好活动。

我们这个"樱花团"的成员们，本来就是要去中国进行中日友好活动，探望元山16年前种下的樱花树，当然非常高兴一起参加"和平祭"。当天晚上，我就收到来自花城出版社的邀请函，邀请我们一起参加"和平祭"。这件事本来就已经够巧合的了，可是更巧合的事情还在后头，让我邂逅了又一个的奇迹。

几天后，我打开花城出版社刚刚出版的著名作家熊育群先生的新作《己卯年雨雪》，开始读这本书。我读小说有一个习惯，是先从后记看起，因为我急于想了解作者写这部小说的来龙去脉和动机。可是，这次当我捧起熊育群先生这本《己卯年雨雪》时，第一行字，就把我的注意力直接引到小说里了。

第一行写了什么呢，是这样写的："第二天，武田千鹤子穿上了军装，把一头长发挽进钢盔里……"

这个开篇极具新意，它把我至今的常识给颠倒了，我的常识是中国人写抗日战争题材的小说都是以自己本国人为主角，但是熊育群先生的《己卯年雨雪》居然第一行就大胆地让一个日本女性作为主人公闪亮登场，完全颠覆了人们对抗日战争题材小说的一般概念。

然后我就津津有味地读下去了，读着读着我又发现了一个奇迹，《己卯年雨雪》中日本士兵武田修宏的形象，仿佛穿越时空惊人地与元山俊美重叠起来。

为什么这么说呢？奇迹的第一点是，《己卯年雨雪》里面的故事发生背景，就是元山俊美曾经参加过的长沙大会战，真实的元山亲身参加了《己卯年雨雪》中描写的长沙大会战。

奇迹的第二点是，书中描写了日本士兵武田修宏的内心世界，把当年日本鬼子内心痛苦挣扎的真相再现出来，可以说活脱脱再现当年那个真实的日本兵元山俊美的内心世界。可是，我和元山俊美并不认识熊育群先生，他却让元山在他的书中"复活"，这不能不说是一个奇迹啊!

可是奇迹并没有结束,我们在湖南湘阴又经历了另一个奇迹。在《己卯年雨雪》小说故事的发生地湖南湘阴,花城出版社发起了一个史无前例的中日两国老兵恳谈会。当年曾经敌对的中日老兵,还有 "营田惨案"幸存者,在这里重新聚集一堂,共同反省战争、纪念死难者、祈愿和平。他们的共同心愿就是"只求灵魂安息,悲剧不再重演"。

中国方面有来自湖南的94岁的周辉群、92岁的彭文贤、89岁的杨克检等三位抗战老兵,还有一位有"抗日战神"之称的长沙会战总指挥薛岳将军的后人李德昌。当年日军偷袭营田,制造了"营田惨案"。这次惨案的幸存者易棣棠、易中坚、易孔阳等人,也参加了"和平祭"恳谈会。

日本方面有原日军士兵、被俘后觉醒自愿加入中国八路军的97岁的小林宽澄。小林先生和山边女士一样,2015年受邀到北京参加中国人民抗战胜利70周年阅兵典礼,获习主席颁发的中国人民抗战胜利70周年纪念章。与小林宽澄同行的还有同样在中国成为八路军的原日军士兵小林清的儿子小林阳吉。

2016年元山里子在湖南代表元山俊美祈愿和平

我们"樱花团"也

参加了这次恳谈会，其中有日本反战团体"九条联"秋田地区负责人高桥佳纪、铃木真一、我，以及当年的翻译唐辛子。《己卯年雨雪》让当年中日两国老兵实现了跨越时空、跨越时代的对话，创造了一次中日两国的奇迹。

恳谈会后，在《己卯年雨雪》故事原型发生地的营田地区，举行了隆重的祭祀会，祭拜了营田百骨塔纪念碑，这里埋葬着当年长沙大会战中牺牲的1200多名将士。然后又在岳阳县厚德广场樱花树下，举行了中日友好和平祈愿会。我有幸代表元山俊美，在樱花树下向湖南人民说一声"对不起"；还有幸在樱花树下，面向湖南的青少年和人民群众祈愿日本和中国世世代代友好下去。

在营田百骨塔祭祀时，湖南屈原管理区出生的著名作家熊育群先生在悲壮的哀乐声中，把他的《己卯年雨雪》放在祭坛火盆中燃烧，以自己心血凝成的文字来祭奠英灵。这时，在场的中日两国人士无不为这庄严肃穆的一幕而动容。就像熊先生在他的大作最后一行所说的："只求灵魂安息，悲剧不再重演。"

我更是感慨万千，想起了元山在湖南的经历。他一方面在湖南参加了血腥的长沙大会战，另一方面他又是在湖南脱下军装，从一个战争"机器"变成了一个"人"，他对湖南抱有一种非常特殊的感情。所以在16年前，元山不远万里又一次来到他重获新生之地，不过这次他带来的不是侵略者的刺刀，而是象征着和平的樱花。

第三节　他没有忘记文明铺，文明铺也没忘记他

　　第二天，我们"樱花团"的四个人，还有花城出版社的首席编辑、译文室主任林宋瑜，编辑揭莉琳，《南方都市报》的记者宋凯欣一行人，终于踏上了前往文明铺之路。

　　汽车沿着通往文明铺的道路悠悠前进，我沿着车窗看着汽车行驶的道路，不由得想到元山亲自挥毫给自己写的墓志铭："道たづね、道とたたかい、道に生く"（探索道路、开辟道路，生命就是寻找道路）。元山写好自己的墓志铭后，请做石匠的妹夫刻在石碑上，竖立在元山家的祖陵里。

　　我想，16年前元山也是沿着这条道路前往文明铺的。这条通向文明铺之路，对于元山来说，它不仅是物质上的道路，还是精神上的道路，它是元山进行忏悔道歉，总结人生之路。今天，我的身体走在元山走过的同一条道路上，我的内心也正在走向元山走过的那条总结人生之路。今后，我还要走向元山没有走完的路，这条路有多长，我也不知道。但元山的墓志铭激励着我走下去，继续走下去。

　　进入文明铺后，我们先来到文明铺镇的高码头完全小学，学校的汪海波校长和文明铺宣传干事邓剑华先生，以及16年前参与元山俊美植树活动的几位老乡和干部，都前来与我们交谈，并带我们到小学校后面，去看当年"元山樱花团"栽种的樱花树。

我高兴地看到，元山俊美当年栽种的樱花苗，现在已经长成大树了，开满沉甸甸的八重樱花。满树粉红色的樱花瓣，争相对着我们微笑，一朵朵、一片片，那么亲切、那么可人。

我们"樱花团"成员，每人手里拿着一册元山俊美生前写下的《文明铺的樱花树》。高桥先生拿着元山的书，翻到元山在2000年3月12日植树那天写下的诗，用日语娓娓朗诵，唐辛子则用中文动情地翻译，大家沉浸在元山俊美对文明铺半个世纪的思念和忏悔之中。

元山的诗是这样写的：

一生惦记着一个地方，那里并没有恋人等待，却牵系着我无尽思念。

那是中国湖南祁阳乡下，是陆地的孤岛"文明铺"。

想起半个世纪前那天，侵略战争把我从故乡运来。

星空下飘荡隐隐的稻香，青蛙的叫声却戛然而止，文明铺震撼在枪林弹雨中。

半个世纪后重访"文明铺"，这次不是带着刺刀，而是带着樱花树啊。

人未到，泪先流。

对不起您文明铺，

2016年，在元山俊美栽种的樱花树下朗诵他的诗

谢谢您文明铺。

听完元山俊美的诗，当年亲临植树活动的老乡告诉我们："元山老人家很动感情，整个植树过程都诚心诚意，好几次热泪盈眶，给我们留下深刻印象。"

文明铺宣传干事邓先生表示，在今后的日子里，他们要好好保护这些樱花树，欢迎我们今后再来共赏樱花，共叙中日友好。

花城出版社首席编辑、译文室主任林宋瑜女士表示，待到来年樱花满开时，一定争取与日本"樱花团"再次踏上文明铺。林宋瑜女士写下一首深情的诗歌，让人读后感怀万千，我想把它作为本书的结尾。

林女士的诗如下：

花瓣在细雨中撒落，寂寞、凄清。

樱花未忘绽放时，依然春风柔情。

只望君心似我心，定不负相思意。